BARBARA
KINGSOLVER

蝴蝶烧山

II

[美]
芭芭拉·金索沃

著

任爱红

译

FLIGHT
BEHAVIOR

南海出版公司

新经典文化股份有限公司
www.readinglife.com
出 品

第九章 🔥 陆地生态系统

"姓名？"他问道，并不是真的在问她。他自问自答，一边往表格上填写，一边大声拼写："D—E—L—L—A……"他停下，把笔搁在膝盖上的写字板上。"是一个单词，还是两个？"

拜伦博士说过，面试只是走个形式。对于一个政府资助的职位，他必须提交一些表格，以证明他在招聘时做到了公平。她回答说，雇用像她这样的人应该足以证明他已经退而求其次了。他不笑时，她感到紧张。她不知道作为雇员有何行为规范。

"是一个单词。"她告诉他说。他们面对面坐在金属折叠椅上。她为此精心打扮了一番，穿了米色宽松裤、黑毛衣。拜伦博士一如既往地穿着牛仔裤，像只蚱蜢一样盘起大长腿坐着。

"啊，"他说，"那位意大利雕塑家的名字是两个词。

我妻子证实了这一点。"

听他提到这个她脸红了。看来他有妻子，他还和妻子谈论过黛拉罗比亚。她想象他们俩在电脑前一起观看她的照片，照片中的她几乎全裸，像维纳斯一样站在蝴蝶翅膀上。从现在起，她每天起床都要面对一个见识了她那副样子的世界。银行出纳员、食品杂货店帮她打包的小伙子，还有普雷斯顿的老师，现在是这样，未来也是如此。感觉就像一次又一次踏入滚烫的水中。脸红成了她皮肤的寻常消遣。

"你更想要我称呼你太太还是女士，还是以上都不喜欢？"

"我想，太太吧。"她发出一声干巴巴的笑声，"在我丈夫因为我干这个和我离婚以前。"

他透过眼镜向上瞥了她一眼："干什么？"

"干这个工作。别担心，那是个玩笑。他不会的。"

"他对你来实验室上班有什么顾虑吗？"

"不是针对谁。我想，我的家人只是很典型。他们觉得妻子在外工作对丈夫影响不好。"

拜伦博士的表情表明，他觉得这种情况并不典型。他一点不知情。因为网上流传着她的那张照片，人们现在都在为她的家人祈祷呢。小熊的父亲告诉过儿子，一个女人如果得到很多关注的话肯定是她自找的。

"刚才我不该说那话，"她说，"家人方面我会处理好的。"

"是担心安全问题吗？"他问，摘下眼镜，拿着眼镜腿，"因为我可以向你保证，我们这里会采取一切预防措施，和我们在更固定的实验室里一样。"

她想对他尖叫：一切都是安全问题。人类的一切努力都交付给了同一桩失败的事业。一辈子被关在一个南瓜壳里也不能保证不会被扔进太空。

"说真的，别担心。"她又说了一遍。拜伦博士没有说话，在他的写字板上写了些东西。

在她身后的房间里，皮特正站在梯子上，把塑料布钉在墙上，动静很大。他们正在把羊圈改装成实验室。与她期望的不一样，蝴蝶实验室看起来有点像一个厨房，里面摆放着极其昂贵的电器。两天来，她一直在帮他们打开从新墨西哥州运来的板条箱，她知道很不礼貌，但还是忍不住问了东西的价格。他们也不能给她确切答案。这些设备不全都是新的。事实上，其中大部分设备似乎比她的年龄还大，"里根政府以前的"，他们俩不无伤感地说，就好像那是一场阿波马托克斯郡府①战役，被打败的是科学家们。她缠着让他们估算价格，答

---

① 美国弗吉尼亚州中部旧村庄，美国内战中南方联盟军指挥官向北方联盟军指挥官投降的地点。

案令她大吃一惊。一个叫梅特勒天平的玻璃盒子，他们拿着它像对待新生儿一样小心翼翼，"大概值几千美元"。烘干箱价格也差不多，颜色灰不溜秋，大小和烤箱差不多。还有一个看上去像古董的圆形桶，叫作离心机。离心机太重了，因此他们没把它从箱子里拿出来，而是等着皮特先造出一张结实的桌子给它当王座。像棺材一样笨重的木质装运板条箱将被用作实验室柜台，他们称之为"长凳"。

她拆开泡沫包装，露出一个看上去凶巴巴的小搅拌机，奥维德说："这个东西够漂亮的。"大约2000美元，德国制造，叫"棉纸锥形钻"，其特殊使命是制作一种不能喝的蝴蝶汤，因为这种汤成分有毒又易燃。他们订购了一个通风罩，就是通常安在厨房炉灶上方的那种抽油烟机，来消除烹饪产生的异味，黛拉罗比亚还从未拥有过这种设备。她刚刚从惨痛的教训中认识到，永远不要烹饪太腥的食物。但拜伦博士还需要一个抽油烟机，于是打电话给西尔斯公司电器部门，他们很快在特恩鲍家的羊圈里安装了一个。他们还会运一个最便宜的冷冻柜过来，再便宜也是一个独立的冰柜，而不是冰箱顶部的一个小隔间，供普通妈妈们往里面塞冰棒和给孩子瘀伤冷敷的冰袋的那种。冰柜还没有送到，严格来说还不是邻居的物品，但黛拉罗比亚发现自己对那个冰柜充满了渴望。

她被告知官方计划让这个实验室保持运转,直到那些蝴蝶飞离它们的冬季栖息地,这在正常情况下发生在三月份。到那时奥维德会收拾好所有装备离开。她想知道到时候冰柜会不会以二手价格出售,或者他会不会把它也带走。还有新买的抽油烟机呢?他会想办法把它留下的洞修好吗?科学小组成员如此大手大脚地挥霍金钱,让她简直难以想象。

拜伦博士在写字板上翻了几页,最后说:"我想请你把大部分内容自行填好。出生日期,社保信息,从业经历,等等。只是第一个方框看上去需要我来填。"

她想知道他对她可怜的名声,那张有些裸露的照片以及自杀的事情知道多少。在等待小熊发现真相的过程中,她的情绪每天都在愤怒和羞辱中摇摆,每个夜晚都在焦虑不安中度过。她想象着自己的生活随时会坍塌。拜伦博士雇用她很可能是因为可怜她,甚至可能是反对他们家伐木计划的一个手段。他签下这个实验室的租约,在经济上给了大熊一些喘息的空间,黛拉罗比亚知道大熊和海丝特正在与金钱树公司重新谈判,有可能会退还预付款并解除合同。他们被要求在三月前达成协议。但是,只要大熊仍能动用庞大的机器让这些科学家失去在这里待下去的理由,她就不相信他。这个动作有可能只是为了让他在这个小镇上重振威力。不过海丝特不会赞成。黛拉罗比亚与公婆相处了这么多年，还从没见他们两个人有过这么多问题。

"你有什么科学背景？"拜伦博士问道。

"科学吗？"她想了想，"一无所有？嗯，只在高中学了生物学之类的。"

他看上去很惊讶："你没上过大学吗？"

"没有。对不起。"她心想羞耻是否会像晒伤一样自然消失，或者只是持续火辣辣地疼痛。他没有说话，又往表格上填了几行字。他甚至没有抬头看她一眼。皮特在头顶上弄出巨大的动静，像在持续进行步枪射击，每次她都努力不退缩。皮特用的是建筑用的钉枪，他把巨大的塑料布固定在每一寸墙壁上，目的是保持墙面干净。她明白塑料布在家里的优势，至少在她的孩子长大之前是这样的。现在他甚至把它铺到了天花板粗糙的木梁上。

"连天花板都要盖上？"她平静地问。

拜伦博士的眼睛往上看看，又往下看看，就像在欣赏一个弹起的高飞球。"很难说会有什么东西从天花板上掉下来，"他说，"一切事物的头号敌人是灰尘。"

她曾听说各种关于头号敌人的理论，从奥萨马·本拉登到婚前性行为。这个灰尘理论她很喜欢。这个危险似乎在她掌控之中。在男人们打开板条箱之前,她已经用他们从克利里的沃尔玛买来的拖把桶用力把水泥地板和塑料布冲刷了一遍。在他们来这里之前,她花了一个星期天的上午用螺丝刀和平底铲铲掉了地面上的干粪便。她倒是想看看哪个大学生能干这个。

拜伦博士第一次在电话里提到这份工作的时候,她以为他真把它当作一种可能性。显然这不太可能。她现在觉得很尴尬,就像自己和多维在酒吧里搞假身份恶作剧,假装自己给珍·古道尔等人工作时被人当场揭穿。奥维德变了。那个在她的圣诞派对上跳太空步,一脸灿烂笑容的男人不见了,取而代之的是一位心神不定的准雇主,因为她糟糕的履历愁眉苦脸。她不知道在这期间发生了什么事令他的心情变糟。家里有人去世,和妻子吵架。不知道有多少家庭在假期期间破裂。

不管是什么原因,他几乎没注意到她已经在这里拼命地工作了,在要求身份进一步升级之前,为了给他留下无偿志愿者的印象,她干了大扫除的重头活。而他只是站在那里一副心事重重的样子,列举着正在形成的问题。一月份天气急转直下,雨水变成了冰冻,他的仪器性能也不稳定了。他们该如何给实验室加热?他为控制湿度和温度的波动、易燃的烟雾而忧心忡忡。他不确定化学试剂在这里能否妥善储存。他决定完全放弃一种叫

NMR 的东西，还得将这些样品送回新墨西哥州。有那么多事情要做，他不停地说。黛拉罗比亚想念那个来家里吃晚饭的男人，那个让她聪明的儿子着迷的人。她讨厌他列出的新烦恼清单，她想知道这些烦恼堆在一起，与收到抵押品赎回权被取消的通知，或者回家时发现汽车故障却没有任何修理的希望相比，是怎样的情况。在她的经历中，人们要么有烦恼，要么很有钱，不会两者都有。

"这么说，没上大学就没戏了？"她问道。他似乎忘记了她还在这里屏着呼吸，脸色发青。他又继续写了几秒钟。她想象不出他在写什么。他翻了一页，抬起头来。

"不是没戏了，不是。我主要是想找个成熟一些的人来做这个。"

"成熟，"她重复道，"意思是你想雇一个上年纪的？"

他几乎笑了："能担起责任，我应该这样说。这个地方要是有那么多学生志愿者的话，就会让人不知所措。有时候我觉得自己就像住在鞋子里的老婆婆①，那个故事你知道吗？"

"她有很多的孩子，不知道要怎么办，是的，先生，这个我知道。这些孩子是谁？他们来了要做什么？"

---

① 出自英国著名童谣，其前几句如下："从前有个老婆婆／她住在鞋子里／她有很多的孩子／不知道要怎么办。"

他的一只手朝那间空屋子一挥，脸上出现的轻松表情顿时消失了。"要做的事情很多，我都不知道怎么跟你说。也许有卡烯内酯指纹图谱，肯定要对它们进行脂质分析，我们会先从那开始。我可以培训你做很多日常工作。"

她又重新燃起了希望，同时生出挫败感。我可以培训你操作融烛灯。那人滔滔不绝。"脂质是食物，对吧？某种脂肪。"

"是的，是脂肪。我们会去看这些蝴蝶是否在过冬前长胖了。通常它们在迁徙过程中会轻装前进，然后在过冬前储存大量脂肪。即使这个迁徙之地是反常的，我们也想知道它们是否表现得像正常的迁徙动物一样，我还担心它们的生理机能对寒冷天气的反应。我们还没有对栖息地进行完整评估。我们要监测站点，记录来自 iButtons[①] 的所有数据，这项工作非常烦琐。"

这么说，她被雇用了吗？难道他以为她能听懂他在滔滔不绝谈的是什么吗？她看上去肯定很恐慌。"别担心，"他说，"我不会把你扔去喂狮子的。"

"好吧。"她慢吞吞地说，明白了这里还有别的岗位。

"很快就会有很多人来帮我们。克利里的大学可能

---

① 信息纽扣，电子温湿度数据记录器。

会派生物专业的学生过来实习，我们还可以挖掘出别的选择。"他把写字板放在膝盖上，两手手指交叉放在脑后，身子往后一靠，稍稍放松了一下。他们第一次见面时，她就注意到那双手手指细长，手掌苍白。"我们会培训这些孩子做一些简单的工作。数据录入，死亡蝴蝶计数，显微镜下的寄生虫计数。但是你知道，从头训练他们要花费很多时间，可我们没有时间了。"

"这么说这个职位还需要负责监管大学生？"

"实习生的工作由我和皮特负责。哦，应该提一下，还有别的研究人员也会参与进来。他们来自康奈尔和佛罗里达，也许还有澳大利亚。"她在想他是不是开玩笑：一个挤奶间能装下多少著名科学家？

"但你知道我说的是日常工作吧？"拜伦博士接着说，"那些简单的每日常规。这意味着要记录很多小时。我们正在找一些放学后能来帮忙的志愿者，上高中的孩子。"

现在她确实笑了："你的意思是让他们在业余时间有目的地进行科学研究？祝你好运。也许等它以电子游戏的形式出现的时候。"

他咂咂嘴，并不理会她的话："志愿服务是我们工作的重要组成部分。帝王蝶观察，北方之旅，这些大多是全国各地的孩子和他们的老师做的课堂项目。喂养蝴蝶、标记蝴蝶、进行跟踪等等。他们在网上帮我们标记蝴蝶到达和离开的信息。"他把头朝皮特一歪："我的研究生大概有一半最初都参加过帝王蝶项目。"

"对不起，"她说，"但这是真的吗？这些孩子和老师到野外去研究大自然？"

"告诉我，黛拉罗比亚，你们在科学课上都做什么？"

"在高中？如果你想知道的话，我们的科学老师是篮球教练，毕肖普教练。他比学生还讨厌生物学，大约多上百分之二十吧。他会安排女生做学习卡，带男生去健身房打篮球。"

"怎么可能这样呢？"

"怎么可能？他通常会让大家投票。'我们今天打篮球怎么样？'显然没有哪个女生会表示反对，否则这辈子也不会有哪个男生愿意跟你约会。"

他似乎对她的说法表示怀疑。但这是真的，在黛拉罗比亚看来，这并不比他给她讲的故事更牵强。比如新生的蝴蝶不知怎么就飞越几千英里来到它们从未见过的地方，它们的祖先在这里死去。任由一大群蝴蝶宝宝自生自灭，这就是生活。

拜伦博士分开交叉的双腿，身体前倾，双手合在一起放在膝盖中间看着她。在这次面试中，他第一次不再那么心不在焉："你刚才说的在这儿的高中很典型吗？"

"这个嘛，我只上了一所学校。"她犹豫了一下，重新考虑她应该透露多少信息。她想起多维嘲笑她那件破烂的T恤——上面写着"一定要穿它去参加你的面试。""有一些老师不错。好吧，有一个，上英语课的莱克夫人，现在差不多一百岁了。很奇怪的是，她好像来自一个更早的时代，那时的人们更有爱心。不过我听说她中风了。老天保佑。也许是听了太多孩子们错误的动词变位引起的。'Bring, brang, brung.'"

奥维德似乎并不觉得好笑："数学呢？"

"我们的高中有'数学（一）'和'数学（二）'，"她说，"由棒球教练奥蒂斯教。'数学（二）'是为那些已经精通乘法的孩子们开设的。"

他紧紧皱起眉头："是真的吗？"

"难道学这些远远不够？"

"两年的代数、几何、三角、微积分学前课、微积分和统计学。"他滔滔不绝地说着，就像在异教的宗教仪式上祈祷一样，"有听起来耳熟的吗？"

"你应该在奥蒂斯教练身上试试，如果你想看一个成年人哭的话。"

拜伦博士似乎很是激动不安。"这些管理者在想什么呀？"他问道。黛拉罗比亚想，他问得好像这与他有切身利益关系似的。如果他有孩子，他们会在高端幼儿园就开始学高等数学。

"他们能想什么啊,"她告诉他说,"体育运动,那可是了不得的大事。如果哪个孩子擅长橄榄球或棒球,他就会出类拔萃。以后可能会在银行之类的单位谋到职位。"

"嗯,可是这种失误跟犯罪没什么区别。这些孩子总有一天会长大,面对人生。比球场还大的世界,我是说。他们能创造一个什么样的世界呢?"

"摆在你面前的就是。"她双臂交叉,等待拜伦博士的最终裁决。费瑟镇的运动员们掌管着这座城市:市长杰克·斯泰尔;牧师博比·奥格尔;在银行工作的埃德·卡梅伦,她还向他申请过住房贷款。那天在他办公室,他们俩还开玩笑地谈起两人在莱克夫人班度过的一个学期,埃德勉强通过了考试,他带领的橄榄球队进入了州半决赛。人们喜欢也信任他这样的人。

"听着,黛拉罗比亚,希望你不要觉得我的话是针对你的。但我一直在考虑这个。我去那所学校看了。事情出乎我的意料。"

"费瑟镇高中吗?"她惊呆了,想不出奥维德·拜伦博士与当地文化之间有什么交集,"什么时候?"

"十二月。我想和那里的老师谈谈新学期招募志愿者的事。这对孩子来说是一个很好的机会,他们能接触到野外生物学、数据分析和科学方法。如果没有别的好处，至少在申请大学时能为他们的个人简历增色不少。但我一无所获。顾问问我们是否给学生支付最低工资。"

"哦，费瑟镇的孩子就像井底之蛙，根本不知道上大学的事。他们在这里生活也不需要大学。大学有点无关紧要。"

他的眼睛睁得大大的，好像她在说他们把当地的孩子活活煮了。他的震惊给了她一种说不清楚的奇怪的满足感。也许因为她是内部人士。她想起了比利·雷·哈奇，那个电视上的怪物秀。多维说现在网上铺天盖地都是关于他的消息，他预测说"这个冬天太暖和了，不适合我的浣熊猎犬"，这又成了世人的一大笑柄。她真想搂过那个老头的脖子抱抱他，并朝摄影师的脸上一拳揍过去。

"让教体育的橄榄球运动员上科学课，"拜伦博士声明，"这是不合法的。没有国家标准或测试吗？"

"哦，有，那些科目我们都不及格。在这方面我们倒很可靠。"

"这种情况怎么能持续下去呢？"他仔细打量着她，看她是否在讽刺或者编造耸人听闻的瞎话。她本来觉得这次面试注定没戏了，但现在她拒绝这样想。她不想输给他的规则。

"我来告诉你怎么持续下去,"她说,"这个州一头是城市,另一头是农场。如果他们决定从有钱的城市那头派人下来检查,就很可能会罚款或者什么的。"

"你为什么觉得他们不会呢?"

她笑了:"他们害怕会被乡下人绑架,就像电影《生死狂澜》[①]里的那样。"

"那部电影我没看过。"

她身体前倾,道:"我可以问一个私人问题吗?你是在哪个国家长大的?"

他把双手放在膝盖上,与她的姿势保持一致:"美国,维尔京群岛的圣托马斯。"

"哇。美国还有岛?我是说除了夏威夷。"

"事实上,美国有相当多的岛,它们在不同的海里。圣托马斯是一个保护国,实际上是一个光荣的殖民地。我们交税,但是并不像你说的那样,从有钱的那头派人来让我们的学校跟上时代。"

她点了点头,想看看他是不是在讽刺,或者编瞎话。现在再想象这个人在金色海岸上跟踪蝴蝶,在一所仅有一间教室的小学校里让老师们惊叹不已,一切都说

[①] 1972 年上映的一部美国生存惊悚片,探讨城市文明与自然文明之间的冲突。

得通了。"不管怎么说,你看你,"她说,"拿到了科学博士学位,上了哈佛什么的。但是你看,高层没有那么多位置留给每一个人。我们大多数人都不得不每天混日子,接受自己贫困的现状。"

"你可能夸大其词了。"他只说了这么一句,仿佛觉得她还是个孩子。当然,她是有些过火。但她感觉胸中涌起一股怒火,有些话还没说出口。拜伦博士在他的写字板上翻看了很多页。以前他问她借了个钟表放在实验室,她把家里仅有的一个拿过来,是一个很大的发条闹钟,形状像一只鸡,普雷斯顿曾用它学习认时间。这个可笑的东西就放在旁边的桌子上,一秒一秒滴答作响,计算着她在受过良好教育的人中间还剩多少时间。时钟旁边一台机器上写着"Sartorius",让她想到了很久以前学的一个单词"sartorial",意思是"裁缝行业的,与裁缝行业相关的"。难道这儿有什么东西需要缝补吗?

"我想剩下的表格你都能自己填好,"他最后说,"我相信你会做得很好。我们就是想尽快开始,因为时间不多了。也就是几周,也许甚至不到几周。"

"谢谢。哇,非常感谢。"换句话说,他情况不妙,而她的资历足够。他站起身来,迅速和她握了握手,递过写字板,看上去一点也不激动。他示意她坐着别动,把表格填完。他的不耐烦毫无道理。他表现得就像是得知自己只能再活几个星期的病人。她想知道他是否跟大熊谈过伐木计划。

"我想问一下,"她小心翼翼地说,"时间方面你最担心什么呢?"

他点了一下钢笔,看了看,把它放进口袋,然后又坐了下来,直视着她的眼睛:"就时间而言,我主要担心明天这里会来一场冬季暴雨,杀死那座山上的每一只蝴蝶。"

她吓得不知如何回答是好。就连皮特那把钉枪发出的攻击性武器的节奏一时间似乎也不是那么强劲了。他们怎么能将所有努力倾注到这样不确定的一个事业中去呢?除了她希望能预先阻止的砍伐事业,蝴蝶竟然还可能招致灭绝,这让人无法想象。

"能把淋湿的帝王蝶冻死的温度,"他慢吞吞地说,好像在说,别让我再重复了,"是零下四摄氏度。"

"好吧。"她说,好像在说,"我听着呢。"

"对于这个纬度来说,这不可避免。25——华氏度左右。森林浓密的冠盖可能在一定程度上保护了它们。大树起了保护作用:树干制造了一个像大水瓶一样的热环境,这就是为什么你看到它们都贴在树干上。也许这也是它们误入歧途时,选择那片古老针叶林作为栖息地的原因。这些冷杉在化学成分上类似于墨西哥的欧亚梅尔杉林。我们不知道其中的诱因。但要保护它们免受此地寒冬的侵害,那片森林远远不够。"

"那么当温度降到冰点以下时,它们通常会遭遇什么情况?"她问道。

"通常它们处于墨西哥新火山带的横向地带,纬度为北纬19度。你知道,那里的冬天不是问题。"

"这么说情况变坏时,这些蝴蝶都会死掉,然后呢?它们产的卵会在春天孵出来吗?"

"帝王蝶在冬天不产卵,我以为你知道这一点。"

"你说得对,我确实知道。对不起。严格来说,它们是热带居民,只是来这里小住而已。"

"过冬的必须是成年的蝴蝶。即使对于这些迁徙飞行行为异常的个体来说,繁殖也是与生俱来的。和我们人类一样。若是人类被迫与牛共同生活,人不会生牛犊,也不能让后代吃草。"

"我明白。"

"不管出于什么原因,这些昆虫都算是误入歧途。但它们要等到春天,也就是当马利筋属植物长出来时,才能繁殖和产卵。"

"所以如果它们在这里冻死的话就完蛋了。"

"没错。"他说。

她对蝴蝶误入歧途的说法表示不屑。她更愿意相信，是她的大山通过自身的仁慈把这些蝴蝶吸引了过来，而不是某种隐藏的轨迹。"还有其他的帝王蝶……"她开始说，不确定自己想问什么，"在墨西哥的那些，情况还不错。"

他说："我们今年在墨西哥发现，新火山地区的蝴蝶数量急剧减少。去年春天它们遭遇了大风暴和洪水，可能与此有关，也可能与此无关。我们整个冬天都在等着更好的报告出来。现在有很多人在森林里寻找它们重新安置的栖息地。我们猜是在山的更高处。但报告说明不了问题。"

她努力消化这条新闻，脑海里却充斥着墨西哥泥石流的画面，被扭曲的汽车和倒塌的房屋顺流而下的情景所冲击着。这是一个她原以为瞒过了他的秘密。

"报告说明不了问题，"她重复道，"你的意思是蝴蝶不在那儿。"

"在那儿的蝴蝶数目不正常。这个信息还未公开，所以需要你保密。当然这儿的人未必会很感兴趣。"

没必要这样侮辱人吧。她觉得他话中有话。"这么说你的意思是？这些蝴蝶——"

"这个栖息地的种群在整个北美帝王蝶种群中占很大比重。"

"是现存的大多数吗？"

"是的，大多数迁徙的蝴蝶，"他说，"就基因生存能力和繁殖能力而言，我们现在拥有的几乎是全部了。"

就像圣经中的约伯一样，她想。他所有的孩子都聚在一个地方参加婚礼，这时刮起了大风，把屋顶吹塌了。一切未来和希望都在一天内消失了。在所有悲伤的故事中，这个寓言最令人悲伤，这种程度的损失可以让人倒在灰烬堆上去见造物主，或者投向黑暗的怀抱。她纳闷奥维德·拜伦是否知道约伯的故事。

"那你在这里做什么还有什么要紧的呢？"她用全新的眼光打量了一下实验室。她控制着她难以置信的心碎感，就像完成一个任务。"很抱歉这么问。但是你知道我在说什么吧？"

他避开她的目光："我们应该成为医生，或者成为用超能力拯救病人的超级英雄。那才是人们想要的。"

她没有回答，不知道他说的对不对。也许是真的。人们不愿意知道问题的细节，即使事关个人，比如他们自己的癌症。他们想要的是解决办法。

"我们只是科学家，"他说，"也许是愚蠢的科学家。我们在这里计划几周内完成的工作通常需要数年时间。我们看到……"他停顿了一下。顺着他的目光，她只看见遮着塑料布的窗户，一个薄薄的长方形窗户透着光亮，仅此而已。无论他看到了什么，答案不在那里。

他最后说："我们发现以前稳定的模式发生了奇怪的变化。陆地生态系统正在崩溃。最可能的原因是气候变化。真的，我可以告诉你，这点我很确定。气候变化破坏了这一系统。我们希望在今年冬天的一系列事件摧毁一个美丽物种以及我们可能用来追溯其死因的证据链之前，尽我们所能弄清真相，做好科学记录。情况并不令人愉快。"

她马上想到斯派克电视台一档名为《1000种死亡方式》的节目。节目里的人从容应对不愉快的场景。这样想的话，眼前要面对的也只不过是一种死亡方式——冻死，以及数百万的不幸者。她静下心来，努力试着接受拜伦博士希望她理解的这种悲伤。

她沉默了一会儿，然后说："上帝在这个世界上创造的一种生物，即将迎来它的末日。"她知道这些话不够科学，但她能感受到这个事实。曾经驱散她的绝望的火焰之林，在一片大陆的怀抱中一直摇摆不定的迁徙行为的脉搏，这些都像石头一样重重压在她心头。看来这是他在假期期间收到的坏消息。他最心爱的事物正在死去。虽然不是他的家人死了，但情况也许同样严重。他毕生都在追随这种生物，它们复杂的系统让他千里迢迢来到这里。她刚刚才开始明白这一点。现在悲伤的脚步开始了。它会像那个一身红毛的婴儿一样来这个世界走一遭，而大多数人却对此视而不见。

"我很抱歉。"她说。

听到这句话，他突然移开了目光，这让她知道这儿可能需要她。奥维德哽咽了。为了避免让他感到窘迫，她迅速开口："我不知道事情会这么糟。我想留下来帮忙，我很乐意这么做。"

"没人知道事情这么糟糕。"他用手摸着下巴说，几乎立刻就恢复了常态，故意的，她想。属于一个男人的悲伤。

"但是新闻上都在报道这件事。"她说，"你为什么不去告诉他们发生了什么呢？"

他用怪异的目光默默地打量着她，她的脸涨得通红，仿佛他看到了自己赤身裸体的样子。蝴蝶维纳斯，网上铺天盖地都是关于这个的。"我不知道你看到了什么，"她说，"但事态很失控。我一再告诉他们，让他们和你谈谈。我发誓，我这么做了。去跟拜伦博士谈谈，因为我不是专家。"

皮特说话时把她吓了一跳："他们采访你，是因为你什么都不知道。"不知何时他停下了手头的工作，偷听到了他俩的谈话，她以为他们俩进行的是私密谈话。

她感觉隐私受到了侵犯。

她从椅子上转过身来怒视着皮特:"你说什么?"

皮特耸耸肩:"这不是你的错,他们只是不想和科学家谈。这会打乱他们的报道。"

黛拉罗比亚看看皮特,又看看奥维德·拜伦。

"记者的职责就是收集信息。"奥维德对皮特说。

"不,"皮特说,"那是我们的职责,不是他们的。"

黛拉罗比亚不愿被他们俩从谈话中排除出去:"那你觉得新闻记者们开着吉普车大老远跑到这里来干什么?"

"来迎合他们的观众,支持赞助商的主流观点。"

"皮特对人类同胞持悲观态度,"奥维德说,"他更喜欢昆虫。"

黛拉罗比亚把椅子转了一半,对着皮特,椅子在水泥地上摩擦,发出刺耳的声响:"你的意思是,人们只收看他们知道自己会赞同的新闻?"

"答对了。"皮特说。

"嗯,我同意你的说法,"她说,"我也这么想过。你多久收听一次约翰尼·米特金的节目?"

"你说得对,"皮特说,"我不想听那些家伙的节目。"

"这么说,"她说,"你和其他人一样。"

"嗯,但那是因为我早知道他们会说什么了。"

"大家也都是这么想的。也许你知道,也许你不知道。"

"官方的主流观点是,"皮特用一种极其疲惫的声音说,这让她奇怪地想起了克丽丝特尔,"对气候变化没有定论。它太令人困惑了。所以每一个关于气候影响环境的报道都必须被编成其他东西。如果可能的话,让它更性感一些,你们的新闻记者开车来就是为了这个。这就是卖点。"

"看在上帝的面子上,"奥维德几乎是大喊道,"这该死的地球着火了,岛屿都快被淹没了。活生生的证据就摆在他们面前。"

黛拉罗比亚感到头皮发烫,既愤怒又困惑。如果她没有理解错,皮特刚刚指责她在兜售性感,而奥维德没有注意到这点,因为他自己正在咆哮。他的声音带有浓重的童年时代的口音。"岛屿都快被淹没了。"果真如此吗?

皮特拿起梯子,把它扛到房间另一边,用力放下。讨论结束了。他展开一块透明塑料布,拿着它走上梯子,又开始朝横梁钉钉子。"砰,砰。"

她小心地对着房间说:"我觉得人们害怕面对不好的结果,这是人的本能。就像发现身体有肿块却不去看医生。如果要在战斗和逃离中选择的话,逃离要容易得多。"

"或者梦游,"奥维德说,"就像你说的那样。"

"我可能小看了我们这儿的人。"她又完全恢复了戒备,"这次应聘,我能再说一件关于我自己的事吗?我本来是要上大学的。对这里的人来说,也不是完全不可能。老师们都说我该去。我渴望上大学,想得牙都疼了。我知道不能把'想上大学'写在求职申请表上,否则我们都会变成沃尔玛总裁什么的了。"她等着他说什么,说他相信也好,不相信也罢,但他什么也没说。

"但我有证据,"她补充说,"我开车去诺克斯维尔参加了 ACT 考试。"

两个人都颇有兴致地看着她。她说不上来他们为何感兴趣。

"只有我,"她说,"班里就我一个人想上大学,莱克夫人让我务必去参加考试。我必须凌晨四点就出发,搞清楚那座城市的街道,找到那个地方。跟你说,其他孩子看上去晚上都睡得很好。我敢肯定是他们的妈妈开车送他们去的。"

"真的吗。"奥维德似乎被她的积极主动打动了。

"嗯,是的。浪费了一箱汽油。我的英语成绩还行,但是数学和科学,天啊。他们问的大部分问题我都没听说过。另外,我当时还怀了个孩子,很不合适。"

"啊,"他说,"生孩子很好啊。会有回报的。"

"你有孩子吗?"她问道。

"没有。我和妻子都挺盼望能有个孩子。"

她决定不告诉他,第一个孩子活得不长,让她上大学的梦想泡汤,然后继续生活。他会问她为什么事后不再去上学。没有经历过的人会觉得事情就是这么简单:再回到车上,坐到下一站。他完全不知道,像她这样的人光是过日常生活便已经倾尽了全力。或者说,在经历丧子之痛后,每向前一步都伴随让人战栗的疑虑。即使是现在,如果她发现自己对未来心存指望,她还是会感到恐惧。对活下来的孩子以及他们的未来的恐惧。现在她能失去的不仅仅是她自己或自己的计划。如果奥维德·拜伦为蝴蝶而心碎的话,那么他应该试试透过一个孩子的乳牙看看这个他声称正在崩溃的未来世界是什么感觉。就像可怜的约伯卧倒在灰烬堆上号啕大哭,用瓦片割身上的肉。这就是爱带来的后果。

"早上好!"黛拉罗比亚叫道,后座上的孩子们大声嚷嚷,卢佩可能也看不见她的表情。坐在副驾驶座上的卢佩一看见人群就僵住了,她伸出手,紧紧抓住黛拉罗比亚放在方向盘上的手腕。

"好了,别担心。我不会让你进去的。"黛拉罗比亚相信卢佩真的很害怕,但不知道具体细节。她等着卢佩松开胳膊,小心翼翼地把车开到路肩停下。高高的枯草扫过车底盘。她没有想过,她的新保姆可能有移民问题。卢佩以每小时 5 美元的价格替她照看孩子,黛拉罗比亚的工资是一小时 13 美元,所以即使山姆大叔抽走一部分税,她也有盈余,这个她知道。她还知道今天早上去接卢佩时,她家院子里没人,可现在看上去就像乡村游乐场。

卢佩转过身嘘了一声,有效地让孩子们一下子安静下来。她自己的两个儿子挤在科迪的汽车座椅旁,似乎身上装了静音按钮。科迪又呜呜地哭了几秒,但在了解情况后很快就不哭了。黛拉罗比亚从包里掏出眼镜戴上,皱着眉头朝挡风玻璃外面看。房子仍然有一百多码之遥。他们刚刚拐过 7 号公路的转弯处,从那里可以看到他们家的农场,但即使从这里她也能看见,她家正前方的道路两旁杂乱无章地停着十多辆汽车。她没看到警车,也没看到新闻电视台的车,但不管发生了什么,她都不会拉着卢佩到那里去。她咬着嘴唇构思计划。

"好吧,我们这样。"她慢慢地说,同时看着卢佩,看她能否听懂。她们高效的翻译约瑟菲娜和普雷斯顿都上学去了,但一个多星期以来,她们每天早上都在处理这些安排的基本事宜,直到幼儿园的孩子们坐校车回家帮她们理清细节。

"看见我们身后那栋老房子了吗?"她往后指着它

说,"空的,没人住。我们去那里。"

她沿着路肩慢慢倒车,把车开进克雷克·罗夫特家长长的私家车道上。他们家的房子长期待售,大家都以为肯定卖不出去。克雷克·罗夫特家的儿子把他们老两口送进一家养老院,把房子价格定得高得离谱,比市场价还高。或许在他生活的城市纳什维尔,房子能卖那么多钱。黛拉罗比亚目前唯一的希望是,在此期间房子没有变成冰毒实验室。它看上去有点吓人。一些没拉窗帘的窗玻璃开裂了,严寒中枯死的杂草齐肩高,立在地基周围。他们的儿子该从城里回来打理一下。她把车一路开到从大路看不见的屋后面,关掉发动机。

"好了,"她对卢佩说,"你和孩子们待在这里。如果他们想玩,你们可以下车。这儿没有人。我得走回家,去看看发生了什么事。"

卢佩郑重点了点头。"好吧,"她说,"他们可以玩。"然后她对孩子们说了什么,听起来更像是在说:"别动,否则我就杀了你们。"黛拉罗比亚感到很荒唐,她为了偷偷溜回自己家,竟然把孩子们和保姆这一大帮人藏在灌木丛中。然而她还是去了。

她躲开杂草丛生、泥泞不堪的沟渠,沿着7号高速公路前行。天又断断续续下起了冻雨。她把雨衣兜帽拉到前面,好让雨水不淋到眼镜上,以便更好地观察偶尔从她身边呼啸而过的汽车。它们无一例外，都在她家门前马路上放慢了速度。车上的司机们都好奇地伸长了脖子在看，无疑想知道发生了什么。你们和我一样，她想。她走过邻居库克家前面的马路，发现他们家并没有什么反常。但令她感到沮丧的是，一群人紧挨着站在她家门前的草坪上，正对着房子，好像期待着它开始表演似的。他们看上去像是要去露营，背着背包，穿着靴子和蓬松的羽绒防寒大衣。走近时她看见一些白色纸板布告牌，听到齐声的喊叫。他们将大量的怒火对准一栋无人的房子。她想，在看到对方翻白眼之前不要开枪，这个指令从来就不是为眼睛近视的人准备的。直到走近自己的房子，她才意识到那些人都是些孩子。青少年或年轻人。雨中的他们骨骼纤细，显得很小巧。

"孩子们有话要说！"他们一遍遍地喊着，让黛拉罗比亚觉得自己一定是疯了。她小心翼翼地走到靠近路的人群边缘，一对年轻人正从一辆有凹痕的银色小本田车里出来。他们都戴着色彩鲜艳的针织帽，护耳下垂，和蹒跚学步的小孩戴的一样。喊叫停止了，接着又开始了新的一轮。一个男人站到她家前廊上，像教堂里的内特·韦弗一样挥动着胳膊，带领人群用夸张而有节奏的调子一遍遍高喊。

"停止伐木，停止谎言！拯救帝王蝶！"

"哦，净是瞎扯。"黛拉罗比亚说，声音很大，引得那对戴编织帽的年轻人朝她瞥了一眼。她朝孩子们中间挤去，沿着人行道来到门廊，期望随时能被认出是这里的蝴蝶名人，但没有成功。现在这副样子肯定不行，除了沾满水渍的眼镜，戴兜帽的雨衣又把她遮了个严严实实。她的雨衣还是在男童部买的，没有更小号的了。站在门廊里的那个人不再带头欢呼，而是低头看着她，一脸迷惑。喊叫声突然消失了。

"你能告诉我你是谁吗？"她问他。

这家伙留着长长的黑鬓角，这种风格让黛拉罗比亚联想起上世纪七十年代电影中穿着可怕衣服的人物，不过在其他方面，他看上去还是正常的。紧身牛仔裤，防寒大衣，角框眼镜。他一只胳膊底下夹着一个文件夹，似乎有些上气不接下气，好像刚停下慢跑。"那你能告诉我你是谁吗？"他反问道。

"好吧。你站在我家门廊上。我和丈夫、孩子住在这里。现在该你了。"

他往后退了一步，差点从窄小的门廊往后摔倒。她的预感没错：他以为她是个中学生。他仔细打量了她一番，重新审视了雨衣下面的她，然后打开他那个红色文件夹，疯狂地翻看一些文件。"伯利·特恩鲍？你不可能叫这个名字吧？"

她顿了顿,说:"我想知道你的名字。"

"哦,对不起。我叫弗恩·泽卡斯。我是克利里社区大学环境俱乐部的主席。很高兴认识你。"他伸过手来,她握了握。是社区大学的。原来如此。

"很高兴见到你,"她说,"你找伯利·特恩鲍有什么事?"

他瞥了一眼人群。"好吧。我们在抗议把蝴蝶区所有树木砍光。网上说这儿是伯利·特恩鲍的住所,就是那个家伙要砍光树木,杀死所有蝴蝶。"

为了更好地掌控局面,她把雨衣兜帽往后推了推,弗恩·泽卡斯见她是一位成年女性,又吃了一惊,也许他想起了蝴蝶维纳斯。但她要羞愧也得分场合,现在并不合适。她对弗恩说:"你没完全说清楚你的来路。我不想告诉你这个,但你连伯利·特恩鲍都找错了。信不信由你,有两个人叫这个名字。你要找的是他父亲,老伯利。他不住在这里。"

"哦,天哪,真是抱歉,"弗恩说,"有人搞错了。"他又低头看着文件,好像错误就在上面,就像人们没有来由地差点绊倒,转过身来怒视着人行道一样。

"没关系,"黛拉罗比亚说,"听着,接下来你们这样做。沿着这条路一直朝那个方向走,大约走一个足球场那么远,你会在右手边看到他们家的砾石车道。信箱周围有一圈刷成白色的石头,还有一个形状像只天鹅的巨大花盆,花盆非常丑,你不会错过的。"

草坪上冒着小雨的孩子们把标语牌举在半空中,盯着她看。他们看上去很是警惕,脸被淋湿的大衣兜帽紧紧地盖住,眼睛睁得大大的,好像站在陌生人的草坪上让他们远离了舒适区。他们写的标语不太能给人留下深刻印象。他们的诉求是用细细的记号笔写的,字迹潦草,十英尺外的人都看不清楚。这些孩子的问题是不够愤怒。

"喂,大家听好了,"她对着人群喊道,"谢谢你们的关心,但你们找错人了。你们都该去对着大熊·特恩鲍家喊。他家在那边,不到半英里远。跟着你们的领导弗恩,他知道路。"

弗恩离开门廊,一只手举在空中打了个手势,朝他的车走去。孩子们把标语牌叠在身前,排成纵队朝自己的车辆走去,就像牧羊犬一样听话。她看到一个牌子上写着"反抗权威!"。

"谢谢你!"他们离开时,几个孩子喊道。

"没事。"说完她就动身去找藏在杂草中的家人。

把卢佩和孩子们安顿到客厅后,她出门朝实验室走去。挤奶室必须从谷仓的一个开放区域进入,小熊的发动机零件在那里散落了一地,让她非常尴尬。她曾吩咐他把东西收拾好,但是想让男人把谷仓整理得井井有条是不可能的。她拉开新安装的实验室门,发现奥维德和皮特正忙着把蝴蝶放进烤箱。她担心自己迟到了,但奥维德对她何时过来似乎并不在意。她把实验室大褂从挂钩上取下来(每晚她都挂在上面),想着什么时候该洗洗它了,接着把橡胶护目镜安在眼镜上面。这东西和避孕套一样碍事,也同样有必要,她想。奥维德非常重视安全。

周一,他们就开始了脂肪提取实验,先从被放在冷却器里带下山的一百只活蝴蝶开始。每只蝴蝶都被装入一个蜡信封,放在梅特勒天平上称重,然后当天晚上在科学烘干箱烘干。用烤箱烤蝴蝶可不是儿戏。到目前为止,她的任务是给信封编号,并把蝴蝶烘干前后的重量记在一个特制的笔记本上。之后每只脆弱的蝴蝶尸体被放进试管,她负责用一个小玻璃棒向下压,把蝴蝶的尸体压碎,感觉碾碎了蝴蝶的细小骨头,然后皮特把石油醚加到每个管子里。实验室里就像街对面的加油站一样弥漫着淡淡的汽车气味,但奥维德说,它比汽油易燃得多。他们在新安装的抽油烟机下工作,但即使通风良好,只要一根火柴就能把这个地方点着,"砰"的爆炸声会传到克利里。这是他的原话。一想到这个,她就不寒而栗。孩子们就在隔壁的同一个屋檐下。

"对不起,我来晚了。"她大声说,并不是对拜伦博士道歉,而是对着整个房间,"我不得不在外面控制人群。"

听了她上午的详细经历,奥维德和皮特都惊呆了。复述整个经历时,她自己也感到惊讶。她当时觉得自己不过是纠正了一个错误,并不觉得自己有多勇敢。但她站在五十个人面前,告诉他们找错了人。对黛拉罗比亚来说,获得如此关注还是平生第一次。通常她的观众只有两个,两人年龄加起来六岁,而且到底是谁听谁的也说不准。上学时她在教室做过课堂展示,但那几乎不算数。上电视新闻也不算。观众人数可能很多,但他们当时并不在场,她的话也无关紧要。但今天早上,他们听了她的话。

皮特和奥维德错过了整场演出。那些声音传不到谷仓这儿。当然了,窗户都盖了塑料布。黛拉罗比亚想起来,政府曾提出这一建议,作为防范恐怖主义袭击的保护措施。显然其效果和用手指堵住耳朵差不多。

"该死,"她突然说,"我应该让他们留下名字。如果那些孩子对蝴蝶这么感兴趣,我们可以让他们报名做些志愿工作。"

"好主意!"奥维德透过发黄的护目镜看着她,对她竖起了大拇指。他的微笑让她周身像吸了尼古丁一样通畅。

"你们知道吗？我还可以找到他们。我知道他们俱乐部主席的名字，扎克·泽卡斯。不对，是弗恩·泽卡斯。"

拜伦博士点头表示同意。她看得出，他从前的慷慨大度还在，但有时被绝望的情绪所困，就像一个活生生的东西被压在水下一样。今天他看起来心情不错，戴着蓝色橡胶手套，在摆弄昂贵的钢齿搅拌机。随着马达加速，它像打蛋器一样发出越来越猛烈的嗡嗡声。实验室很吵，这也能解释为什么他们没听见人群的抗议声。装满试管和温水的震荡水槽发出摇椅一样单调的哗哗声。而转动的离心机，如果不完全平衡的话，就会像烘干机里有网球鞋一样发出噪音。它被置于特殊的蜂窝状垫子上，这样就不会因为振动从桌子上掉下来了。

"今天下午我给那个男孩打电话。"她承诺道，趁现在还记得，她把他的名字用小字记在实验室笔记本的一角，"如果环境俱乐部想拯救蝴蝶，你可以给他们安排一些活干。"

"听起来你现在可能上了他们的敌方名单。"皮特说，"你觉得能让这家伙列个名单吗？"皮特正从蝴蝶石油醚汤试管中提取液体。他把它们分批放进离心机，然后用移液器小心地抽出每一种液体样本，把它们喷进各自的小型铝制平底盘里。移液器和海丝特用来装饰蛋糕的设备很是相似，不过显然它更精确，而且需要无数个一次性塑料头，每个样品一个。他们在实验室里的器具可真不少。昨天她拿一支空圆珠笔芯在薄薄的铝金属表面上刻，给全部铝盘标上了序号。到处都是她的笔迹。今天她该称量每个样品的重量，并记录在实验记录簿上。因为她迟到了，铝盘积压了很多，所以她开始忙碌起来。

"哦，他会给我名单的，他欠我人情。"她告诉皮特。在面试过程中两人之间出现的一些紧张情绪虽然没有乙醚那么强烈，但依然存在。显然她不是皮特的对手，这个她明白。她试着去了解两人的边界。"因为来错了地方抗议，他吓坏了。你真该看看他们。他们只是拿起牌子，为弄错了地点表示歉意，然后就去海丝特和大熊家喊了。他们甚至顺手捡走了垃圾。"

"这里的孩子可真有礼貌。"皮特说着，把铝盘一一递给她。她给每一个铝盘称重后拿到切片加热器处。加热器是一个长长的热板，侧面绑着温度计。他们已经向她保证，温度不会高到引爆的程度。显然她现在每天上班都不吸烟了，因为她找到了有史以来最好的戒烟办法：害怕被炸成肉泥。

"没错。"奥维德表示同意，"这些孩子听上去不像我们在德瓦里见到的那些孩子一样厚颜无耻。"

她打开通风罩上的风扇,把铝盘均匀地铺在温暖的表面上,就像煎饼摊在煎锅上一样。在所有液体蒸发之后,她会再次称量每一个铝盘的重量,这样得出的就是一只蝴蝶的脂肪含量。想到那些死去的雌蝴蝶只留下了它们的脂肪含量作为公共记录,她感到有点难过。它们真是世界上最大的输家。

"德瓦里的孩子什么样,和巴特·辛普森[①]一样调皮捣蛋吗?"她问道。

奥维德说:"不幸的是,他们没有他那么有趣。我还收到过几个学生的电子邮件,告诉我他们保持兄弟会身份所需要的平均绩点,或者建议我怎么为他们出一份力。他们还把邮件抄送给父母。"

"去年在我生态学课上有个女孩……"皮特说着,停下手中的活儿,把移液器歪向一边,靠在台子上对着黛拉罗比亚。她看得出他在努力改善他们两人之间的关系,她为此很是感激。"好吧,"他说,"这是真事。这个女生在脸书上吹嘘自己在期中考试中作弊,另一个学生向我通风报信,所以我抓住了她。她很生气,对我提起诉讼,说我侵犯了她的隐私。"

[①] 美国动画电视剧《辛普森一家》中的虚构角色,是辛普森家的一员,性格外向活泼。

"哇,"黛拉罗比亚说,"我们这儿也许没什么东西,但我们的孩子的确有礼貌。住在这条路上的孩子可能会把你放在车库的割草机偷走卖钱,然后去买奥施康定①,但你们知道吗?他们会留个条子,上写:'谢谢女士。我为此道歉。请为我祈祷。'"

奥维德和皮特都笑了,但她不是在开玩笑。在玩泥巴和性教育中间的某个时段,不知何时,她认识的大多数孩子都丧失了勇气。即便是普雷斯顿也一样,尽管他很有创造力,也知道绝不能违反规定。当他不得不与那些认为世界属于自己的孩子争夺一席之地时,他会变成什么样子呢?科迪莉亚也许擅长管理。她生来就具备反抗精神,很像以前的黛拉罗比亚。但从长远来看,这样似乎也不会赢得人们的好感。当然了,对于掌控黛拉罗比亚生活的权力人物——也就是她公婆来说,她并不讨人喜欢。

她想知道那些环境俱乐部的孩子们是否有胆量从事这项工作。虽然他们是要拯救蝴蝶,但看上去却像在杀死蝴蝶。他们把活蝴蝶放进冰箱,等拿出来时它们就都死了。拜伦博士发誓说,它们死得快速又无痛。他已经完成锥形钻部分,现在在立体显微镜下给一批雌蝴蝶进

---

① 一种用于缓解疼痛的口服鸦片类药物,具有高度成瘾性。

行解剖，看看它们体内发生了什么。他想知道它们是否处于他所说的滞育期，也就是正常迁徙的帝王蝶冬季发育放缓的状况。现在他示意她过去，从他身旁拉出一把椅子。

"看看这个。"他说，一边等着她摘下笨重的护目镜往显微镜里看。她意识到护目镜在她眼睛周围留下了一圈印迹。"看见了吗？"他问道。

"看什么？"

"白色的小球。这些是精囊，来自与雌蝶交配的每一只雄蝶。这个囊叫'黏液囊'，她把它们储存在那里。"

"看见了。"黛拉罗比亚说，她尽力不脸红。这只雌蝴蝶可艳福不浅。

"这是我解剖了二十多只后发现的第一只交配过的蝴蝶。它们几乎都处于滞育状态。"

她离奥维德很近，能闻到他须后水的味道，尽管周围弥漫着爆炸试剂的气味。自从开始与他近距离工作的那天起，每当她看到他身穿白大褂就莫名地激动。黝黑的皮肤外面挺括的领子，像是一种易洗免烫的布料。他又和以前一样了。他们在周三经历了一场危机，他的表现无懈可击。那天突然停电了，周围一片漆黑，所有机器都停止了转动。她怒气冲冲地打电话去问，才知道问题出在她的账单上。他们手头很紧，在圣诞节过后一下子收到那么多账单,她以为电力公司会给他们一个月的宽限,但她忘了从去年十一月起就已经宽限过了。她把真相告诉了皮特和奥维德,感到羞愧不已,这简直是她一生中最糟糕的一天,但他真是个大好人,坚持说是他的错,是他忽视了一个问题:所有这些机器用电与她家共用一个电表。他手拿个人信用卡,坐在她旁边,而她则泪流满面地浏览着电力公司的电话簿,试图与某个活人取得联系,向对方解释,这儿不仅仅是一个家庭陷入了黑暗的问题,有更重要的东西正处于岌岌可危的状态。

现在她不确定他是否还会让她在显微镜下观察。奥维德正在一个带槽的盒子里摆弄长方形载玻片。"我知道皮特需要你回来,"他有点心不在焉地说,一边拿出一张又一张载玻片,把它们举到窗前,闭上一只眼睛往里看,"我们的皮特身边如果没有一个可爱的助手,是绝不会满意的。但我想再给你看一件东西。啊,在这里。"他把载玻片放在显微镜的金属肘板下,把它夹在平台上。"等我们提取脂肪后,我就让你计 OE 点数。很有趣。过来看看。"

她摆弄着对焦器,眼前突然出现了三维画面:一幅奇怪的拼贴画,有棱纹的透明椭圆微重叠在一起,仿佛屋顶的瓦片。他说,这些是蝴蝶翅膀上覆盖的鳞片放大了三百倍的样子。在鳞片中间,她看到了更小、更黑的东西,形状像水甲虫,他告诉她,这些是寄生虫,简称 OE。这样比较容易记,过后他会给她把全名写下来。这是一张他用来教学的载玻片,但他们将开始在帝王蝶身上寻找这些寄生虫。未能成功地进行正常迁徙的蝴蝶种群很可能是受了病虫感染。

"这么说寄生虫可能是它们来这里而不去墨西哥的原因?"

"原因。"他歪着头苦笑着说,突然,那个坐在她餐桌旁的男人又回来了。他一定是大家最喜欢的教授。"原因,"他说,"并不等同于相关性。你明白我的意思吗?"

她带着一个新手的热切微笑说:"不懂。"

"去国外度假的家庭往往比那些不去度假的家庭拥有更多的电视。是因为第二台电视让这些家庭的人变得更有冒险精神吗?"

"不是,是因为他们有钱。"

"可能吧,是的。是别的原因导致了两者。引擎盖上涂有火焰图案的汽车可能会收到更多超速罚单。是火焰图案让汽车跑得更快吗?"

"不。有些事情赶巧碰在一起了。"

"它们碰在一起时就相关了。所有人类的错误中,最好玩的莫过于不经适当检验,就假定其中一件事是另一件事的原因。"

"我明白了。比如乌鸦飞过田野,明天就会下雪。我婆婆总是这么说,我就觉得不可能。也许是风暴前奏,或者是什么东西让这两件事都发生了,但是乌鸦先行行动了。"

"说得对,黛拉罗比亚,你比我教的一半大学生都强。"

"还有所有的记者。"房间那头的皮特说。

"一些记者,"奥维德说,"恐怕他说得没错。"

"新的证据!"皮特喊道,"使用脸书会降低孩子的成绩!隆胸会提高自杀率!微笑能延长寿命!"

"很多记者。"奥维德说。

相关性,原因。她会把这些词记在实验室笔记本一角,笔记本上开始写满只有她自己能看懂的笔记。

"是寄生虫吸取了帝王蝶的营养,阻止它们进行长途迁徙吗?"奥维德问,"我们不知道。我们只看见寄生虫感染的规模正在增加。我们记录下来的整个区域平均气温上升了。是气候变暖对寄生虫有利?我们很想这么说,但对此也不能确定。除非能创造出实验条件,除温度外让一切保持稳定。我们不能妄下结论。我们能做的就是测量和计数。这就是科学的任务。"

在黛拉罗比亚看来,科学的任务可不止这些。总得有人来解释。如果奥维德·拜伦这样的人不发出声音,那么蒂娜·乌特纳之流就会在这个世界上大放厥词。

她在显微镜载玻片前又观察了一会儿，之后回到皮特身边，记录他的样本重量。她对使用梅特勒天平越来越在行，很快就把铝盘称完了，有时不得不等着皮特赶上进度。令她兴奋的是，奥维德觉得她已经准备好做一些比记数字更复杂的工作了。她想起很久以前的那一天，瓦利亚在海丝特的厨房里称量纱线的重量，记下一串串潦草的数字。是两个月前吧。不可能。那时她的世界只有厨房那么大。现在她有了自己的生活，能不见海丝特超过一周。她工作之余的时间很少，晚上和孩子们在一起的时候也是忙着做准备，赶进度。她已经连续两个周日没去教堂了，第一次是为了赶在奥维德和皮特到来之前冲洗挤奶间，第二次是在自己家干差不多同样的活，因为没有机会打扫。在海丝特看来，这两种情况都不能算作不去教堂的紧急情况，黛拉罗比亚可不这么想。

她想知道环境俱乐部在大熊和海丝特家有什么进展，如果他们能找到去那里的路的话。他们似乎在不止一个方面迷失了方向。应该有人告诉他们，伐木工作已经被暂时搁置了。显然，这并不是发生在帝王蝶身上最糟的事。气温逐渐降至冰点，奥维德对此一直密切关注，气温下降让他痛苦。经过几十年对帝王蝶及其美丽奥秘的追寻，他现在终于见识到它们的终结，至于原因他这辈子都未预计到。她希望他能向那些来到她家院子里的孩子们解释这一点。某种极为可怕的麻烦事把帝王蝶送到了错误的地方,就像抗议者们自己走错了地方一样。蝴蝶别无选择,只能相信它们的符号世界,季节更替时太阳照射的角度,以及把它们引入歧途的东西。

人能做什么来抗议这些呢?大熊·特恩鲍的商业计划在理论上可以终止,但你不能挺身反对天气。这正是许多故事的要点。杰克·伦敦和欧内斯特·海明威昂首阔步、充满自信地走进暴风雨,表达的也是这样一个主题:人与自然的对抗。在所有可能发生的冲突中,这都算是毫无希望的一场。即使受到的教育不多,她也深知这一点:人终究会失败。

第十章 🔥 自然状态

一月就像一个高空走钢丝的杂技演员,先迈出一只脚,然后迈出另一只脚,踩在冰冻的线上。它摇摆不定,一会儿升到 40 华氏度,一会儿降到 30 华氏度,但从不骤降。一小群紧张的观众在关注着。有几个夜晚,黛拉罗比亚因为想到冷空气会沿着山脊向下蔓延而彻夜难眠。冷空气会像有毒气体一样偷偷钻进森林,把紧紧挤在一起的一簇簇蝴蝶围住,哄骗它们进入休眠状态,让它们再也醒不来。这会发生在一个晴朗的夜晚。

她身边的人都不能分享她的恐惧。多维根本不会听,她的自我保护方式很强势。小熊也有保护他自己的方式,他无法相信这支落入他们监管区的生命队伍是不可替代的。她担心普雷斯顿的情况正与他们相反,他会因大量蝴蝶死亡而倍感痛心,于是没有把一切都告诉他。他把从学校杂志上剪下来的猴子和树蛙的照片带回家,精心地拼贴在卧室的墙上,很像他父亲以前把神奇队长和耶稣的照片拼贴在一起。普雷斯顿梦想将来能成为一名研究动物的科学家。但黛拉罗比亚在实验室听见奥维德和皮特谈论了许多令人绝望的事。生活在干旱非洲的大象,还有融化的冰层上的北极熊,"几乎绝迹了"。这是他们在为又一个注定灭绝的物种进行早期尸检时愤怒而又无奈的原话。"绝迹了",仿佛那些走在被太阳晒白的平原上的大象在疲惫的旅途中艰难地走完了最后一段路程。那是悲伤的最后阶段。黛拉罗比亚眼见儿子充满期待地热爱着大自然,心中产生了新的恐慌,她想知道儿子面对的未来是否就像一座结构复杂的沙堡,在潮水的冲刷下摇摇欲坠。她不知道科学家们是如何挖掘出这些知识的。人们不得不面对可怕的事实。当她清醒地躺在床上时,她想象着奥维德也是如此,他躺在离她不远的床上,中间隔着黑暗,与她一起守夜,抵御寒冷。因为有了他,她不再孤单。

每天早晨天亮后,她从厨房出门去实验室,中途在奥维德的露营车停下,记录下前一天的高温和低温。他用这些数据来估算蝴蝶安静地待在树上时消耗脂肪储备的速度,并将其与它们在暖和的日子里四处飞翔时脂肪消耗的速度做对比。他说,天气太暖与太冷同样危险。黛拉罗比亚觉得自己成了罪行的同谋，因为这些数字都是她每天标绘的，但这是她的任务之一。露营车上安了一个特殊的温度计，固定在副驾驶侧窗伸出的金属臂上。她按下机器上的小按钮，显示当天的读数，然后把读数重新归零，这对她来说易如反掌，但她很喜欢去做，就像普雷斯顿摆弄手表一样。奥维德向她演示如何用这两行点绘制图表，展示一个月的高温和低温，帝王蝶的生存区间就位于这两行点之间。

正是绘图纸上摇摆不定的铅笔线让她首先想到了杂技演员走钢丝表演，现在她又想象表演者头戴圆顶礼帽，涂白的脸上没有表情，穿着黑色便鞋的脚沿着钢丝绳缓慢地上下挪动。他们生活在平衡中。她说不出自己在哪里见过他，但肯定是在电视上，可能是小熊在频繁换台找更正统的娱乐节目时偶然瞥见的。她走近那辆露营车时，那个画面还在脑海中浮现。今天上午她不用去上班，奥维德不需要她周六去实验室，尽管他和皮特通常都在。今天她穿上靴子和外套，要帮小熊干活。海丝特已经决定把怀孕的母羊搬到这边来，还让他们去检查一下房子后面的防护篱笆。为了在干活时有人能帮忙照看孩子，小熊已经把科迪和普雷斯顿送到了他母亲那儿，但此时他还坐在厨房里拖延着，喝了三杯咖啡，听着约翰尼·米特金的早间节目，准备鼓足勇气在严寒中大干一场。黛拉罗比亚像往常一样，对丈夫迟迟不肯动手感到心烦意乱。为了缓和她的不耐烦，她来到外面测量温度，在笔记本上做记录，就在这时她看到了一丝不挂的奥维德·拜伦。

她只瞥了一眼。瞥见的不是他的脸，而大致是从腋窝到大腿的地方。她羞得满脸通红，心怦怦直跳，迅速转身离开，差点跌倒在泥巴里。她怎么会知道他在里面呢？他总是天一亮就起床。露营车对着她家的带按扣的折叠式窗帘永远是拉上的。她已经习惯了他长久以来保持着私密状态，从没留意过对着山的那面窗帘可能是开着的。他当然会想看高处山脊的风景，这是理所当然的。她跟跟跄跄地朝自家走去，感到头晕目眩。她感觉很邪恶。她成了一个偷窥狂。他看见她了吗？似乎不太可能。这个想法折磨着她，令她痛苦万分。只要和他对视上一眼，她似乎就不可能再去上班了。她没看到他的眼睛，脑海中无法抹去的是他的躯体，他腰部很长，让她两眼发烫。咖啡色的肌肤，令人惊讶的雕塑般紧实的腹部，紧密卷曲的毛发阴影线呈漏斗云状从胸部正中间一直往下，几乎直达会阴部。她不知道自己怎么会在一瞬间瞥见了这么多。转过身去之前，她只瞅见有什么在动，光影在某个平滑的表面上挪移，过后她才明白那是一具身体。真的，她所看到的内容是她以前没见过的。当她从后门进屋，眼睛盯着门槛，蹭掉靴子上的泥巴时，她确信小熊会看出她脸上流露出的愧疚。

"好吧，让我们快点干完拉倒吧。"小熊说着话，甚至没看她一眼。他从桌子前起身，从椅背上扯下他那件深绿褐色的农场外套。她莫名其妙地感到心里空荡荡的。即便她看到的是一个对她来说十分重要的男人的裸体，也无关紧要了，这是一种圣经中的行为。她感觉自己隐身了。

显然她没记下什么温度。当他们走出厨房门时，笔记本还在她手里。她迅速把它放到堆满烟头的花盆旁边的杂物桌上，那是沾染了她的罪恶感的静物们，然后她从后门廊走下两级台阶。现在她真想来一支烟啊。这是一般人常用的方法，不是吗？人们总是为了一支烟不惜一切代价。穿着大衣的小熊瑟瑟发抖，他把帽子整理了一下重新戴在头上，这不是海丝特为他织的无数毛线帽子中的一顶，而是一顶棒球帽，对于这样一个寒冷的早晨来说，可不是明智的选择。黛拉罗比亚什么也没说。她厌倦了嘱咐别人多穿点。如果她的孩子和丈夫还不明白现在是冬天，地球也还是会照样运转。

今天凌晨气温肯定又降了。地上结满了各种图案的白霜，呈粉末状，又干又细，像五彩纸屑一样在他们靴子周围飞舞。他们沿着小溪从牧场左边往上走,两人一言不发地爬上山顶,然后穿过牧场下来。地上的白霜沿小溪两岸勾勒出一条温差带,那里的水是暖的。她想到了"热团"一词,脑海中浮现出一幅一群蝴蝶紧贴在杉树粗壮的树干上的画面,奥维德把它描述成一个巨大的水瓶。小溪水面上长起了水田芥,之前她没注意到。水的顶部被冻成一团黑,但水下面仍是绿色的,在流动的溪水上面一英寸处的一个狭窄地带里还有生命。她听他提起过"温跃层"这个词,现在她终于明白了。起初她不喜欢这种专业词汇,但现在她意识到自己跨越了意想不到的鸿沟。文字只是文字,描述人所看见的东西,即使大多数人不去看。也许他们必须首先知道一点,那就是睁开眼仔细看。

刚被遗忘了几秒钟的奥维德的裸体画面如今又在她脑海中浮现,让她感到不安。她在生活中见过太多男人的裸体,电影里裸体更是四处可见,但这位可不一样。他是她的上司,是她努力表现、想赢取好感的对象,那个常常透过橡胶护目镜仔细审视她的人。她羡慕那些健忘且头脑比她简单的人。她渴望小熊能说点什么,但他只顾着大口喘气。

"海丝特最后为什么决定把母羊弄到这儿来呢?"她问他。

"不知道。"他顿了顿说,"那边太湿了。"看来他们接下去的对话都会这么简短了。

"他们现在才觉得那片洼地太湿了?怎么,羊蹄子会腐烂?"

"我猜是。"他气喘吁吁地说,"她还怕它们生虫病。"

上斜坡时她小心注意脚下。白霜凸显出了地面的细节,山脊、带斑点的枯草和地形变得更为清晰了。这对蝴蝶来说不是好事。她不知道这场雪对它们的破坏有多大,这种感觉很奇怪。应该有人上来看看。

"你知道吗?"她对小熊说,"海丝特来我们家的那天,我就跟她谈过这件事。应该是在圣诞节之前。"

"关于母羊吗?她怎么说?"

"她不相信我们能照看好它们。她说等生了羊羔再说。"

"她这么说的?"

"差不多吧。"爬坡时黛拉罗比亚也有点气喘吁吁,她看着呼出的每一口气在冷空气中变白。她的眼镜起雾了,于是她摘下眼镜,放进口袋。牧场顶上光秃秃的树笔直地立着,像监狱的铁栅栏,在山坡上投下垂直的阴影。周围的世界将她包围在黑白之中。"我告诉她,羊羔出生时我们可以帮她,普雷斯顿和我都很乐意。海丝特很不屑。"

"但是我们可以，"小熊说，"她有书，你可以好好研究一下产羊羔的部分。"

他当时就伸出了一只手臂，也许想从书架上拿本书。他那露营车的小厨房橱柜里塞满了书，他已经把橱柜门卸下来了。也许他抬头朝窗外看，恰好看见她匆忙离去的身影。黛拉罗比亚竭力保持平静的口吻，说："好吧。从海丝特那儿借一本给我吧，这样我就知道羊羔早产了该怎么处理。"

"烧开水。"小熊说。她笑了。这话从他嘴里说出来很好笑，也减轻了她眼前的烦恼。

"你家人今天早上还好吗？"

"妈妈很是烦躁不安。博比·奥格尔一会儿要过来。"

"真的吗？在她照看孩子的时候？"

"大概要等我们把孩子们接回来以后吧，但她已经开始歇斯底里了。"

黛拉罗比亚并不感到惊讶。自一切开始以来，这也许已经是牧师第三次或第四次来访了，每一次都让海丝特陷入新的焦虑。如果她的目标是寻求精神上的安慰，那么事态并未朝那个方向发展。"你觉得你妈妈为什么在博比面前这么紧张？"

"这个嘛，你知道的，他是牧师。"

"嗯，没错，可是她挺愿意隔着一大群人欣赏他呀，为什么单独见面就变得这么别扭呢?"

"不知道。爸爸说她天一亮就开始吸尘了。他去了工作间,这样她就不会把他也吸走了。她把她的东西全扔到了家具上。"

"你这话是什么意思?"黛拉罗比亚脑海中浮现出一场食物大战,但那是她的生活,不是海丝特的生活。

"你知道,那些带花边的东西。床单,我猜。"

"她放在沙发扶手上,遮盖磨损处的那些钩针编织品?"

"是,就是那些。她当时在烤东西,闻上去很香。"他呵呵笑着说,"科迪在去的路上拉屎了。我抱着鼓鼓囊囊的宝宝走进去,妈妈差点发疯。她让我上楼去给孩子换尿布,免得把房间弄得臭烘烘的。她还让我把尿布带回家。"

"不错。"黛拉罗比亚说。但她不由得被打动了,海丝特看似刀枪不入,却也有不堪一击的时候。仍然有人有本事让海丝特感觉家里穷酸困窘。用吸尘器清理狗毛,用罩子遮住破旧的家具,黛拉罗比亚当然对这些技巧不陌生。

在田野上头,他们发现通往大路的门敞开着。这没什么好惊讶的,时常有陌生人从此经过。海丝特的观光游览服务已经没有必要了,因为人们步行或开车就能去蝴蝶栖息地。有人带着全套的双筒望远镜、捕蝶网、普通望远镜、貌似价格不菲的照相机，有人则什么也不带。现在来的不再是科学家或新闻团队，而是游客。一天早上她和普雷斯顿在等校车时，一对穿着鲜艳、配套的斯潘德克斯弹力裤的年轻夫妇操着一口外语，从他们身边走过。黛拉罗比亚开口跟他们打招呼，他们吃惊地盯着她，好像她是只土拨鼠。人们甚至把帐篷搬到那里，在外面扎营，包括一些来自克利里环境俱乐部的彬彬有礼的孩子。还有三个来自加州的年轻人来敲门，向黛拉罗比亚解释说，他们属于某个国际组织，名字是一个代码，叫什么 dot-org。拜伦博士给这些孩子们安排了一些简单任务，比如计数和测量，也许并不是他们想要的自然节目，但他们很乐意能帮上忙，尤其是那三个加州男孩。她问他们到底是怎么找到这个地方的，他们给她看了一个能直接指到她家的电脑地图程序。他们只需在小平面屏幕上输入她家地址，然后芝麻开门，好了。他们说，她的地址已经是众所周知的了，从高空拍的照片也是，照片上是他们家的灰色长方形屋顶，以及略微歪斜停放在车道上的小熊的卡车以及她的福特金牛座车，但没看见奥维德的露营车。她问了这个问题，这些年轻人说卫星照片应该是很久以前拍的。换句话说，在无人对此事表示关心以前。信息都在互联网上存着，随时听候任何人差遣，这让她感到无力，无法进行自我保护。那个灰色长方形小房屋是她唯一的庇护所。

这些加州人至少做了自我介绍，她很感激，因为大多数人都没有这样做。小熊父子为了让公路畅通所做的一切努力可能是个错误，这被人视为一种邀请。她想，不过这也是公平的，因为世界本来就是如此。路就是让人开车行驶的，盘子里的糖果就是让人吃的，银行里的钱是用来花的，人们不管拿到什么都据为己有。这或多或少是出自本能吧？让一个人不这样做似乎是不可能的。小熊把篱笆门带上，她在一旁等着。

"我们得给这门弄个链子和挂锁。"他说。

"我也是这么想的。要是关不上这扇门，海丝特的母羊就会跑到那边野地里去了。"她纳闷锁会不会被剪掉，她知道小熊也在想同一个问题。他认为所有闯入者基本上都是一样的泼皮无赖，不尊重他人私有财产，但黛拉罗比亚不太确定，也许他们还以为这儿是自然公园。蝴蝶已经上了许多次新闻，她都数不清有几次了，这让它们看上去像是大家公有的，就像到网上一查，就能查到他们家的地址一样。任人免费参观。

她和小熊沿着牧场顶部的围栏巡视，仔细察看四周有无缺口。有几处树丛对面的树林倒了下来，横卧在篱笆上。夫妻俩一起干活，配合得很默契，很少说话，他们把枯树从铁丝上抬下来，把纠缠在一起的篱笆整修好，用铁丝重新把柱子缠起来。自去年十一月初秋季剪羊毛以来，这片土地上就再没养过牲畜。黛拉罗比亚清楚地记得那天上山时的情景，在出发去往一个新地方之前，她像罗得的妻子一样，最后一次朝山下看了一眼。她万万没有料到是这样一个新地方。

朦胧中，奥维德·拜伦的身体又浮现在她眼前，她真想把自己的眼睛抠出来。不，别想这个。她不停地逃离，大脑却还带着那个画面，把记忆往前推，挑衅着她，让她去体验这种刺激感，她痛恨自己这样。那感觉很剧烈，像牙痛，又像摔倒。她被一个男人迷了心窍，不能再发生这种事了。她原以为蝴蝶给她带来了那么多奇怪的好运，一定是什么有所改变了。她本以为自己自由了。

一群麻雀从枯死的灌木丛中冲了出来，扑扇着翅膀飞到树林里消失了，只有一只还在地上。这个孤零零的怪家伙冲到前面，停在一根栅栏柱子上，小熊和黛拉罗比亚朝它走去时，它又停到另一根上。"从一根柱子飞到另一根柱子。"黛拉罗比亚在高中迷恋的事物换了一个又一个，她母亲常说这句话。她已经很多年没想起这句话了。

小熊停下来细细端详一段很长的栅栏，这段栅栏紧贴一条被冲毁的溪谷，必须重新安装。她从口袋里掏出手套，顺便找到了她的眼镜，摸到一支铅笔的笔尖，那是他在实验室给她的。要是她今天早上没出门就好了。要是小熊不那么拖拉就好了。她不知道明天会怎样。如果无法面对他，她就得辞职。想到这种损失，她痛得跟死了一样。

"嘿，想听个好笑的吗？"小熊问。她说好。她把铁丝网板拉向柱子，以便让小熊钉住。虽然她用尽全力靠在上面，但重量仍然不够。

他说："今天早上见到爸爸时，他对我说，皮纳特想让蝴蝶飞到他那边去，被他逮住了。"小熊停下，把最上面的U形钉敲进去，减轻了黛拉罗比亚的压力。

"你这话是什么意思？"

"我猜他是想把蝴蝶引过去，越过地界线进入他家土地。爸爸说他买了类似蜂鸟用的东西，在里面放了糖水。"

一想到皮纳特·诺伍德拿着喂鸟器四处奔走的情景，她就忍不住放声大笑起来。"究竟为什么呢？"她问道。

"他想分一杯羹。爸爸说，镇上一些人正在讨论建一个迪士尼乐园之类的东西。"

"一个主题公园,这太疯狂了。难道他们不知道那很——"她想找一个比"愚蠢"更好点的词,最后说,"没用的,一旦气温下降到十几华氏度,蝴蝶就会死光。也许它们现在就不行了。"

"嗯,也许明年吧。"

一股无处可逃的绝望情绪朝她袭来,黛拉罗比亚感到膝盖酸软。不只是小熊,镇上的许多人都在谈论这件事。"不会有明年了。天气变得太冷,它们一冻死,一切就结束了。不会有下一代了。"

"把这话告诉市长杰克·斯泰尔他们吧,"小熊说,"他们用供给学派经济学理解这事。上帝供给蝴蝶,费瑟镇得到经济上的好处。"

"真的吗,他们就这样想,蝴蝶是耶稣发放的?"

"为什么我们的城市就不能幸运一次呢?"小熊问道。

黛拉罗比亚意识到一开始她也有同样天真的想法。如果说有什么不同的话,那就是她比他更自私,希望这些蝴蝶归自己所有。是她先看到它们的。她一直不愿放弃自己的幻想,听从科学家们先前的主张。"这的确是我们应得的,小熊,"她说,"我不是说我们不该。但运气就像掷骰子。你不能仅仅指望它们会飞回来,来建立某种产业。像那样盲目行动,就是人们把事情搞砸的原因。"

他们拉完了底部的绳子,小熊把爬到铁丝网上的长长的藤蔓触须拽了下来。侵占农田、缠住机器的忍冬花十分不受欢迎,它爬满了整个篱笆,叶子虽被冻得发紫,但仍顽强地生长着。羊都不愿碰它。奥维德告诉过她,这种外来植物来自日本,在日本确实有吃忍冬花的动物,但没有跟着忍冬花引进过来,因此这儿没有天敌限制它生长。

"不只是爸爸那帮人,"小熊争辩道,"为了吸引游客,整个州现在都在极力推动成立自然公园。"他拍了拍戴着手套的双手,想让它们暖和起来,她也拍了拍,两人就这样用低沉的掌声向寒冷的清晨致意。她知道他说的"自然生态州"运动,在那些自然生灵来到她家后院之前,这个她连想都没想过。到头来,他们却发现这个所谓的自然现象是极不自然的。她觉得该给小熊解释一下,但不知从何说起,就像在讲述一个童年创伤故事时,为了试图挖掘出事情的全部真相,不得不追溯到父母的不幸,继而是祖父母的不幸一样。

"问题是,"她最后说,"那些家伙口口声声谈论蝴蝶,但都是以他们的需求为中心。他们想赚钱,所以希望大自然围绕着他们的需求转。"

小熊似乎也在考虑这个:"不过,他们还能做什么呢?"

"他们可以和拜伦博士谈谈。他每周七天,每天二十四小时都在外面，从各个角度观察，试图弄清楚发生了什么。"说出他的名字时，她感到心头发紧，心跳加速，就像正在观察病人的医生一样。她很惊讶地意识到，她并不想逃避，也不想辞职。她必须成为这个故事的一部分。要么因他而死，要么被他治愈。

他们继续前行，她和小熊两人一起端详篱笆，看看哪里需要进一步修补。站在这片牧场的高处，可以看到四处光秃秃的树林。农场的地形一览无余：后面是陡峭的高山，下面是狭窄的山谷泄洪沟。她突然想到，夏天时这儿大都被树叶遮住了。有了这些令人安心的绿色墙壁，一切都看不到尽头。夏天是属于否认的季节。

在田野上方东边角落，他们开始沿着牧场和库克家枯死的果园之间的地界往下走。一排排瘦骨嶙峋的桃树斜倚在山坡上，树枝向上伸展，像乞讨者伸出的手。这些都是这种怪天气的牺牲品。从普雷斯顿和科迪房间的窗户就能看见这些树，这样的景色太令人沮丧了。有一段时间她一直拉上房间的窗帘，但他们现在站在了这里。教堂里有人说库克一家现在去了纳什维尔进一步接受治疗，骨髓移植什么的，可能很痛苦。孩子可怜，父母更可怜。

"我在想，"过了好一会儿，小熊说，"你说的和博士谈谈的事，我也考虑过，关于蝴蝶，市长杰克·斯泰尔等人应该去问问他。但也许他说的不是他们想听的。"

"人们的确能应付坏消息。"她回答道。但这是真的，镇上没有人需要拜伦博士的建议。她想让记者去采访他，但是他们不信。高中老师们也不欢迎他。她想起博比·奥格尔是如何打动观众的：用慈爱和直率的举止来说服他们。不管他说什么，你都希望他说得对。奥维德身上也有同样的气质，他大部分时间都在倾听，从不评判。人们拥护其中一个，而排斥另一个，这毫无道理可言。

"问题是他不是本地人。"小熊说。

"就因为他是外地人，就没有发言权了吗？那么，我们是不是不该读书，也不该听本县以外的人说的话了？那对我们有什么好处？"

小熊没有试图回答。

"那可是没劲透了。"她竭力克制自己戒备的语气，她知道这不是小熊的错。不了解奥维德·拜伦这种人的人自然不会信任他。也许他们不能把整个世界拒之门外，但他们肯定能从电视或广播上找到一些东西，来丑化科学家、外国人，或不管他们认为的什么人。说真的，他们和那些看不起南方人的城里人一样糟糕，总有一两个比利·雷·哈奇听候他们摆布。如果人们正确地播放频道，他们一生中就不会有分歧和争论了。她终于明白人们为什么需要那么多电视频道了。

"不管怎么说,你觉得怎么样?"小熊问道。

"什么怎么样?"

"那份工作啊。在谷仓里干活。你都做些什么?"

她以为小熊并不好奇,所以从未试图向他解释过她一天天是怎么度过的,其实也确实无从解释起。"等我们一做完脂类实验,我就让你进行 OE 计数。过来看看,这个很有意思。"生活中从没有人对她这样说话,而现在有人这样对她说了,这让她变成了另一个人。她想继续做这样的人。

"我长了见识,"她只是简单地说,"实际上我并不负责任何事务,我只是一个头衔被美化了的秘书。"

"你还打字?"小熊问。她笑了。除了电视上的秘书,她几乎没见过任何人用打字机打字。也许车管所的女秘书填写驾照表格时还在用。

"不,我把数字记在笔记本上。我还跟踪记录。拜伦博士和皮特也干这个。他们测量不同的事物,并把结果都记下来。"

"我想关键是要知道该测量什么。"

"你说得对,"她说,"的确是这样。"

"和农场的活一样。"他说。她发现这个他说得也对,观察得很到位。农场里每周都需要有人给母羊和羊羔检查内眼睑,观察贫血程度,以此判断羊体内寄生虫的数量。他们还到干草地监测种子与茎秆的比例,根据羊的肉产量和羊毛纤维长度来繁殖和淘汰羊。海丝特是执行主管,做的笔记也最好。

"不过,这份工作更细致,"她说,"整周我都在显微镜下数寄生虫,还帮着测量蝴蝶体内的脂肪含量。他们能测量千分之一克的重量呢。一克就非常小,一磅得是几百只蝴蝶的脂肪。在那个实验室里,他们还可以给眼睫毛称重,然后按大小排列。"

小熊吹了声口哨。

"其实他们不会这么做,"她说,"我只是举个例子。"

"你们为什么要知道一只蝴蝶有多胖?"小熊问道。

"只是需要知道关于它的一切。就像你说的,像羊一样。细微的迹象能说明大问题。他想知道蝴蝶为什么会生病。"

"它们生病了?"

"它们都是来这里过冬的,但它们真不该来这儿,因为这里的冬天太冷了。但是今年暖和,所以它们来了。或者,我想我们也不知道为什么。但他说这是出了大问题。"

"听着,这个我不同意。"小熊说。和她预料的完全一样。和镇上的人、蒂娜·乌特纳以及收看她节目的全国观众一样,小熊也不会对这种思维方式产生兴趣。所有人都相信那是一个奇迹。老实说,这是一个更美好的故事。

"随你便。"她说。他们下了坡,经过库克家,看到屋里亮着灯,车道上停着一辆车,不是库克家的农用卡车,而是一辆白色轿车。这么说有人在替他们照看家里。黛拉罗比亚知道她该过去问问孩子的情况,可是这太难了,万一他死了呢?

他们又停下,把杂乱无章的藤蔓从整齐的长方形铁丝网上扯下来。她甚至不知道这些年来他们这么干了多少次了,他们总是希望能控制住它们。她想,他们夫妻俩的首要任务,可能就是把忍冬花从篱笆上拽下来。

过了一会儿,小熊问道:"你是说蝴蝶的脑袋也会出问题?"

"不,不是那样的,是其他方面出了问题,它们看上去没什么两样,所以这很让人困惑。就像如果你每周五都开车去'美食大王'吃饭,一个周五,你和往常一样沿着同样的路标走,却没找到美食大王,而是来到了汽车零部件商店,你就知道出问题了。不一定是你出了问题,而是整个镇都出了问题。"

小熊似乎明白了些。

"所以它们来错地方了,"她说,"而且它们无法适应。拜伦博士说,这就像我们因为某种原因被说服来到这里,和羊一起生活,但我们仍然不能吃草,也不会生小绵羊,我们会生小宝宝,而宝宝也会遇到冻雨和土狼的麻烦。"她美化了奥维德的例子,但她觉得这么说很合理。

"是什么让蝴蝶偏离了它们的轨道呢?"小熊问道。

"这个嘛,你瞧,这就是他们想要弄明白的,"她说,"拜伦博士并不是唯一一个对此疑惑不解的。不仅仅是这些蝴蝶,很多事情都出了问题。他说,基本上是气候变化导致的。"

"什么变化?"

她犹豫了一下:"全球变暖。"

小熊哼了一声。他踢起一团积满灰尘的霜冻。"阿尔·戈尔[①]可以过来烤他的面包了。"每次冬季暴风雪来临时,电台里就会播放约翰尼·米特金的这句话。

"但是去年我们这里下了多少雨呢?那些屹立了一百年的大树都倒下了。天气变得奇怪了,小熊。你见过哪年像去年这样?"

[①] 指阿尔伯特·戈尔(Albert Gore,1948—),美国政治家,于 1993 年至 2001 年期间任美国副总统。2000 年美国总统大选后成为国际知名的环境活动家,并因在全球气候变化与环境问题上的贡献受到国际肯定,获得 2007 年诺贝尔和平奖。

他们来到田野底部,沿着路转弯,还剩最后一圈就到房子和谷仓了。一辆黑色的小货车驶过,拖斗里站着一条德国牧羊犬。最后小熊说:"他们没把它叫作'全球变怪'。"

"我知道。但我觉得就是这个意思。"

小熊摇摇头:"天气是上帝的事。"

她感到一阵恼火,但她知道怒气对这场争论毫无意义。她把怒火连同一厢情愿的想法憋在心里。她在人生中遭受的每一次重大损失都被说成是上帝的事:死产的胎儿,在壮年期死去的父亲。

"那我们就只能接受现实吗?"她问道,"每当有疾病夺去孩子的生命时,人们总是说同样的话:'这是上帝计划的一部分。'现在我们给孩子接种疫苗,那这是不是在藐视上帝?"

小熊没有回答。

"问题是,"她说,"我们为什么在科学的事上相信约翰尼·米特金,而不是科学家呢?"

"约翰尼·米特金播报天气预报。"小熊坚持说。黛拉罗比亚看到自己一辈子都被困在这个逻辑中,就这样完了。总的来说,一个人的知识综合取决于这个人拥戴的老师是谁。

他们沿着最后一段路走着,离房子、谷仓和奥维德的活动房屋越来越近,但看见家并未让她感到丝毫安慰。他迟早会从那辆露营车里出来,他们会说话,一定会有什么事发生。她不忍心让小熊受到伤害,但伤害似乎不可避免。天空比他们一小时前从家里出来时更低更暗,空气也更冷了。朝北山坡的地面上仍然结着白霜。人们一直在谈论下雪。长在沟旁的阔叶杂草枯干了,站在那里像投降的破旗。他们离家很近了,但这段距离成了她不敢跨越的鸿沟。

小熊紧张地轻咳一声,准备要说什么,导致她自己的喉咙也跟着发紧。"咱们得谈谈。"他说。

她的脸感到麻木:"好吧,谈什么?"

"我不知道怎么说。"

"直说就行,小熊。"

"说不出口。"

她很想帮他,但不知如何开口。他们不一致的步伐发出奇怪而不规则的撞击声,他们的脚后跟踩碎了沟边泥土上的薄冰。最后,小熊说:"是关于克丽丝特尔的。"

黛拉罗比亚感到思绪暂时偏离了轨道:"你说什么?"

他慢慢地吸了口气:"克丽丝特尔·艾斯代普。"

"我知道克丽丝特尔是谁,小熊。她怎么了?"

"她一直来家里。"

"你是什么意思,什么时候?"

"你去那儿上班时。"

"怎么,她每天都过来?"

"不,来了有四五次。总是在我下了班后——我也不知道她是怎么知道的。趁着我和孩子们在一起,而不是卢佩。她总是来,说她想让你再看看那封信。"

"两周里来了四五次?她不记得我现在的上班时间是从上午九点到下午五点?这个就连克丽丝特尔·艾斯代普好像也能记住吧。"

小熊看上去很是痛苦。他摇摇头,望着天空。

"哦,天哪,小熊。你们有没有——你要告诉我什么?"

"没。我们什么都没做,黛拉罗比亚。相信我,她不是……她是克丽丝特尔。不管怎样,孩子们还在那里呢,你想什么呢?我可是有家室的人。"

她想起圣诞节前在一元店见到克丽丝特尔时的情景,当时她靠在手推车上和小熊说话,黛拉罗比亚还以为这种奇怪的暗示姿势不过是一个习惯性的肢体语言,并未多加理会。关键是她从没把克丽丝特尔当作一个竞争对手。黛拉罗比亚对她的世界突然重新排序、小熊和她自己在其中的位置发生了变化而感到沮丧。她完全沉浸在自己的痴恋之中,满以为她是这场比赛中跑得最快的那匹马,最后却发现自己成了笑柄。她是个典型的妻子,像蝙蝠一样瞎,眼见别的女人勾搭自己的丈夫,自己却被蒙在鼓里。她觉得小熊很有魅力，克丽丝特尔也是。他是个很有魅力的人，十分单纯，这对女人来说足够了。一个会把大部分钱都花到意外把他弄到手的女人身上的男人。

"我永远也不会背叛你的。"小熊说着，断断续续地喘着气，几乎要哭了。

"我知道你不会，小熊。你是个好人。我不配拥有像你这么好的人。"

"别这么说。"他说着，用大拇指擦了擦两个眼角。他们已经来到牧场和后院之间的大门口。她极力控制自己不去看那辆停在他们家和谷仓之间的拖车。这儿所有的东西都挨得很近，房子和车道挤在农场一角，这块地还是大熊和海丝特盖这个房子时从牧场里划出来的。就像他们的婚礼和房子一样，篱笆也是匆忙搭建的。他们当时用的是金属T型立柱和便宜的电线，历经这么多年，它们看上去仍然像临时的，就像事后想起来添加上的一样。她一直瞧不上卧室窗户外面的铁丝网。但这毕竟只是一排篱笆，她围着走过一圈，也修了一遍。房屋坐落在篱笆外面，正对宽阔的马路。小熊抬起门，她走在他前面先进了院子，意识到他在她身后用小铁链把门闩上。

周一早上，皮特大声敲打厨房的门，告诉她当天的工作需要上山，把黛拉罗比亚和孩子们吓了一跳。拜伦博士已经到了那儿，皮特现在就动身，让她一有空就跟着去。他还叫她带些枕套过去。她先是对带枕套感到困惑，之后第一反应是松了一口气。在那儿面对他，总比带着偷窥者的沉重负罪感走进实验室要容易得多。在树林中的拜伦博士会专注于蝴蝶，也可能爬到了树上。想到这里，她开始为那些蝴蝶担心。一夜之间，天空放晴了，一阵冷空气从厨房门缝钻了进来。他们一定是因为太担心，才在这个时候上山去。

孩子们还穿着睡衣在吃早饭。科迪得了感冒，几周来一直闷闷不乐，鼻塞不通，像斗牛犬一样用嘴喘气。黛拉罗比亚很想把暖气开大一点，但是想想电费账单，还是算了吧。等到七点四十五分时普雷斯顿会去赶校车，小熊会在上班时顺道把科迪莉亚送到卢佩那儿，一整天家里都会没人。如何在接下来的四十分钟内让每个人穿戴整齐，做好出门准备，这是很不可思议的，她在厨房小跑着一边喝了咖啡，一边打包好了午餐，最后把一切搞定。

枕套？皮特的意思是不是也该带枕头？他们的聪明才智永无止境，一再要求她把家居用品贡献到科学事业中，为他们的各种新奇装置带上衣夹、衣架或厨房海绵。她看着他们就地取材,凑合将就,改变了原先觉得他们挥霍无度的看法。他们在实验室里连佳得乐也用过,为了给捕获的蝴蝶当养料,让它们在某些实验中存活下来。但枕套?她努力不去想象扭曲的床单和奥维德·拜伦的身体,尽管思绪已经被拉向了那个方向。她用屁股用力关上冰箱门。科迪的头发看起来像一个金色干草堆,但这个孩子今天却罕见地听话,一只手忙着往嘴里塞东西,另一只手紧紧抓住她那个在高脚椅托盘上晃来晃去的格子毛绒熊,玩具熊绝望地瞪着纽扣眼睛。科迪就是这样,从出生起,手里就总是紧紧抓住某个东西,一个玩具、一条毯子,或者小手够得到的马尾辫。普雷斯顿则更独立,也许因为他是男孩。

或者是普雷斯顿的个性使然。此刻他顾不上吃麦片粥,正专心致志地研读关于羊的书。小熊从海丝特那儿借来了一些书,这样等他们把母羊牵过来,万一生小羊的时候发生什么紧急情况,书就可以派上用场了。她真希望小熊选了本更适合孩子年龄的书。普雷斯顿当然挑了那本巨大的兽医手册,里面列出了谷仓前的空地上可能出错的所有事项。可怜的小家伙,扛着这本大厚书从一个房间到另一个房间,并要求把它带到学校去,引得小熊给了他两个警告:第一,他不识字；第二，别人会叫他"书呆子"。普雷斯顿对这两点都不在乎。他喜欢做那个拿着大部头书的小家伙，而且里面的图片很丰富。他轻而易举就找到了关于生小羊的那一章。画中许多未出生的双胞胎羊羔蜷曲在一起，四肢缠绕，鼻子对鼻子，或者鼻子对尾巴，让她想起一本性爱手册。

科迪莉亚聚精会神地跟着哥哥一起看。"狗狗。"她说。

"不是狗，"普雷斯顿纠正说，"它们是小羊羔。"

黛拉罗比亚端着一碗松软的干酪坐了下来，这是她临时凑合吃的早餐。普雷斯顿抬起头来，眼里充满了疑问。"它们为什么在狗窝上打盹？"他问道。

她忍住没笑，认真地告诉他上面椭圆形状的是子宫。这些照片应该是在展示羊羔在母羊体内的样子。"它们还在妈妈肚子里等着出生，就像科迪在我肚子里一样。还记得吗？"

他郑重其事地点点头。他们都看着科迪莉亚，她的脸上沾满了麦片粥和鼻涕。也许他们在想同一个问题：谁知道会生出来这样一个小东西？

"别忘了吃饭，大男孩。再过两分钟，你就得跑去穿衣服了。校车可不等人。"

他一边心不在焉地用勺子舀着脆谷乐麦圈吃，一边埋头看书，最新的爆料让他兴趣倍增。他那认真的表情和平坦的额头使黛拉罗比亚忍不住又看了一眼：普雷斯顿会有大出息。也许他会成为一名兽医，这里的农民太需要兽医了，或者是那种在动物园里照顾大象的兽医。尽管她担心儿子欠缺优势，但普雷斯顿会成为奥维德·拜伦一样的人。他对自己追求的事物十分有奉献精神，这似乎已经让他与众不同，他的奉献精神既勇敢又不合常理。人们很少这样了，尽管他们口口声声说想这样。大多数人都像她和多维一样，年轻时曾经十分叛逆，胸怀大志，一心想逃离此地。她的勇气也就相当于饼干罐里的一粒老鼠屎。直到最近，罐盖被吹掉，黛拉罗比亚被暴露在整个世界的面前。可事实是，她胆小如鼠。但这儿坐着她勇猛的儿子。也许他生来就如此。生了这样的儿子真是太幸运了。

"妈妈，这个男人在干什么？"他问道，声音中透着焦虑。

"让我看看。"她把书拿了过来，希望儿子没有看到什么给他一生留下阴影的内容。书上的那幅画让她困惑不解：画中男人抓着羊羔的后腿，显然是要把它甩向空中。她仔细看了看文字说明。"复苏，"她说，"他在让羊羔复活。"

普雷斯顿坦率地盯着她，并不相信她的话。她又纠正说："我刚才说得不对——要是动物死了，是不能让它活过来的。但如果羊羔出生时没有呼吸,就可以用这种方法帮它。"

"扔它吗?"他满腹狐疑地问。

她浏览了一下那页上的文字:"他不是要把它扔出去,而是在转着圈摇晃它。如果羊羔生下来的时候鼻子和喉咙被黏液堵住,人们就应该这么做。书上是这么说的:'紧紧抓住它的后腿,然后摇晃它,离心力会清理它的鼻子和肺。'"

书上接下来还有如下建议,"确保周围没有任何障碍",这让人不由想起动画片中类似的暴力结局,所以她没有读那部分。她知道,即使在现在这样早晨最忙碌的时刻,孩子们对她说的话也很当真,所以她很注意言辞。

普雷斯顿平静地问道:"我们也必须这么做吗?"

"哦,宝贝,不。"她盯着在科迪的高脚椅托盘上晃荡的那只格子毛绒熊。她多么想抓住它的脚后跟,在厨房里转一圈练习一下,活跃一下气氛,让孩子们捧腹大笑轻松一下,但理性却拒绝这么做。生命就是生命。小小年纪就成为孤儿的她早就把死亡内化,觉得死亡开不得玩笑。同样,救赎也是。

天气冷极了。上山时她戴上厚厚的羊毛帽子和手套，一边马不停蹄地走着，一边暗自希望再有一条围巾捂住鼻子就好了。寒冷的空气刺得她鼻孔生疼，她的眼睛感觉黏糊糊的，好像眼泪都冻住了。四个干净的枕套连同午餐和其他必需品都被她一起塞进一个大背包里。万一她误解了皮特的指示，那些亚麻制品就可以在她的包里静静地躲一上午。她真希望自己能花时间多穿些衣服。她没到奥维德的露营车那里查看温度，不知道自己什么时候会再去，也不知道自己是否还有勇气去，但温度至少在 25 华氏度左右，如果不是更冷的话。也许经过暖和沉闷的几个月，她忘记了怎么判断寒冷。

在牧场顶部，她惊奇地看到黑黢黢的树枝和阴暗的林地上有白色的东西在飘。夜里下过雪。天空已经放晴，晨光早把下面田野上的积雪融化得干干净净。但这里的山上仍处于严冬。一想到蝴蝶栖息的树上有雪，她开始惊慌失措。雪花落在蝴蝶身上，落在它们脆弱的翅膀和柔嫩的身体上，想到这个，她的心都快碎了，不敢再去想象。她沿着小路艰难地跑了起来，如果少抽一千包香烟，她一定会跑得很快。有那么一瞬间她想回去开越野车，但她知道没有这个必要。如果灾难已成事实，她的出现也于事无补。

雪让森林显得不那么暗了，常青树的树枝上也披上了亮光，折射出明亮的天空。从砾石路岔开就是通往研究站点的小径,她注意到,即使是这条小路,也已经被人充分利用。到处都是游客和他们离开时留下的痕迹:堆放在一起生篝火的岩石被火熏黑了,薄薄一层雪的地面上露出了闪烁的玻璃碎片。为了喘口气,她放慢脚步,仔细观察着周围。高高的树枝上一簇被雪覆盖的树叶吸引了她的目光,原来那是个松鼠窝,她唯独不见活蝴蝶的踪影。

她沿着一条非常陡峭的小路走下去,这条小路直接通向蝴蝶栖息地的山谷,经过一个离小路大约五十英尺、看上去像个营地的地方。黛拉罗比亚这辈子从未在外面露营过——她不明白在尼龙袋子里睡觉到底有何吸引力——但显然很多人不这么想,其中一些人就已经在这里安营扎寨。陌生人的出现不再是特别的怪事,但窥视这些人早上的私密生活,听着他们低沉的拉链声和说话声,让她感到既尴尬又害羞。她能闻到那些人的咖啡味。有六七个年轻人蹲在篝火旁,她猜都是小伙子,但也说不准。他们的头发很狂乱,就像科迪莉亚平日的发型一样。其中一人站了起来,身后拖着一个毛线球,手里拿着长十字钩针。黛拉罗比亚觉得他们不可能在编织。站着的那人朝她挥手,手看上去裹着绷带,动作缓慢,幅度很大,仿佛隔着老远。他或她穿一件男式旧外套,里面套着棉布裙,牛仔裤腿塞进没系鞋带的靴子里，这正是科迪会有的装束。黛拉罗比亚犹豫了一下，也朝那人挥了挥手，接着继续前行。

她来到杉树林里，里面还是像往常一样黑暗而寂静。在白雪覆盖的树枝间，她看见了结着雪花的蝴蝶，先是几只，随着眼睛逐渐适应了它们冬天的模样，接着又看到更多。她停下脚步，暂时摘下手套，跪下来抚摸脚下道路上那一堆布满纹理的脆生生的翅膀，这是她见过蝴蝶死亡数量最多的一次。成堆的蝴蝶尸体躺在它们在树上的聚集地正下方，干瘪得可怜，就像歉收时从藤上脱落下来的一大堆枯萎的西红柿。她站起身，双手放在胸前，望着树木，想看看还剩下什么。森林里仍然有不少成簇的黑乎乎的蝴蝶，它们上方被照亮，边缘被太阳光点缀成橙色。如果它们的数量有所减少，她也不会知道情况有多糟，因为在她看来它们的总数目一直多得不可计数。最简单的结论是它们活了下来。世界的一部分还在。

她越来越熟悉山谷底部的那一小片空地，就像屋子的一间房间，那是研究站点。她在边缘的树林边上停下，让心跳放缓。自戒烟以来，或者说自进入奥维德·拜伦易燃的工作环境以来，她的肺日渐恢复了。他就在那儿，在峡谷的另一边。他和皮特背对着她站着，一起盯着树梢。她很惊讶地发现四个实地助手也已经来了，面带严肃地在空地上走来走去。弗恩·泽卡斯也在其中，他将一根木棍放在膝盖上折断，扔进一小堆篝火中。这些孩子是她招募来的，奥维德马上给他们安排了任务。上周，他们用小熊为他们捡来的胶合板壁板做了一张矮桌子，四角支在大石头上，桌子周围的地面已经被踩平了。今天早上，桌子上放了野外磁秤，两侧是半开着的设备包，里面的东西露了出来。蜡状长方形玻璃纸封套四散在桌子上，就像打完扑克后被扔得到处都是的纸牌。她纳闷男人能否看到他们制造的混乱，或者说他们的眼睛构造不同，就像奥维德告诉她的，猫、狗和昆虫的眼睛不一样。她该过去整理一下。男孩们似乎很安静，不再像平时那么欢快，大概是因为今天出现了紧急情况。他们先于她到达，让她生出一种领地被侵占的奇怪感觉。

她看到皮特弓着背，姿势很奇怪，过了一会儿她才明白他是在拉弓准备射箭。箭径直飞到树梢上，然后以僵硬的角度从高处向后坠落，弹跳着，停在离他们头部十五英尺的树干上。黛拉罗比亚知道有个用弓箭猎鹿的季节，但不知道他们打算射杀栖息在树上的哪种动物。她看了很长时间，不愿露面。她注意到，皮特每次射出一支箭，弗恩和其他人也盯着看。皮特正在用看不见的细丝把箭收回来，也许他用的是钓鱼线。箭在树枝间的每一次穿行都惊扰了栖息的蝴蝶群,有时一小丛蝴蝶会掉到地上,但这显然不是他的目标。她猜想他正试图把箭射到一棵高大的杉树顶上。在他进行第五次尝试时,箭射过去了,一阵欢呼声立刻响起,仿佛他触地得分了一般。这些男孩们啊。

趁他们分神时,她没等老板打招呼就进入了人群。从周六开始的焦虑浓缩在她与他目光交接的时刻,瞬间她就会明白他是否知道自己的裸体被她看见了。又是一种形式的赤裸。现在,回避这一时刻显得至关重要。她径直走向弗恩,他正在展开长长的尼龙卷尺,看到她,不由松了口气。他告诉她,拜伦博士想让他们对地上的蝴蝶进行"普查",但他们对此任务毫无头绪。她完全能想象,信心满满的奥维德在告诉他们一大堆专业指令接着走开后,他们的心情会如何。幸运的是,这个她懂——这是她和邦妮、马科在这儿完成的第一个任务。她让弗恩拉着卷尺一直向北,沿样带画了一米见方的若干个正方形。皮特过来跟她打招呼。

"你带枕套了吗?"他脸上的表情显示出他有些不相信她真这么做了,于是她兴奋地解开背包拉链,把它们像魔术师的围巾一样一个个拿出来。见她带了四个,他似乎很高兴。皮特让助手们在数完蝴蝶数目后,把四个一平方米样方里的蝴蝶都装到枕套里。"死也好,活也罢,"他告诉弗恩,"一个样方装一个枕套,不管你选哪只,我们都会把它们带回实验室。"

男孩们毫无异议地接受了这个奇怪的任务,到他们指定的地点干活去了。她回忆起自己第一天在这里干活时,也严格抑制住了自己正常的好奇心,生怕暴露出自己无边无际的无知。这些孩子甚至比她更认真,他们的膝盖跪在潮湿发霉的黑树叶上,不在乎自己的牛仔裤永远也不能洗干净了。除了罗杰,他不管什么天气都穿短裤。罗杰和卡洛斯是那三个加州人中的两个,他们到这儿时向黛拉罗比亚作了自我介绍。从那以后,他们就在这里扎营,越来越蓬头垢面,但毫无怨言。第三个已经回家了。皮特不称呼他们的名字,而是叫他们"350小伙子",她想知道这是不是在贬损他们。她和皮特似乎成了同一阵营的人,其他人都来到了他的地盘上,俱乐部的规定令她着迷。终于有机会成了局内人,这让她有点沾沾自喜。她还发明了"鬓角弗恩"这个外号来逗皮特开心。但弗恩工作起来热情是如此之高,这又让她感到抱歉。她真的很喜欢从加州来的这些男孩们,他们总是那么可爱,那么彬彬有礼,不像很多游客,到这儿来乱踩乱踏,还把黛拉罗比亚当成雇工,问她要水,让她指路。和她说话时他们有时还会拉长音节,好像她听不懂英语一样。

她跑着追上皮特。"你用弓箭干什么？"她问他，"我可以举报你在淡季射蝴蝶。"

他笑了："我们在把 iButtons 串起来。"

"眼睛什么？[①]"

"是字母 i。小写 i，大写 B。"他打开一个设备包，取出一个拉链袋，里面装满了硬币大小的银碟片，和手表电池一般大，不过更厚。iButtons 是微型计算机设备，能记录一段时间内的天气和温度。维可牢尼龙搭扣被用来将每个纽扣固定在一根遮挡风雨和阳光的 PVC 短管中，然后再固定在钓鱼线上，最后由他射到树上。他们会让这些设备待在高处，也就是说，他们会从地面到树梢每隔五米安置一个。"它们能实时保存数据，"他解释道，"就像你汽车引擎里的黑匣子。"虽然她没有问，他还告诉她，每个纽扣的价格是 10 美元。

她的旅行车还有一个黑匣子，这对黛拉罗比亚来说是一大新闻，但她领会了其中的意思，与皮特一起忙了起来，证明自己很擅长安装外壳，并把它们接到将其吊起来的细丝上。她还记得在得到这份工作之前她告诉多维的个人简历：在捣碎豌豆和发脾气方面经验丰富。现在她可以再加上一句：拥有枕套，擅长魔术贴。他们会

[①] iButtons 中的 "i" 被理解成了发音相同的 "eye"（眼睛）。

把 iButtons 留在树上放置四十八个小时,然后把它们带回实验室。"圣诞节前我们第一次这么做的时候,你不是也在这里吗?"皮特问。

"没有。我只跟你们来过一次,那次我们做了蝴蝶死亡数量统计。"

"没错。"皮特说着,当他用他那洁白整齐的牙齿系紧一个结的时候,他的嘴向侧面歪了歪。她想,那牙套可花了大价钱,他不该把它们当钳子用。"气温一直在不断变化,都在上升,"他告诉她,"尤其是在这片常青树林里。你会很吃惊。科学家布劳尔的团队在墨西哥越冬地记录了大量的气温数据。我们想看看,与普通栖息地相比,费瑟镇栖息地的热特性有什么不同。"

她想象着"费瑟镇栖息地"这些词某天出现在一本科学书中。不是克利里,也不是特恩鲍。她不知道她是否该为自己的名字没被人记住而感到失望。就这样,这个地方会成为一个纪念碑,一个物种灭绝的地方。他们付出这么多,这么辛苦地工作,最后却要迎来那样的结局,这太疯狂了。

"这么说我们要把纽扣带回实验室,然后呢?"

"有读卡器可以插入电脑。将所有数据下载下来并绘制图表得花上一段时间,"他警告说,"做好准备迎接枯燥乏味的一天吧。"

"完全不会。"她说，停下来对着冻僵的手指哈气。

"完全不会。"

她发现自己无法说出奥维德的名字。"他担心吗？"最后她问道，"这对蝴蝶来说真的很可怕吗？"

"情况可能会更糟。"皮特似乎特意不动声色地说，"昨晚气温绝对到了20华氏度，这些冷杉构建出的小气候在一定程度上保护了它们，和在墨西哥一样。我猜他是想了解在这段寒冷的时间里栖息地的气温变化，看看它们的存活情况。"

"他去哪儿了？"她问道。

"他拿着相机，估计是在拍照统计。"

她想起皮特忘记了一个细节：在把每个纽扣射到树上之前，先把它们的序列号记录下来。他看上去确实有点慌乱，所以也许情况很是糟糕，只是他不愿意说而已。她问起枕套的计划。

"哦，对了，"皮特说，"不能一整天都把它们放在这儿，今天下午得有人把它们送到实验室去。你要做的，"他说，让她明白了有人指的是谁，"就是把蝴蝶全抖出来，把枕套别在晾衣绳上什么的。反着晾。你可以在实验室里扯一根绳，然后观察它们。"

"观察装满死蝴蝶的枕套吗？"

"它们并没有都死了，你会看到有些在里面睡觉。

它们觉得暖和了,就会在枕套里活动。一天结束时,你数数活的和死的各有多少,计算一下,得到一个比值。把这个数字乘以我们在地面上统计的所有蝴蝶尸体数量,就能估算出死亡率。"

她一步一步地想清楚了:"我能把它们挂在家里吗?"

"当然可以,那里可能比实验室还暖和。"他说。的确如此。她想着等普雷斯顿放学回到家,他会坐到椅子边上,聚精会神地观察它们。每当又有一只蝴蝶从睡梦中醒来,夹在柔软的枕套布料中间挣扎着慢慢爬时,他就会跑来告诉她。她和普雷斯顿会为那些掉队的蝴蝶加油,是的,在一天结束时,他们能做这个。数数活着和死了的蝴蝶,然后计算一下。

等中午过了好久,黛拉罗比亚才想起来自己忘了吃午饭。皮特留她一个人把纽扣安在更多绳子上,又赶去射箭了。有时他会蹲在胶合板桌前,把一串串神秘的数据输入奥维德的小电脑中。仍然不见奥维德的人影。整个上午太阳都在林间穿行,不知不觉间天气越来越暖和,她意识到手指不再冻僵,她也不需要穿那么多衣服了。大约在她脱下外套时,气温达到了某个临界值,引发了一场华丽的景象:蝴蝶们颤颤巍巍地张开了翅膀,甚至飞了起来。空气中一时间挤满了小小的庆典,就像婚礼上燃放的小礼花。她停下手头的工作，抬起头来凝视着。皮特也从键盘上抬起头来，男孩们也暂停清点蝴蝶尸体的活，就像膝盖湿透的僵尸一样摇摇晃晃地从地上站了起来。大家都充满感激地看着。他们没有发出像皮特的箭射中那棵树时的欢呼鼓掌声。每个人都明白其中的差异。

这时，她感到头昏眼花，然后就想起来自己是饿坏了。她抓起背包，朝长满苔藓的原木走去，那儿仍然是研究站点最好的家具。卡洛斯和罗杰也在那里，他们的膝盖成了黑的，外套扔在地上，袖子挽到手肘处，双臂交叉放在胸前，正站在木头边上玩撞人游戏，努力把对方撞下来。卡洛斯个子更高一些，尽管他的名字听上去像墨西哥人，但头发是姜黄色的。罗杰的胡子有两周没刮了，他总是穿宽松的短裤，让她想起白雪公主里的小矮人。

"嗨，黛拉罗比亚。"她走近时，他们俩同时叫道。他们似乎很喜欢叫她的名字，她很少见人这样。也许加州人对与众不同的事物很感兴趣吧。她不由得估算两个男孩摔下来能跌多远，也许会扭伤脚踝。他们吃午餐留下的包装纸四散在圆木上。无论她的职位是什么，她终究还是个母亲。她抑制住替他们清理的冲动，坐了下来，与他们的胡闹保持了安全距离。放在包里的花生酱三明治钻到了里面,让她不得不仔细查找,从包里面掏出一大堆东西,把它们一一放在身旁的原木上:四块一次性尿布、一双袜子、一盒创可贴,还有一个制冰格,她不清楚怎么里面还有这个。

奥维德·拜伦出现了,在她那堆小东西的另一边坐了下来。她的脸涨得通红,急忙把那堆千奇百怪的东西收好,打开三明治的包装。"早上好。"他愉快地说,没有注意到时间,也没觉察到她的窘迫。他似乎对见到她没有什么异常的感觉:"你那边还顺利吧?"

"还好。"那么,答案是不,他不知道。谢天谢地。她可以安心地待在这根木头上,留在这个世界上了。她仔细端详着手里的花生黄油果酱三明治,白面包中间夹着褐色和艳丽的紫色。也许他知道,不过对此并不介意,有没有这个可能呢?他肯定在网上看过她那张几乎全裸的照片,但他当然从未提过。她小心翼翼地瞥了一眼他的三明治,鼓鼓的,现成的商店包装,可能是皮特从城里买的。奥维德吃得津津有味,表明这是他在寒冷漫长的一天里第一次吃东西。他天一亮就来这里了。

"你带的吃的够吗?"她忍不住问道。

"不够也得够。"他说。她鼓足勇气看了他一眼,他面带一种真诚的感激,让她不再戒备,也感到有些犹豫。为什么她要问这个呢?她又没有东西给他吃。她今天早上太匆忙,连杯热咖啡都没带。

"你知道我可以做什么,"她完全是不加思索地说,"我今天下午可以煮一锅汤带过来给大家喝。皮特让我把那些装在枕套里的蝴蝶拿回实验室。要是你们在这儿一直待到天黑,一个三明治肯定不够。"

"你提到的这个可真有意思,刚刚我还想起我妻子做的面条汤。"

她没料到他会说起这个:"她厨艺不错吧?"

他用手背搓着下巴,微笑着说:"她是个糟糕的厨师。"

黛拉罗比亚听到这个消息,不由得很开心:"嗯,我做的鸡汤面相当不错。可能过几个小时我就能送过来。"

"我想那会让你成为我们部落的女王,"他说,"尤其是那些'350小伙子'们。我觉得他们最近几周都没好好吃过一顿饭。"罗杰和卡洛斯安然无恙地结束了罗宾汉的角色扮演,清理了他们的垃圾,悠闲地回到清点蝴蝶尸体的地点。他们工作时几乎都在吹口哨。

"皮特为什么这么叫他们?"

"这是他们的组织名。350.org。"

"但那是什么意思?"

"百万分率,"他一边吃一边含糊不清地说,"老实说,我有点担心他们俩。他们全靠思想觉悟和高能量小吃活着。"

她在想什么是高能量小吃，但还是问道："百万分率？"

"百万分之350，"他回答说，"若要地球保持热平衡，大气层可以容纳的碳分子浓度的上限。这个数值很重要。我想他们是想引起人们的关注。"

罗杰回来拿他放在地上的外套，朝他们匆匆挥了挥手。那件外套用胶带打了很多补丁。黛拉罗比亚想，如果他觉得冷的话，也许应该把裸露的腿用胶带缠起来。她纳闷是否该到二手商店帮他买几条裤子。

"碳是一种温室气体，"奥维德补充说，"它吸收太阳的热量。这个数值一直上升。正如他们说的，就在我们眼前发生。"

"你是说有人在数原子？"

"有合适的设备的话，这个并不难。"

她的心还像敲鼓一样怦怦直跳，就像整个上午她见到他或一想到要见到他时一样。但是他的谈话，连同他的脆弱一起使她平静下来。他几乎把三明治整个吞了下去。她把自己的三明治放在一边，到包里搜寻些像样的东西，作为紧急食品供应。"这么说，当我们燃烧石油之类的东西时，碳含量就会上升。"她努力不让自己走神。

他点了点头："上升，上升，一直上升。"

她找到了要找的东西：一小杯切好的桃子丁，把它递给了他。"那么,当它达到百万分之 350 时,什么东西会乱套呢?"

"地球的热稳定性。"他端详了一会儿小塑料杯,然后拿起来,揭掉上面的铝箔封口。看着他像喝水一样把它一饮而尽,她纳闷自己还有没有别的可吃的东西。

"那目前我们的数值是多少?"

他咽了几口才说:"大约百万分之 390。"

"什么?我们已经超了吗?为什么没发生爆炸呢?"

他仔细端详着手里的空杯子:"有人说这个已经发生了。飓风到达内陆的时速有一百英里,这个风速我们前所未闻。沙漠在燃烧。新墨西哥州正在发生地狱般的景象。得克萨斯州更糟。澳大利亚的情况糟糕得难以想象——很多陆地都处于永久干旱状态,农场被永远废弃了。"

她的脑海中出现了库克家的果园在世界另一端垂死挣扎的样子,不过原因恰恰相反。雨下错了地方,量也太大。"他们为什么不灌溉农田呢?"她问道。

"因为大火。"

"哦。"

"黛拉罗比亚,枯死的树木和干涸的土壤使得大火像货运火车一样到处蔓延。在维多利亚州,一个月内有数百人被烧死,死亡人数之多,被他们的总理称为'人间地狱'。这种情况以前从未发生过,甚至连撤离计划都没有。"

她记得她和多维说过地狱已经过时的话。他们沉默地坐着。透过树，她看见卡洛斯从蹲着的地方站了起来，开始做某种瑜伽姿势，将双臂交叉放在头顶进行肌肉拉伸。那两个男孩从不抱怨。"这个数值还在上升吗？"她问道。

奥维德说："把我们带到这里来的一切还在一刻不停地进行。"

她想起小熊踢着地面上的霜的情景："这么说，以后就没有冬天了吗？"

"我猜有可能，但我们不用担心这个。全球平均气温只需发生几华氏度的变化，我们就会被淘汰出局。"

她盯着他，这是发生那次意外事件后她第一次直视他："你说淘汰出局是什么意思？"

"黛拉罗比亚，生命系统非常敏感，哪怕变化极其微小。试想一下，如果孩子的体温升高了2华氏度，你觉得这正常吗？"

"100华氏度，那是发低烧，"她说，"会浑身疼痛发冷。"黛拉罗比亚不喜欢放在化妆抽屉里的温度计，不喜欢那可恶的细长玻璃管，不喜欢那些彻夜难眠的夜晚，不喜欢喉头炎和耳朵疼。孩子们摸上去发烫的脸颊，他们难受的哭泣，真是让她生不如死。

"如果体温持续升高呢?"他问道。

"更高吗？103华氏度，我就要带孩子去看急诊。那才只是比正常体温高了4.5华氏度。超过这个，我连想都不敢想。"

"有意思，"他说，"我刚读了一份数百页的联合国气候报告，它的预测与你刚才说的相符。度数丝毫不差。"

这次关于发烧的谈话让她颇为不安。单单是外用酒精的气味就使她膝盖发软。

"那份报告让我彻夜难眠，"他的话打断了她的思绪，"现在全球平均气温上升4华氏度可能不可避免。就像你说的，我们要去看急诊。即使人类停止燃烧碳，多年的积累也会让温度的上升持续很长时间。"

"如果有什么东西停下，它不就停了吗?"她用细小的声音说。

"我们过去是这么想的，但有一些进程不可阻挡，比如极地冰层的消失。白色的冰将太阳热量直接反射回太空，但是冰融化时，下面的黑土和水会留住热量。冻土融化时又会向空气中释放更多的碳。这些反馈循环一直让我们很吃惊。"

她想，要是没人谈论这个，这怎么可能是真的呢？为了微不足道的损失，那些有影响力的重要人物就爱小题大做。

"所以不是田纳西州的冬天像佛罗里达州的问题,"他说,"那个甚至不在讨论的范围内。"

"其中有什么我能亲眼看看吗?"

"你不相信看不见的东西?"他问道。

她想起了布兰奇·比斯和圣经班。挪亚洪水,耶稣。她的确尝试过。"我从来都不擅长这个。"她坦白道。

"你孩子成年后的样子呢?"

这个问题让她震惊得几乎哑口无言。她感到头晕目眩,他怎么敢拿这个说事?

"趋势虽然看不见,但却真实存在,"他平静地说,"一张照片不能证明一个孩子在成长,但几张照片就会显示出随时间发生的变化。将它们摆在一起,就能可靠地预测出将要发生什么。你永远不会一下子就看到它,需要注意观察。"

她突然想起,在过去六个月或者更长的时间里,她没给孩子们拍过一张照片。也许多维用她的手机拍过。她应该在普雷斯顿换牙之前给他再拍几张。

"我可以给你分析一下,"他说,"水,你可以看到。温暖的空气包含更多的水。想想挡风玻璃上凝结的水滴,把它乘以你头顶的空气面积,那可是很大一片水。一个地区温度越高,水就蒸发得越快,潮湿的地方就出现洪灾。每种极端天气都会因气候变暖而变得更加恶劣。"

"这么说会发生洪水和火灾,和预言的一样。"

"这个我不清楚。关于冰反射效应,圣经上是怎么说的?"

也许他在嘲笑她。"我觉得圣经的预言不适用于现实世界,"她说,"我猜,人们认为预言会成真,火湖和一切,不过他们仍然觉得这个离他们还很远。等儿童棒球赛季结束后,孩子们毕业后,结婚后。"

没等她在未来的场景中勾勒出科迪莉亚和普雷斯顿的画面,她便停了下来。下午已经渐渐过去,柔和的阳光布满了天空,就像液体渗进树缝。奥维德对她的关注就像一种承诺,她想相信它,只是这一点,而不是他具体说的哪句话。纵身一跃,忘记迫降。在他说话期间,她已经吃完了三明治。他告诉她,森林中的树木吸收大气中的碳,但不是在它们死于干旱或火灾时。海洋也对大气起到缓冲作用,但当里面的碳含量使海水酸性过高而不适合生命生存时,就不是这样了。他说,海洋里的鱼也在日渐减少。

"还有珊瑚礁。你见过珊瑚礁吗?"

她真希望能碰碰他的手,让他停下。她注意到他眼睛周围的鱼尾纹,以及疲惫的神态。他说这件事让他夜不能寐,这肯定是实话。"我见过海滩,"她说,"我想不是一回事。"

"改天我们再谈珊瑚礁吧。我小时候只想干一件事,那就是在珊瑚礁中间游泳,做我的小研究。我妈妈说我会变成一条鱼。"

被毁坏的森林,还有汹涌的潮水,她根本想象不出这些,她只看见一个正失去一切的大男人内心的小男孩。她的感觉就像孩子们为无法改变的结果号啕大哭时一样无助。一切都完了。"人们说这只是一些循环周期,"过了一会儿她说,"说这个情况时有发生。"

他在牙缝里发出一点嘶嘶声,吓了她一跳:"好吧。在更新世,这块大陆大部分被冰覆盖,其余都是北极沙漠。在其他时期,冰盖融化,我们身处的这个地方就成了海底。是的,循环周期,那得经历几百万年时间,我的朋友,不是几十年。"

她不喜欢他叫她"我的朋友",也不敢再贸然发表评论。但他催她:"黛拉罗比亚,你看到了什么?"

"我们这儿从来没有像去年那样下过那么多雨,这个我同意。"

"我在问你,你的眼睛看到了什么?"

她看看树,又看看森林地面。"一百万只死蝴蝶,"她说,"它们来到了这里真是令人难过。"

一只活帝王蝶从半空中掉下来,落在奥维德靴子附近的一丛草上。她看着它慢慢爬到下垂的种球顶端,头朝下倒挂着。它把翅膀合在一起,准备过夜,等着明天会是更好的一天。

他说:"人类喜欢我们会一直存在的想法。我们真的很迷恋它。我们的退休基金、我们的家谱,以及我们所谓的世代观念。"

"你要知道,我真的不喜欢听你说这些。"

"对不起,我是自然系统博士。在我看来,一切都结束了。"

在他们头顶的树枝上,一只只小蝴蝶像无声的烟火一样在阳光下飞舞,那种美让人无法抗拒。"我只是看不出有那么糟糕,"她说,"我想说大多数人都不会看出来。"

他慢慢地点了点头:"你知道吗,科学家们费了好大的劲才使人们相信鸟类冬天往南飞。欧洲人过去认为它们在泥泞的河岸上挖洞冬眠。他们看到燕子秋天聚集在河边,然后就消失了。对这些人来说,非洲是一个抽象的概念。他们觉得鸟是出于不明确的原因飞到那里的,很可笑。"

"好吧,"她说,"我猜是眼见为实吧。"

"对证据视而不见,这也很常见。"

"这并不是说我们都懒于思考。也许你这么认为。"她竭力为自己辩解。初次见到这些蝴蝶时,她并没想到它们会是帝王蝶,而是把它们当成了火和魔法。也许她把这个说出来他也不会相信。"人们只看得到他们能认出来的东西，"她说，"如果他们认识，就会看到。"

"他们用推理系统。"他说。

"好吧。就是那个。"

"他们是怎么看待世界末日的？"奥维德问，"就像你说的，在现实世界中。"

她想了好久："他们知道这不可能发生。"

他吃惊地点了点头："天哪，我想你说得对。"

她从他手里接过塑料杯，把它包在夹三明治的玻璃纸里。她能感觉到她的指尖拂过他的手指。"我不知道像你这样知道那么多东西的人，一天天是怎么熬过来的。"她说。

"那么，是什么支撑黛拉罗比亚度过她的一天的？"

从一个柱子飞到另一个柱子，她想。好奇怪的说法。她回答说："准时赶上校车。让孩子们吃晚饭，刷牙，下次没有蛀牙。一个个小小的希望，你知道吗？我们家没有安放世界末日的地方。对不起，我喜欢怀疑一切。"

"嗯，你不是第一个，"他说，"人们总是希望在六十秒或更短的时间内揭示和证明整个困境。你可能注意到了，我对镜头很抵触。"

"不过你做得很好，"她说，"这么向我解释。不是说我不相信你，而是我不能相信你。"

"你低估了自己。你在这方面很有天赋,黛拉罗比亚。我发现你很喜欢干这个。但是要仔细选择自己的道路。对科学家来说,现实无法选择。"

"我们至少还可以希望蝴蝶能熬过这个冬天吧?"

他身体前倾,抬头望着天空。"这可不是一个小小的希望。"他说。

她想起了以前听到可怕消息的情景。怀孕的消息,不管是想要的还是不想要的。一开始听上去都很不真实。她回忆起母亲确诊的那一天,她挽着母亲瘦骨嶙峋、皮肤松弛的胳膊,扶着母亲走出医生办公室,来到阴凉而破旧不堪的停车场。沿途沥青路上破损的路面长了青苔,一道道鼓着,像一滴滴绿色的血。所有这些栩栩如生的外部细节表明一切都没变。那天她们决定去杂货店,再也不提什么世界末日。

突然间她对包里的健怡可乐产生了强烈的渴望。她不费吹灰之力就把它找了出来,打开,递给奥维德让他先喝一口,但他举起一只手,哆嗦了一下,仿佛要让他吃泥巴。"我妻子喝这些减肥饮料,"他说,"阿斯巴甜或者什么的。我尝着味道像肥皂。"

她喝了一大口微温冒泡的液体,留意到它尝起来的确有股肥皂味。但里面含了咖啡因。她的脑海中浮现出一个体态臃肿的妻子在厨房大口喝无糖饮料、烤吐司面包的情景。"你妻子叫什么名字?"

"朱丽叶。"他说。

饶了我吧,她心想。"皮特说,我得把那些枕套挂在室内,让睡着的蝴蝶醒过来。我数一下爬动的蝴蝶,把数字记录下来,然后呢?我再把它们带回这里吗?"

他微笑着拍手:"不,这很好,你会喜欢的。我们好歹得给睡着的蝴蝶最后一次机会,继续沉睡或者开始活动。可能有很多——也许地面上三分之二的尸体实际上还活着。但必须给它们机会。"

她想起了普雷斯顿那本兽医学书里关于羔羊复苏的惊人建议:"我们怎么办,给蝴蝶实施心肺复苏?"

"我们把它们一个个抛向空中,看看它们是落在地上还是飞起来,真的。去年冬天在墨西哥,我们从酒店阳台上把蝴蝶抛到院子里,当时人们正在院子里用餐。大家都为飞起来的蝴蝶欢呼。"想起那个更开心的地方,他的笑容越发灿烂。黛拉罗比亚真希望当时能和他在一起,或者在任何地方,即便这意味着把自己抛向虚空。为了得到同样的机会。

"趁天亮,我会回实验室帮忙,"他说,"我想你家没有阳台吧。"

她扬起一侧眉毛:"没有。你家呢?"

他要是想说,那就让他谈谈他的家和妻子吧。他的朱丽叶。于是她问了,但他只是回答说:"也没有阳台。"

那么就这样了。她会回家做比朱丽叶做的更可口的汤,然后作为部落女王回到这里。黄昏时分,她会和奥维德一起爬上谷仓阁楼,站在干草棚敞开的门里,把这些蝴蝶捧在手里,把它们一只只扔向空中。有些会掉在地上,而有些则会飞起来。

第十一章 🔥 群落动态

黛拉罗比亚的手机"嗡"的响了一声,是多维发来的短信,她又在教堂看到一条:"选择正途,否则将被人远离。"黛拉罗比亚回了她:"我们出发吧。"

她还没做好出发的准备,她仍穿着浴袍和破旧的黄拖鞋,但多维也经常迟到,从不守时。黛拉罗比亚给自己又倒了一杯咖啡,拉出一把厨房椅子抬脚放在上面。她一辈子都在听别人庆祝周末,现在终于明白人们为何小题大做了。她周六倒也不是完全不用干活了,但确实发生了变化。假如孩子们想把洗衣篮里的所有衣服拿出来做一个鸟巢坐在里面,也没有关系。如果黛拉罗比亚愿意,她甚至可以和他们一起坐在里面孵蛋。现在她有了收入,家务活不再是她的专属。之前她从来没有想过,住在这栋小房子里对她来说多像被困在一辆从桥上冲下来、正在下沉的汽车中。捡起随处可见的玩具和脏盘子就是对洪水的自然反应。离家到外面工作，就像打开一个舱门游走，感觉很神奇。虽然距离厨房只有约五十码远，但这已经足够，她对水槽里的盘子眼不见心不烦。

客厅传来一阵持续的喧闹声，科迪扯着嗓子在唱"Lo mio，lo mio"，这是她从卢佩的几个孩子那里学来的。普雷斯顿解释说，在西班牙语中，它的意思是"我的"，这让黛拉罗比亚感到惊讶，她第一次意识到自己成了孩子们生活中的局外人。普雷斯顿嘴里正发出响亮的撞击声，每一声都伴随着小熊假装痛苦的号叫。她把椅子往前挪了挪，想往门里看。小熊仰面躺在客厅地板摊开的毯子上，普雷斯顿正站在他身边，指挥着一大堆汽车：火柴盒牌小汽车、一辆红色毛绒消防车、一辆塑料拖拉机。

"你们到底在干什么？"她喊道。

"这是个停车场，"普雷斯顿回答，"我正在指挥所有的车去轧过爸爸。"

"可怜的爸爸。你的受害人需要续杯吗？"

小熊举起他的咖啡杯。她端着咖啡壶，跪在毯子一角给他倒咖啡："我们该不该把这说成'输血'？"

"不，"普雷斯顿说，"他只是被轧了一下。"

她想，这和兽医学可差远了。但是小熊的童心被满足了,他感到很开心,而黛拉罗比亚会把他重新拉回现实。小熊并不总是有玩闹的心情,但是当孩子们一把他弄倒在地板上,他就完全投入了,任凭他们胡闹,不管游戏多么愚蠢、乏味或怪诞。

"Lo mio, lo mio!"科迪大喊着从卧室里跑出来,手拿一本纸板书,假装要塞进小熊嘴里。小熊发出咬牙切齿的声音:"咯咯咯。"科迪开心地喊道:"爸爸吃干草!"她扔下书,跑去拿另一捆。

"我不但被汽车碾轧,"小熊告诉黛拉罗比亚,"我还成了一头奶牛。"

"你是个有秘密的丈夫。我得打电话给奥普拉。"

透过前窗的百叶窗,她看见多维那辆老式福特野马慢慢开进了车道。多维摁了两声喇叭,孩子们大叫起来:"多维来了!"黛拉罗比亚跑去穿衣服。孩子们在一小时前就准备好了,比起校车,蓝色敞篷车更让他们开心。他们为能和多维阿姨一起疯狂兜风而兴奋不已。黛拉罗比亚听到一阵吵嚷声,孩子们正在门口缠着多维把车顶放下来。

"呵,没门!现在才二月二号,伙计们。"多维说,"嘿,小熊,你怎么了?"

"老样子,老样子,"他说,"车祸致死。"

小熊计划今天帮海丝特把怀孕的母羊转移过来,黛拉罗比亚则带着孩子们和多维去购物。他们要去克利里逛一家新开的大型二手商场。黛拉罗比亚经常光顾二手商店,这家店面很小,实际上就坐落在店主家里,但多维不喜欢这家店,因为在那里肯定会碰上熟人或他们的物品。说实话,黛拉罗比亚也经常碰到能认出来的东西,包括她妈妈做的套装。有一次她还看见一件带亮片的紫红色毕业舞会礼服,正是她前男友达蒙抛弃了她然后找的女朋友穿过的。那是达蒙和那个女孩结婚多年后的事了,事实上他们俩现在也离婚了,但那件衣服却仍然挂在那里闪闪发光,像刀伤一样刺眼。在克利里,如果人们要买到好的便宜货,那似乎还有很长一段路要走,但她不得不承认,在费瑟镇的商店购物可以让人们变得亲密。

多维戴一顶绒面革报童帽,穿栗色高领毛衣,看上去和往常一样精神抖擞。"达吉和斯托克",她们曾经这样介绍自己,好像她们是某个有线电视节目的女主角:两个女孩穿戴一新,准备行动。一个更世俗化的女性版《韦恩的世界》[①],其中一切都按计划进行。另一方面,对黛拉罗比亚来说,多维的敞篷车似乎总是临时的,尤其是车顶关上时,它总扑扇着翅膀,好像有什么重要零件会松开似的。车后座没有安全肩带,只有安全腰带,所

---

① 1992 年上映的一部美国喜剧电影。

以孩子们的汽车座椅可能不安全。孩子们当然喜欢得不得了。

"嘿，瞧！"普雷斯顿喊道，"一只被车轧了的土拨鼠，就像我对爸爸做的那样。"黛拉罗比亚很惊讶，他竟然能从后座上看到被撞死的动物。这只动物像一个得来速[①]汉堡一样扁平。

"今天是土拨鼠日。"多维快活地说，"对不起，猪先生，那儿没有多少影子。我永远也记不住，它的影子会让冬天长一点呢，还是短一点呢？"

黛拉罗比亚想了想，排除了原因和相关性。"不，"她说，"这只是人们为了度过冬天的最后阶段所编造的说法。"

"对。"多维有一个可爱的习惯，喜欢点头，卷发跟着一翘一翘的，"无论如何，冬天还将持续整整六周。因为今天是该死的二月二号。"

六周。到那时，蝴蝶可能已经安然无恙地飞走了，也可能已经死了。他那巨大的希望，她的工作，一切很快就结束了。有时，一切向她袭来，一切，正如洪水和饥荒逼近一样，但大多数时候，她无法想象三月中旬后的日子。多维转弯时稍微加快了速度，黛拉罗比亚紧紧

[①] 指汽车购餐车道餐厅。顾客驾车进入购餐车道，不需要下车就可以点餐、付款、领取产品，之后驾车驶离购餐车道。

抓住门把手。这条长达十五英里的盘山公路令人生厌，从费瑟镇的外围牧场，穿过断断续续的树林，以及移动房屋的小村庄。从臭名昭著的路边旅店经过时，她感到很惊讶，这意味着他们已经越过了县境。那儿离克利里不算远，但黛拉罗比亚说不上最后一次过去是什么时候的事了。那里有大学，还有很多餐馆和酒吧，对已婚的她而言，无异于来到另一个州。对多维来说，这个距离显然根本算不上远。她擅长四处游荡。

"好吧，我要搬出那套愚蠢的复式公寓了。"

在过去的十年里，多维有九年都在嚷嚷着要搬出复式公寓，她哥哥无休止的改造让她抓狂。他叫汤米，野心勃勃，高中刚毕业就买下了主街那套需要修缮的房子，之后十年里，他利用兄弟姐妹渴望早点离家独自住的想法，从他们那里赚取了大笔租金。父母都表示赞成，他们和汤米一起贷款买了房。黛拉罗比亚真的不太理解这点——男孩们仍然挤着睡在一起，他们中有两个都二十多岁了，直到今天还住在一间卧室。多维至少有属于自己的房间，但还是不方便。隔墙有耳。作为成年的兄弟姐妹，他们对彼此的生活知道得太多了。

"费利克斯怎么样了？"黛拉罗比亚问道。

多维轻轻叹了一口气："我得尽快跟费利克斯分手。"多维对生活的热爱与小熊看电视一样频繁换台。

"该死,"她补充说,"我得给他发个短信。他的钱包在我家厨房放了两天了。"她伸手去抓钱包,但是黛拉罗比亚一把把它抢了过去。

"不行,姑娘,我的孩子在你车上呢。'如果你爱耶稣,就按喇叭;如果你想见耶稣,就边开车边发短信。'"

多维说她在一个牌子上见过这个标语,现在可能后悔把它说了出来。她翻了翻眼珠:"那么,你们科学领域有什么新鲜事吗?"

我在那个领域有天赋,她想。这是他的原话。黛拉罗比亚并没隐瞒什么具体的事,但她感到有好多话无从谈起。这种感觉是身体上的。"昨天皮特走了。他打包了一堆冻僵的蝴蝶标本,开车回了新墨西哥州。"

"回到他妻子身边,"多维唱道,"那么那位博士好人呢?他似乎更自由,他老婆管他没那么严。"

"他有妻子,叫朱丽叶,她是真实存在的。她厨艺很差。"

"差到他不得不跑到另外一个时区?"

"我想人们做事总有他们的理由,"黛拉罗比亚说,"但是我不明白,为什么结婚了还分开住?"

多维耸耸肩:"你看我像是婚姻解惑师吗?"

她还没有把小熊坦白的话告诉多维。孩子们总是在身边,她没有机会谈克丽丝特尔·艾斯代普的事,也没什么兴趣谈这个。她为自己和小熊感到尴尬。总之，什么也没发生。

黛拉罗比亚对他们的匆忙到达感到惊讶。他们把车开进购物中心停车场，在多维大马力引擎和势头很猛的驾驶下，驶入一个完美的停车位，就靠近前面的滑动门。"好再来"仓储超市的形状像一个巨大的盒子，有点破旧，成堆刚刚被丢弃的物品像沙丘一样散落在厚玻璃窗前的人行道上。成箱的棉袄和塑料玩具之间还竖着一个绿色马桶。"这是什么地方，"黛拉罗比亚问，"像救世军之类的慈善机构吗？"

"不，是个人新开的店。广告上说他们会去清理你家阁楼什么的。我觉得他们靠销量赚钱。"

黛拉罗比亚觉得很奇怪，人们为什么会把不用的物品捐给私人企业，而不是慈善机构。路人看到堆积在这里的东西，自然也会把家里弃之不用的物品扔过来，就像路边越堆越高的垃圾填埋场一样。垃圾吸引原则全球适用。

多维不像黛拉罗比亚那样天生喜欢购买二手物品，但她听说这个地方有不少只穿过一次的名牌衣服。似乎没有迹象表明这里有王薇薇[①]设计的婚纱。在布满灰尘

[①] Vera Wang（1949—　），著名美籍华裔时尚设计师，婚纱女王。

的店里，她们看到了一大堆 25 美分一件的东西：盐瓶、不配套但还凑合的餐具、干酪刨丝器、一套黛拉罗比亚从来都买不起的铸铁平底锅。她把一套价值 1 美元的优质厨具放进一辆空购物车，把科迪抱到购物车内的折叠式座位上。25 美分的东西摆满了一排又一排的货物架。黛拉罗比亚被这些便宜货惊呆了。

"我们认识的人怎么都没来？"

"妈妈，你可以把爸爸的照片放进去。"普雷斯顿举起一个超大的淡黄色相框，建议道。

"你说得太对了。"她说。普雷斯顿又看上了录音机。黛拉罗比亚细细查看一个自带树状肉汁槽的盛肉的大盘子，就像她母亲在感恩节和其他重要的家庭聚餐上用的一样，这些场合总是让黛拉罗比亚觉得自己的家人不够多。为什么她的父母不多生几个孩子呢？小时候她从没想过要问这个问题，现在她也不会知道了。人死了，许多问题的答案便再也无从得知。

科迪莉亚打定了主意要从她称作"小马车"的购物车里爬出来，也不知这个词她是从哪儿学来的。黛拉罗比亚把她从铁丝座上抱起来，小姑娘把脚上一只蓝色塑料木底鞋踢飞了，普雷斯顿跑过去捡起来，给他的灰姑娘妹妹穿上。她最后妥协了，同意站在车上。"马车妈妈，马车妈妈。"她唱着，抓着两边摇晃着，淡黄色头发像疯狂摇摆的光环。今天她无可挑剔的服装选择是她最喜欢的夏装条纹连衣裙,里面是灯芯绒裤子,外面套着毛衣。黛拉罗比亚想起她在山上看到的那些手拿编织针、衣衫褴褛的露营者。科迪都可以加入那个部落了。

多维走出 25 美分货物区,买了一双银色高跟鞋。她和黛拉罗比亚被一长排婚纱吸引住了,大部分都是大码的,她们只想用手摸一下镶满珍珠的缎子和透明硬纱。那么白,做工那么完美。"它们都被保养得很好。"多维赞叹道。

"喏,这种衣服又不经常穿。"

"哦,是的,"多维笑着说,"嘿,有孕妇新娘专区吗?"

"哈哈。真的,应该有吧。"

科迪莉亚在婴儿车里开始一段怪异的两步一跺脚舞步,就像健身课上做的那样。这孩子似乎一逛街就精力充沛。她们在一排排的女装中间逛时,她叽叽喳喳不停喊着:"像这样,妈妈?"黛拉罗比亚并没给自己找衣服,但她留意到那些领子和袖子有内衬的复古夹克。就像那些铸铁煎锅一样,质量这么好,却基本不要钱。这里的旧货比一元店的任何东西都好。她试穿了一件深绿色紧身灯芯绒运动夹克,很有安吉·迪金森[①]的范儿,

---

[①] Angie Dickinson(1931—),美国女演员,曾获金球奖剧情类剧集最佳女主角。

让她觉得自己也跻身更高的阶层。她决定在卖场里先穿着这件衣服。她女儿从衣架上扯下每一件带花朵、亮片或是其他方面很花哨的衬衫,把挂在衣架上的每件衬衫朝身上比画,问:"这个好看吗?"

"她挺有自己的眼光和品位,"多维说,"肯定是随了你。"

黛拉罗比亚的确把这个传给了女儿,但不清楚为什么。普雷斯顿就对时尚毫不关心。他早就从服装区跑到了家用电器区,把那里的物品一一试了个遍:他按下搅拌机上的所有按钮,打开烤面包机,拿熨斗熨东西——他一定是在卢佩家里见到过,他们家可没有这个。这里所有其他电器的数量都远远不及熨斗的数量多,一排排熨斗排列整齐,就像尖脑袋的士兵在立正。她明白了这个地方的主旨:长期展示人们弃之不用的物品。

多维停下来对着手机说话,可能是想起给费利克斯发短信告诉他钱包的事,顺便查看代托纳海滩的天气或者别的什么。黛拉罗比亚对互联网知之甚少,不过她儿子越来越渴望互联网相关的知识了。自从她第一次领到工资和抽最后一根烟那天起,她就还清了抵押贷款,并以自己的名义开了一个银行账户。小熊知道前者,但对后者并不知情。他甚至不知道她具体赚了多少钱。家里的经济大权由黛拉罗比亚掌管。

她跟着普雷斯顿拐过角落，走进一个家居用品大世界，物品随意摆放，价格非常便宜。亚麻制品的价格是统一的：毯子、床罩和窗帘，每件2美元；床单1美元。她简直不敢相信自己的眼睛。质量最差的新床单往往也要花上她一大笔钱。她为普雷斯顿的小床找了两张床单，又为他们的双人床找了一套，外加两张婴儿床床单，一共6美元。她把这些东西塞到科迪莉亚周围，小家伙不喜欢被困在中间。黛拉罗比亚突然想到科迪长得很快，过不了多久宝宝床便放不下她了，孩子们慢慢大了，不能再和他们同居一室了。住在他们家那么小的房子里，大家只能这样想：没有人会长大，没有什么会改变。

多维推着购物车过来找他们："哇哦，你还买旧床单吗？都不知道有什么人睡过。"

"和你家的床单不同，我知道它被什么人睡过。"

"说得好，"多维说，"没有高乐氏漂白水洗不干净的。"

一个老太太抓着床单，旁边的小男孩从一堆床单上扯下光滑的床罩，聚酯纤维做的瀑布倾泻而下。老太太头也没抬就用平稳的声音低声说："你这个臭孩子，外婆要把你送给青蛙，外婆要把你扔进垃圾桶。"黛拉罗比亚急忙把科迪推到听不见的地方，黛拉罗比亚倒也不是从未有过这种想法，可还是让科迪避开为好。这个应该是某些父母独特的管教方式,而不适用于所有孩子。在床罩另一端,一个皮肤粗糙的男人正在展开一床床被子,掂量它们的分量。他挑了两床超大的,推着购物车向收银台走去,车上除了这些什么也没有。他是无家可归的流浪汉。这么说自由企业在两头都取代了慈善机构。

"看看这个。"黛拉罗比亚说,她惊讶地在破旧的毯子之间发现了手工缝制的棉被和编织毛毯,都是 2 美元。她摊开一块蓝紫相间的钩针毛毯:"人们做这个费了不少功夫,现在它却躺在这里乞讨。为什么不把它送人呢?"

"可能外婆死了,"多维说,"孩子们都想忘掉她吧。"

黛拉罗比亚把毛毯放进购物车,以保全它的尊严。多维在衬衫外面套了两片钩针西瓜片,像穿比基尼一样,但普雷斯顿走近时,她把它们扔了回去。他抱着一个枕头,那个枕头看上去像一头穿芭蕾舞短裙的猪。

"我觉得科迪可能会喜欢这个。"他说。科迪号叫着伸手去抓那只芭蕾舞猪,引得附近的顾客看向了他们。

"我跟你说,普雷斯顿,我们把她抱出来,你们两个可以一起闲逛。但一定看好她,好吗?"黛拉罗比亚知道他会的。科迪伸出双臂搂住小猪,追赶哥哥去了。多维仔细研究了一架子的健身录像带——"练腹肌,练翘臀"。远处地板上堆满了几乎崭新的健身器材,都是被人匆匆丢弃的。此处简直是一个汇集了人们稍纵即逝的念头的博物馆。黛拉罗比亚咂着舌头说:"新年的决心连一个月都没坚持下来。"

"是圣诞礼物,"多维表示同意,"所有丈夫和妻子都梦想自己另一半的身材变得性感火辣。"

科迪和普雷斯顿在距离她们约三十英尺远的地方,试用他说的"运动物品"。黛拉罗比亚听见他说:"妈妈不会给你买的,我们买不起。"她一边留神孩子们,一边和多维走过一排百叶窗帘和浴室用品。它们的分类很神秘。

"给你。"多维挥舞着一根擀面杖说,上面刻有"驯夫棍"字样。

"你看,他们应该把这个和运动器材一起打包出售,有助于另一半保持长时间锻炼。就像延长保修期一样。"

她们走出过道,只见一长排拐杖整齐地被挂在一块巨大的钉板上,让人看了唏嘘。木制拐杖,铝制步行器,它们以前的主人肯定很开心终于能走出家门。其中的一些几乎没被用过,是一些孩子暂停学校体育活动的纪念品,另一些的把手上留下了深深的磨损痕迹,橡胶头和最旧的皮鞋皮一样受损。不论是谁丢弃了这个,他们都换了别的交通工具,不是用上了轮椅,就是进了棺材。

在另一个过道的尽头,一对大学生模样的情侣正在把货架上的所有东西都拿下来,大概是因为他们想买这个货架。他们穿着短裤和人字拖,女孩脚踝上的文身看上去像铁丝网。黛拉罗比亚想象着他们的生活:未婚,住在一间小公寓里。

"这些孩子怎么大冬天半裸着身子到处跑?"多维问道。

她那洋溢着母爱的语气令黛拉罗比亚感到惊讶。"也许冬天对他们来说没什么大不了的,"她说,"他们可能不需要长时间待在室外或汽车外面。"她发现自己被这对年轻人迷住了。一名店员出来开始和他们争论,一边摇头一边把商品放回货架。显然这事经常发生。大学生也喜欢逛服装区。黛拉罗比亚现在在店里穿的这件绿夹克,之前她见一个剪着昂贵发型的女孩也试穿过。也许这就是她坚持想买的原因,只是为了从那个女孩手里抢过来。那个女孩戴着一条又粗又亮的钻石项链,可能有个为她交学费的爸爸。她不是必须来这里购物。

普雷斯顿出现了,后面跟着科迪。他提着一个带把手的箱子,那箱子对他来说太重了。从箱子上面的图片上,她看出这是一个幻灯机,是那种十分古老的旋转式放映幻灯机。

"我想拜伦博士能用上这个。"普雷斯顿说。

"你知道吗?也许他会用。不如我们先把它放在这儿，等我问问他。"她看了看价格标签，"10美元，价钱不错。周一你可以告诉他。"

普雷斯顿的小脸亮了起来。黛拉罗比亚有时会让他放学后到研究站点来，给他找些简单事情做，他就像疯了一样高兴。拜伦博士似乎并不介意，即使普雷斯顿在他旁边活力四射地晃来晃去，用胳膊搂住拜伦博士的腿表示问候。奥维德称这个动作为"藤壶"。"这是我的朋友，藤壶比尔！"另一方则回答得很谨慎："不，是藤壶普雷斯顿。"他们俩在一起的场面让黛拉罗比亚心中五味杂陈，她不得不选择视而不见。

拐杖后面是一个巨大的女包货架：假豹纹，红色亮片，镶金线。包的数量多得让人觉得世界上只剩下女人和她们的钱了。科迪放下枕头，去拿了一个特大假鳄鱼皮包。她抓起架子底下的东西塞进包里，跟在普雷斯顿身后小跑起来，她真是个训练有素的商店扒手。他们走后，多维问："除了普雷斯顿·特恩鲍和他妈妈，还有谁爱上了蝴蝶博士呢？"

"他是我的老板，多维。"

"他是你的老板，然后每次当别人提起他的名字，你都会脸红。"

她没有回答。她们来到玩具和儿童用品区，那里挤满了无人看管的孩子。她看着普雷斯顿和科迪沿着地板上一长排儿童安全座椅向前,小心翼翼地在每一个座椅上试坐。

"我们讨论的问题有多严重呢,"多维催促道,"按从 1 到 10 的分值划分的话?那个小熊的朋友、给你带来木屑的性感帅哥是 8 分,那个引诱你差点毁了自己的小子是 9 分。我还没加上乡村股份有限公司的老头。"

一位联邦援助代表,一名林木修剪工,一个老实说还是个孩子的电话线路工:在她一生中出现的男人似乎从未向她提过什么要求。你妈妈的社保号码是多少,宝贝你的眼睛怎么这么漂亮,一般都结束在这些难以回答的问题上。直到现在,一切都变了。这些男人都不关心她内心是个什么样的人,或者她可能成为什么样的人。多维触及了一个她无法谈论的话题。"0.0 分,"黛拉罗比亚说,"人家有老婆。"

"但他抱怨她的厨艺。"

"并不是这样的。说实话,他从不谈论她。"

"那么,在厨房里没什么激情。"

"我不知道。我只知道他不太开心。"

多维扬起眉毛。"会幸福的,"她唱道,"每个女孩和男孩都会。"是克林特·布莱克的歌,她把歌词稍做了改动。

黛拉罗比亚看着普雷斯顿把一对浮水圈套到妹妹穿

了毛衣的胳膊上。"你需要这些东西,这样你掉进水里就不会淹死了。"他提议说。科迪上下扇动着鼓鼓的浮圈,像某种飞蛾一样转着圈从他身边跑开,然后突然停了下来,爬上一台摇摆木马。

黛拉罗比亚说:"我不想玩这个游戏。"

多维一言不发地推着车绕过一张仿虎皮地毯,上面的老虎眼神忧郁。黛拉罗比亚待在儿童游乐区,一边强忍着莫名其妙的泪水,一边穿过一大片自行车头盔、婴儿车和儿童安全座椅。店里的孩子们都在这里乱扔玩具,试探着和陌生人嬉戏。大一点的孩子公然对小一点的孩子发号施令,嚷着:"你要把这个弄坏了!"或者来一句让每个孩子倍感羞辱的话:"那是给小宝宝玩的。"她浏览了一整架子1美元的玩具,停在一个名叫"小聪明"的字母学习装置上。装置上面有刻度盘,可以把字母和图片匹配起来,普雷斯顿能玩上一整天。但这个名字让她打消了念头。显然,它不是这个时代的产物。哪个现代父母想让自己的孩子成为小聪明呢?这个词带着贬义:伶牙俐齿,自作聪明。别跟我要小聪明。

一对祖孙俩也来到玩具架旁边,小宝宝从婴儿车里探出头来,伸手四处去抓东西。商场里的每一个孩子似乎都是由祖母带。老妇人懒洋洋地递给孙子一个塑料棒球棒,他转过身来,像个职业棒球手一样握住球棒,挥向附近的购物者。黛拉罗比亚飞快地走开了,她发现多维抱着科迪,正在看一堆玩具娃娃,上面有个牌子写着:"小婴儿娃娃 50 美分,其他 1 美元"。为什么矮小的东西总是被贬值呢?黛拉罗比亚不无怨恨地想。可怜的普雷斯顿,如果他的个头不能尽快赶上他同学,她可能也会和小熊一起祈祷他们的儿子赶紧长个儿。"买下,买吗?"多维拿起洋娃娃让他们说话时,科迪莉亚喊道。可选的物品实在太多了。很少有娃娃长得像真正的婴儿,有些娃娃出奇地性感,涂着工厂生产的眼影,噘着大嘴唇。科迪抓起最普通的一个,头朝下塞进她的鳄鱼皮包里。

"娃娃!"看到妈妈,她大声喊了一句,并拿出娃娃征求妈妈同意。这个娃娃的脑袋像个土豆,不知是谁用尼龙袜子填充,用针线刻出了眼睛、嘴巴和颧骨。

"对不起,"多维说,"我要给你女儿买一件 10 美分、带有出生缺陷的布娃娃。"

"看这些细细的针脚。你能想象吗?"

多维又看了娃娃一眼,把科迪放下:"海丝特也许能做出这种东西来。她会用毛线做手工。"

"要是她把心思放在孙子孙女身上就好了。"黛拉罗比亚的脑海中浮现出自己的母亲亲手缝制洋娃娃的情景。科迪永远不会见到的外婆,早就像鱼一样游走了。

她们身后是一个二十英尺长的木头箱子，里面50美分一件的毛衣吸引了很多人的目光。购物的人们像牲畜围在食槽旁，把它团团围住，翻动着里面的衣物。在这一带，冬天已经来临。

"哦，天哪，看这个！"黛拉罗比亚拿出一件颜色绚丽的橙色大毛衣。

"呀！"多维说，"你把这个穿在小熊身上，你们一家看上去就会像一个太阳系。"

黛拉罗比亚笑了："不是买来穿，山上住了些女孩子，她们用旧毛衣织帝王蝶。"

"你说什么？"

"她们拆了毛衣用毛线。旧物回收。这是她们干的大事。"黛拉罗比亚试图寻找词语来描述那些在研究站点附近露营的衣衫褴褛的女孩，"她们来自英国。"她说。先从这个说起吧。

"她们漂洋过海来到这里，就为了拆毛衣？"

"嗯，是的，她们可真是疯了。我猜她们没有孩子什么的。她们从新闻上看到我们的事，就来静坐反对伐木，现在静坐反对全球变暖。她们整天就坐在那里，用回收的橙色纱线编织小帝王蝶，再把它们挂在树上，看上去真和蝴蝶有点像呢。"

多维看上去半信半疑。

"都传到网上了，"黛拉罗比亚说，"这些女孩告诉我，她们发起了一场运动，让人们把不穿的橙色毛衣寄给她们拆了编织，来帮助拯救蝴蝶。我跟你说，她们收到了一箱又一箱的毛衣。只要是地址上带有'蝴蝶'字样的东西都寄到了我家。"

"这个我一定得看看。"多维掏出了手机，"搜索什么内容？"

黛拉罗比亚想了一会儿，说："编织大地，女性编织大地。类似的名称。"

多维睁大了眼睛。"天哪，"她站在装毛衣的箱子旁，看着网上的内容，说，"这个就在你家土地上？这个可真了不起。她们在脸书上已经有一千多个赞了。"

"这算多吗？"和往常一样，黛拉罗比亚又一次意识到自己的无知。到目前为止，她的个人电脑基金账户已经陆续存了110美元，但她不敢问多维有关电脑价格的问题。下个月她的工作就宣告结束，攒的钱可能还远远不够。

"W—O—M—Y—N，"多维补充道，"编织大地的就是那些人。"

"嗯，她们来自英国，"黛拉罗比亚说，"也许拼写不是她们的强项。这些女孩看上去挺邋遢，但作品真是不错，你应该看看她们编织的小帝王蝶。有照片吗？"

多维慢慢点着头，滑动着手机屏幕："有。"过了一会儿，她把手机收起来："还有什么你没告诉我？"

"再找几件橙色毛衣，我就告诉你。"她们一起把箱子翻了个底朝天，一共找到九件毛衣，颜色深浅不一，难看极了。织毛衣的女孩们可是中了头彩，这些橙色毛衣根本没人要。

黛拉罗比亚并没有隐瞒什么。她也是在这周收到了几箱毛衣，才了解到关于编织女孩的事。剩下的都与科学监测和采样有关，这些多维不爱听。"海丝特觉得上帝安排了一个暖冬，是为了保护蝴蝶。"她说，"教堂里也有一派人这么认为。蝴蝶知道这儿有上帝守护，这也是它们来费瑟镇的原因。"

"你婆婆可真让人头大。"多维说。

黛拉罗比亚对此结论并没有异议。"实际上我有点担心她。这是个陷阱，你知道吗？如果她相信一切都在上帝掌控之中，然后在我们身上发生了不好的事，她就得承认上帝知道自己在做什么。这就导致她对坏消息视而不见。"比如说全球变暖，现在她一提起这个话题小熊就生气，好像他遭到了背叛。

多维随手捡起掉到过道里的一把带老鼠耳朵的伞，说："我看到有人出钱要把它们全部运走。"

"运什么，蝴蝶？"这对黛拉罗比亚来说是个大新闻。

"是的,"多维说,"搬到佛罗里达州什么的。他们会想办法逮住它们,把它们运走。这家伙有拖车装备。"

"哇。这个我从来没想到过。这个消息你是从哪儿听来的?"

"Topix,"多维答道,"是个可以在上面发布当地新闻的网站。不过,大多都是胡说八道。"

"哦,好吧,我敢打赌上面有很多关于我的内容。"她看中了一辆8美元的自行车,它现在对普雷斯顿来说太大了,等到明年圣诞节就再合适不过。但她能把它藏在哪里呢?一年后他们又会在哪里?想到这里,她感到有点头晕目眩,就像那天坐在圆木上,奥维德跟她提到孩子们成年时那种眩晕的感觉一样。为什么一想到具体的未来,她就感觉风险重重呢?

"那么有没有呢?"她继续问,"关于我的流言蜚语?"

多维摇了摇头:"别那么自以为是,觉得你就是宇宙的中心。为什么海丝特对蝴蝶的事那么关心呢?"

"我不知道。她和大熊正在闹矛盾。我想海丝特把那些帝王蝶看作……"黛拉罗比亚没能把话说完。也许婆婆把蝴蝶视作正在走下坡路的一家人的某种救赎:懒惰的儿子、麻烦不断的儿媳、无趣到费解的孙辈,还有做礼拜时坐在兄弟团契会并假装那儿是不供应啤酒的酒馆的丈夫。海丝特当然没能抓住这个赚钱的机会。她把一个咖啡罐钉在牧场大门上，上面挂一个牌子，写着"入场费5美元"，但观光客们对此视而不见。一家人谁都没有时间去监管这些蜂拥而至的游客。小熊把这些家伙统称为"抱树者"①。

多维放声大笑，黛拉罗比亚转过身来，只见两个孩子各拉一个行李箱朝她走来。两个行李箱是成套的，都是一样的红格子，普雷斯顿的是中号，科迪的是小号。他们脸上的笑容也成套，都是超大号。

"你们是要去什么地方？"她问道。

"非洲。"普雷斯顿大声说。

"非纠！"他的妹妹尖叫道。

"好吧。小心狮子啊。"

他们咯咯笑着跑去赶飞机了。人们无法想象非洲，当候鸟们迁徙去了那里，人们还以为它们在河岸上挖洞冬眠呢。

"那一套手提箱可能还有妈妈用的。"多维说。

"要是能出趟远门应该挺好吧？"黛拉罗比亚说完，感到心情很沉重。多维对她的话避而不答。"你在脸书上看到的八卦可能和我在教堂听到的一样。说我是不自

---

① 原文为"tree hugger"，指致力于保护环境的人，略含贬义。

量力地在高攀。"

"总而言之他们是嫉妒。"多维承认道。

"我到底有什么是别人想得到的？多维，听着，我。和无家可归的流浪汉抢着买廉价的二手床上用品。我有哪点值得嫉妒呢？"

多维耸耸肩："你举世闻名了。"

"这让我得到了什么呢？钱？还是对什么事有了发言权？"

"你得到了一份工作。"

她转过身面对朋友："大家就是说这个吗？我得到这份工作，是因为我是网络软色情女王？我跟那张照片一点关系都没有。大家是不是觉得我是靠出卖色相获得了工作？"

"哇，大明星，这么生气？"多维说，"还有，你半小时前穿上的夹克还在你身上呢。你不希望受到盗窃指控，玷污自己的名声吧。"

黛拉罗比亚脱下外套，把它扔进一个装满充气球的木头箱子里。"你知道我是怎么得到那份工作的。我像个大好人一样，请了一位陌生人来家里吃晚饭。奥维德·拜伦成了我们的朋友，就是因为这个。"

"我记得，"多维不安地说，"知道啦。"

"你还觉得我了不起。你那天在电话里就是这么说的。"还说了一些关于田纳西州性感女郎的笑话，但事实并非如此。"不可忘记接待客旅，因为有接待客旅的，就是在不知不觉中接待了天使。"

她们拐进一排制服和手术服区，衣服按颜色排列：粉色、绿色、黄色、花花绿绿的生日派对颜色，都是医护人员抢救致命伤病人时的穿着。"为什么每个人都想出名，"黛拉罗比亚问道，"但同时又想听到关于名人最不堪的流言呢？"

"我猜人们对自己得不到的东西会满腔仇恨吧。"

"每个人也都想变得富有，但仍然很有团队精神啊。你真应该听听大熊强烈反对向百万富翁增税时的咆哮声。他说，每一分钱都是人家辛苦挣来的，他参军打仗就是为了保护这个。"

"哇。他去越南当炮手，就是为了保护 CEO 们的薪水？"

"我猜是。"

"嗯，是的，"多维说，"这就是美国。我们看到电视节目里富人的豪宅和名牌服装，馋得直流口水。这叫爱国。"

"我不是这样，我想我讨厌有钱人。"

"是啊，但你坚决主张机会均等啊。何况你谁都讨厌。"

"我才不是，"黛拉罗比亚惊讶地叫道，"我有那么坏吗？"

多维又想了想，说："'讨厌'是一个强烈的用词。你不会轻易放过谁，除了我。不知为什么，我有一张终生通行证。"

"我一直在想，如果去教堂做礼拜的话，我就会变温柔。博比·奥格尔牧师太棒了。小熊人那么好，我的两个孩子基本上也挺乖的。那么我的问题是什么？"

"你被恶魔附身了。"多维提议说，"只是我的直觉。"

黛拉罗比亚拿起一套崭新的浴室用具、肥皂碟和牙刷架，它们还带着包装。2美元。最初可能是在一元店里花16美元买的。为什么大家不直接来这里购买呢？"说真的，"她说，"如果在每件事上都跟家人持反对意见，是不是很令人讨厌？我也许能同意十件事中的九件事，但后来在一个问题上我的意见不一样了，比如这次环境问题，还有关于男人的问题，天哪，你就会以为我在朝大家竖中指。"

"听着，明白了吧，这就是为什么每个人都想在网上交朋友。你可以找到和你气味相投的人。去他妈的邻居和家人吧，太让人头大了。"多维的手机响了，她笑了笑，没有理会，"问题是，一旦过滤掉所有跟你意见不同的人，可能就只剩下一个家住爱达荷州的退休老网民了。"

商场整面后墙上都堆满了书,书架一直往高处延伸到无人能及的天花板。一个梨形身材的男人正站在过道读一本厚厚的精装书,他戴半框眼镜,扎着马尾辫,头发染成黑色。普雷斯顿找到了儿童读物。他向妈妈投来恳求的目光。

"一本书,一块钱。"她读出牌子上的价格,"我们可以买两本带回家,但在这儿看免费。"普雷斯顿开始把书从书架上拿下来,就像一个疯狂的消费者在进行秒表测速的购物狂欢一样。他和科迪找了一大摞书,高兴地一本本看起来。

"哎呀,哎呀,"多维说,"你生了两个小书虫。"

是小聪明,黛拉罗比亚心想:"图书馆关门了,真讨厌。"

多维用奇怪的眼神看了看她:"克利里的还开着。我自己从没去过,但听说那儿不错。我猜是因为那里有大学吧。"

黛拉罗比亚不明白为什么这么多年来自己一直觉得克利里是禁区。用小熊和公婆的话,那是敌方阵地。那里的大学让他们恼火,好像整个城镇都落到了作恶多端的特权阶层手里。据说二十世纪九十年代发生了一件事,一些喝得酩酊大醉的男生在大街上赤身裸体地骑马,当然了,还有橄榄球比赛。在校友返校日那天,克利里高中总会击败费瑟镇。这些抱怨让她觉得自己很愚蠢，很暴露，就好像她一直在一栋墙被风吹走的房子里玩过家家一样。

"你知道吗？"多维突然问道，"我真受够了脸书，应该发明更诚实的屁股书。[①]到屁股书上结识敌人，顶撞他们，告诉他们，你不希望和他们交朋友。"

"你还可以做更糟的事，"黛拉罗比亚提议说，"你可以对他们恶言相向。"

书架的最后摆放着大大小小、带格子图案的结实行李箱。孩子们的行李箱就是从这里找到的，现在它们被放回原处，不出多维所料，它们靠在妈妈用的行李箱旁。大部分看上去都是新的。黛拉罗比亚看着这个没用过的行李箱，又一次泪眼蒙眬：本是金婚纪念游轮之旅，却进了重症监护室，蜜月旅行因经济原因被取消。这儿的每一样物品都在诉说着希望破灭的故事。

多维似乎不为所动。"还记得我们以前梦想当空姐吗？"她问道，"但实际上空姐哪儿也去不了，不是吗？整天飞来飞去，给脾气暴躁、想吃零食的人跑腿，最后还不是又飞回原地？"

黛拉罗比亚觉得这听上去正像自己的生活。

---

① 文字游戏。"脸书"和"屁股书"的原文分别为"Facebook"和"Buttbook"，其中前者指源于美国的社交网络服务及社会化媒体网站。

普雷斯顿拿着一本书气喘吁吁地向她们飞奔过来。他打开书的一页,问上面写了什么。"你妹妹呢?"黛拉罗比亚问道。

"别担心,她和我们的书在一起。"他回答道。

"你不能这样撇下她不管。"她抬头看了看,确保科迪还在自己的视线之内。这个地方挤满了无人照看的孩子。普雷斯顿拿的是一本动物百科全书,引起他好奇的是"孤独海洋的居民:摩利摩克鸟和鹅科鸟"。普雷斯顿接受了这个信息,就像他一直在怀疑,接着翻到下一页。"袋獾,"她读道,"在三月和四月交配。"这本书看上去很是古怪。她翻到章节的标题:"为什么自然对你的孩子很重要"。"赫伯特·胡佛[①]是一位杰出的地质学家,"她大声读道,"为什么科学家不再竞选总统了?"

"给我买这本吧,好不好?"普雷斯顿恳求道。

"这个有点过时了。"黛拉罗比亚提醒他说。她找到了出版日期:一九五二年。

"但这是关于动物的,"普雷斯顿说,"它们还是老样子!"

"价钱挺合理。"多维提议道。

"好吧,这本书是你的了。"黛拉罗比亚希望她的儿

[①] Herbert Hoover(1874—1964),美国第三十一任总统,于 1929 年至 1933 年期间任职。

子不只想要一本廉价的科普书。显然,这就是大多数人不来这儿购物的原因。他们不想把自己当成来这儿购物的人。但是跑去找妹妹的普雷斯顿看上去很是激动。在图书区的最前端,那个梨形身材的男人还在看书,那本大书他已经看了一半,看来他要把它读完。也许他每天都来。

她和多维来到宠物用品区。鸟笼像骷髅一样蜷缩在静止不动的仓鼠滚轮旁。一排结了壳的旧水族箱排列在架子上,里面空空如也。这些死去动物的幽灵之所令她想起那个她未曾谋面的婴儿。她和小熊从未谈过这个孩子。普雷斯顿和科迪可能永远不会知道。

"我讨厌这个,"她对多维说,"宠物墓地。"

"哦,不,"多维说,"那些宠物长大后去上大学了。"

"那我们为什么不去呢?"

她们在一个没有假发的假发架旁停了下来:一个脑袋大小的白色泡沫塑料球体,用彩色记号笔在上面画出的脸引人注目。那个人画得并不专业,但非常细致,从睫毛、唇线到恰到好处的雀斑都被画出来了,显然它是一个年轻女孩的杰作。一个需要戴假发的人。黛拉罗比亚说人们最不想听到的词就是"癌症"。

她和多维默默站在这位不再需要假发的年轻艺术家旁边。不知是好是坏。没有什么是一成不变的,生命就是一连串不断变化的状态：这就是基础生物学。至少这是黛拉罗比亚学到的，也许她学得太晚了，以至于无法真正理解。她只是一个不想轻易失去什么的普通人。

她的前臂被人轻拍一下，吓了她一跳。"哎呀，普雷斯顿！"她把手放在胸前，"你怎么悄悄溜过来了。"

他透过脏兮兮的眼镜抬头看着她，满怀愧疚又带着希望，对自己的下一步行动充满把握。普雷斯顿就是这样。他举起那本书，这一次上面是一个可怕的特写镜头。"放大了的普通家蝇的脸。"她读出声来。

"酷！"普雷斯顿往前翻了翻，"这些是什么？"

"蚂蚁，"她读道，"在飞行。"

"蚂蚁会飞吗？"多维和普雷斯顿同时问道。

"婚姻飞行，"她大声读着文字，然后快速浏览一下，总结道，"在一年中的某些时候，窝里会出现长翅膀的雄性和完美的雌性。"她瞥了普雷斯顿一眼，对他说，"'完美的雌性'打了引号。不知什么原因，一天，其他蚂蚁都无情地攻击那些长翅膀的蚂蚁，将它们赶出蚁群。它们在所谓的婚姻飞行中首次试着用翅膀飞行。"她又抬头看了看普雷斯顿，"这是一本旧书。我想现在人们会说'交配'。"

他严肃地点点头。

"交配后，雌性会扯掉身上的翅膀，爬进一个洞里，开始繁衍自己的种群。在养育了一小群工蚁之后，她就变成了一台产卵机器。"

多维打了个哆嗦："天哪，从此它们过上了幸福的生活。"

"它们是怎么撕下自己的翅膀的呢？"普雷斯顿问。

"我不知道，宝贝，但我们会把这本书买回家，所以会找到答案的。"

"这本我们也要买吗？这不是我之前给你看的那本。"

"让我看看。"书脊上标着第十六卷。黛拉罗比亚说："哦，普雷斯顿，这是百科全书，一整套有好多本呢。"

"我知道，妈妈，书上什么动物都有。"他说。这不是明摆着的吗，不过体贴的儿子没说出口。

"一共十六本，我们不可能都买。"她权衡再三，但16美元对这么过时的一套书来说的确不是一笔小数目。如果他们想攒钱买一台电脑的话。

普雷斯顿眼巴巴地看着那本书，他的表情让她心痛。为了可能无法实现的愿望，她还会拒绝他多少请求呢？但他还是像往常一样认真地讨价还价，他说："我要蚂蚁和信天翁的，科迪想要小象和蜥蜴的。我们每人买两本，好不好？"

黛拉罗比亚深吸了一口气："宝贝，我想人家不会让我们拆开买。"普雷斯顿不明白这是什么意思，所以她又努力解释:"这些书是按照一整件物品来卖的。比如,你不能只买茶壶盖,不买茶壶。"

"好吧,如果这是一件东西,那就是1美元。"他推理道。

多维扬起眉毛看着黛拉罗比亚。

"理论上你说得没错,"黛拉罗比亚说,"不是这样就是那样。我可以去问问。但我觉得商场的人不会和我们有一样的想法。"一想到为了别人扔掉不要的旧书,去跟人讨价还价、苦苦哀求,她的情绪就低落下来。

"他是说服大师,"多维说,"让他自己去问。"

黛拉罗比亚看见儿子悟出了这话的意思,小脸上不禁流露出害怕的神情。他那剃刀般笔直的眉毛抬了起来,朝妈妈投来求救的目光。

"是这样的,普雷斯顿。如果我去问,他们会拒绝。我又不认识人家,他们是不会帮我的。但你是个了不起的孩子,想要一套属于自己的百科全书,对吧?你完全有机会。"她把购物车倒到后面,顺着过道往收银台望去。店里有两名收银员,一个是体格魁梧、手臂上有文身的小伙子,还有一个扎马尾辫、上年纪的女士。"过来。"她说。她站在他身后,手腕交叉在他胸前:"你想去问哪一个?"

他选了文身的小伙子,这并不奇怪。在普雷斯顿眼中，奶奶辈的人不会自动站在你这边。黛拉罗比亚叫他尽可能把那套书找全，然后抱着去理论。她和多维看着他沿着高高的书架走了长长一段路，就像一个囚犯要去接受正义的裁决。

"好安静啊。"她对多维说。

"好紧张啊。"多维答道。

她之前已经注意到儿子的手腕像麦秆一样从袖子里伸了出来，现在又注意到他鞋上露出的袜子。他终于开始迅速地长个儿了。这个时机来得正好，如果她能把他从书里拽出来，就可以在这里花一点点钱给他置办衣服了。他面带严肃地抱着一堆发黄的书，没有理睬正往鳄鱼皮包里塞书，又把它们倒出来的妹妹。普雷斯顿在第二个收银台后面等了很久，他前面有个女人买了一台落地灯，似乎对灯有意见。收银台那个文身的小伙子看上去很认真地在听她一个人絮叨。这是一个关于性格的好兆头。多维和黛拉罗比亚一言不发地站在那里，焦急地等着。她们隔得远听不见，但能看见普雷斯顿阐述自己的诉求。小伙子从普雷斯顿手里拿过一本书，仔细地看了看。

"在皮特和拜伦博士任教的那所大学里，"黛拉罗比亚平静地说，"学生们给他们发电子邮件，让老师给他们打想要的分数。你能想象吗？"

当收银员做出裁决时，她们看到普雷斯顿整个身体都做出了反应，他握紧了拳头，她们隐约听见他开心地大喊："耶！"他转过身来，隔着一大堆二手破烂朝妈妈望去，盯着她的眼睛，脸上的表情是那么自信，与她所熟悉的儿子完全不同。她感到一阵失落。他会大有出息。也许她内心也有同样的质地、同样的宏图，不过这些都通过她传给了她的儿子，唤醒了他。他已经有了踏上旅途的方法和意愿。

一场奇怪的雾笼罩着二月。海丝特视其为凶兆，但今年冬天一直这样反常，大多数人都厌烦了谈论天气，对这一最新的天气动向不闻不问。对黛拉罗比亚来说，目前天气带来的坏处是早晨的能见度几乎为零。云层低垂在山上，挡住了山峰，崎岖的地形看上去成了平地。她用双筒望远镜扫视了一下山谷里那些发黄的栖息树木，那里笼罩的大雾让森林里的所有色彩都蒙上了一层暗褐色，就像一张老照片。她坐在一把草坪椅上，距她首次见到帝王蝶的地方不到十英尺。多亏了大熊在这里用碎石铺了车辆的掉头处，给汽车带来了便捷，让车流量大增，现在这个地方都快认不出来了。她不是来数游客数量的，但今天早上她见到了六个。就车辆而言，这是道路的尽头。为了看得更清楚，一些游客把车停在路边，步行去研究站点；其他人则待在车里，从这里观赏一番便驱车返回了。

拜伦博士告诉她，雾并不神秘，而是可以预测的暖锋的一部分。他甚至可以一点点解释物理学，让它变得易懂。温暖的空气含有更多水分，她觉得这个很合理。突然凉爽的秋日，还有寒冷的夜晚身上穿的人造丝睡衣产生的静电，这些都是因为空气中的水分被挤出来了。夏日里的一杯冰茶滴的水珠是热空气中的水蒸气遇冷凝结，变得和海绵一样湿漉漉的。这些东西她都看得见。

一辆绛紫色的越野车冲上坡道，冲上掉头处，倾斜着车身停了下来。她看到一对中年夫妇下了车，女的身材苗条，男的很瘦，他们都穿了运动鞋。"瞧，它们今天在这儿呢。"他低声说。他们手拉着手站在峭壁边上，为自己的好运感到兴奋，好像蝴蝶还能去别的地方似的。今天没有一个游客过来和她说话，如果有什么问题，他们都去问一个穿卡其布衣服的男人。这个男人正在向陆陆续续过来的游客散发传单，要求他们做出某种承诺。他不像卡洛斯和罗杰那样来自加州，那些男孩带着他们的破烂衣服和好心情回家了。这个男人来自一个她不认识的城市的某个组织，他也不再年轻。他一头白发，戴一顶翻檐帽，一副厚厚的眼镜，眼睛微微有些斗鸡眼。尽管穿着卡其布制服，但他并非是以官方身份来这里的。他的退休计划是到各地旅行分发承诺,黛拉罗比亚还没有看承诺上的内容。今天早上他还滔滔不绝地对她讲述他一路上遇见的人,与执法人员和野生动物的不愉快遭遇,但最后总是让人困惑地宣称:"这就是她写的全部!""她"到底是谁?黛拉罗比亚注意到,这个名叫莱顿·阿金斯的人,不知怎么成了他所有故事的主角。很明显他不是南方本地人。在南方,如果有人讲了一个故事,而故事中的这个人不是笑话的笑柄,或者更糟的是,这个故事根本不好笑,他的听众就会在第一次明显的停顿时走开。黛拉罗比亚别无选择,听了一会儿便不再理睬他,最后极其礼貌地告诉阿金斯先生,她是这里的生物学家,需要专心工作。

她的任务是观察栖息地的蝴蝶,并跟踪它们的飞行行为。蝴蝶表现出一些不安的活动迹象,事实上,大量蝴蝶离开了它们栖息的树木。她必须观察突然飞起来的一小撮蝴蝶,然后用双筒望远镜定位某只蝴蝶,追踪摇晃着消失在灰蒙蒙的空中的小斑点,这确实需要集中注意力。重重的双筒望远镜价钱大概值她三四个月的水电费账单,它非常易碎,让她倍感焦虑,但奥维德把它挂在她的脖子上,好像这不是什么了不起的东西。就像这是人造珠宝,不是钻石。

他想知道蝴蝶朝哪个方向飞,数量有多少,下午是否会飞回来。它们可能去寻找水源或花蜜了。在这个陌生之地排除万难幸存下来之后,杀死它们的可能是温暖的天气而不是严寒。正如他们所看到的那样,阳光明媚的温暖天气让蝴蝶结束休眠状态,飞了出来,对它们来说这是一种负担,它们可能会因此消耗完脂肪储备,然后饿死。这种情况在持续凉爽的墨西哥山区气候不会发生。奥维德问她二月底是否还有植物开花,她转而问海丝特这个问题,海丝特的回答令人吃惊:肝苔草、臭甘蓝、报春花,也许还有切叶齿草。这些植物中有哪种可能成为昆虫的花蜜来源呢?海丝特不清楚,但主动提出帮她找花,这让黛拉罗比亚吃了一惊。这些假设可以在实验室用活的帝王蝶来测试。

这对来观光的夫妻拿着相机拍了一大堆照片,仅仅从相机快门的声音就能判断出相机价格不菲。他们和莱顿亲切谈论了他的誓言后,便沿陡峭的小径前行,想近距离欣赏蝴蝶。她知道他们会这样做。为了给自己找乐子,她根据体重和鞋子类型来预测来者是要去远足,还是会掉头走开。她的命中率很高,除了两个十几岁的女孩,她没想到她们穿着细高跟鞋就冲下了山。

这对开越野车来的夫妻没待多久。可能是因为担心大雾,他们返回后很快就开车走了。黛拉罗比亚几乎立刻听到另一辆车驶近的声音,听起来不像是汽车,也许是摩托车,但是哪个疯子会骑摩托车走这条陡峭的碎石路呢?她听见车子在打滑,引擎加速转动。马上她便知道了答案,她看见了迪米特·斯劳特。她和迪米特一起上过高中。他踢了踢架子,下了车,没戴头盔,他的T恤紧贴在大肚子上,上面的字母往外扭曲,就像恐怖电影的演职员表一样。他扎了扎牛仔裤,对着景色或者别的东西吹了声口哨。她努力不去看他的腹部,但它的确吸引眼球:塞进腰带的黄色衬衫底下鼓着他的下腹部,要多难看有多难看。男人经常这样。他们怎么会为拥有如此大腹便便的体形而自豪,这对黛拉罗比亚来说是一个谜。女人们可是终其一生都在努力掩饰肉眼根本无法察觉的身材缺陷。

"唉哟哟,唉哟哟,是戴尔小姐啊,"他说,"我听说你在附近活动,你那个农民丈夫呢?"

"没在附近。"她回答说。莱顿·阿金斯拿着他的承诺小册子走了过来,但转念一想还是算了。

"我们会在这儿玩得开心吗?"迪米特问道。

"我在工作呢。"

他上下打量着坐在椅子上的她,眼神色眯眯的,也许与盯着小屏幕在网上看她那张近乎半裸的照片的时候一样。"不错,"迪米特说,"如果你能找到的话。"

"你说什么,工作吗?你也该找个时间试试。换换节奏。"

"谁付给你薪水,政府吗?"

"迪米特,你残疾的话是谁付钱给你,圣诞老人吗?"她听说他从窗户上摔了下来,背部受了伤,但不是在工作时。"我的钱从补助金里出,"她告诉他说,"来自国家科学基金会。"

他从砾石路边的泥沟里捡起一只奄奄一息的帝王蝶,把它带了过来,用拇指弹到她的笔记本上:"啊呀,科学基金会,你怎么不给它做个透析查一查它的死因呢?"

阿金斯先生似乎有些警觉不安,但黛拉罗比亚可不怕迪米特。他和小熊在同一个圈子里活动。虽然现在她在城里也许不太受欢迎,可是如果迪米特行为不端的话,他会发现自己更不受人待见。"自打上次见到你,"她说,"我看你发福了不少啊。"

他双手捧起肚子,眨了眨眼睛:"宝贝,这可是我爱情机器的加油箱。"

她翻了个白眼。她不介意拥有迪米特的自信,但她不觉得这种体形有什么值得骄傲的,就像一辈子每天早上醒来都发现自己挺着大肚子怀孕了一样,一直到死都是这样。

雾已经凝结成低低的厚云层,她有一个小时没见到蝴蝶活动的迹象了。她放在研究站点的一保温瓶咖啡正等着她去喝。但是迪米特现在朝阿金斯先生走过去，这两个人挡住了她的去路，所以她等着他们俩会面结束。这没花上多长时间。阿金斯解释说，他要求人们签署一份生活方式承诺，以减少对地球的影响。迪米特静静地点点头，接过传单，把它折成一架纸飞机，高高地朝雾蒙蒙的山谷扔去。接着他发动哈雷摩托车扬长而去，扬起一片砂砾。

"迪米特这人就是这样，"她把折叠椅靠在一棵树上，向阿金斯道歉，"我们从小就认识。有时候你也没必要去尝试。"

"我总是尝试。"阿金斯愉快地回答道。他雪白的头发剪着齐刘海，门牙上有个缺口，"我到这样的地方来，而不是去波特兰或旧金山，就是因为这个。和所有人一样，你们这儿的人也需要加入进来，也许比其他人更需要。"

她不知道该说什么好，于是穿着革底农用靴朝小路走去。你们这儿的人。也许比其他人更需要。她感到从衬衫领子往外冒火。她想起以前多维说她讨厌所有人，事实并非如此，但她开始有这样的感觉了。莱顿·阿金斯和他那时髦的 L.L.BEAN 户外服。显然，游客们对她置之不理，就因为她和迪米特之类的人一样，都是"你们这儿的人"。她走进浓雾笼罩的森林，白茫茫的空气让她有点晕头转向。杉树林周围光秃秃的树丛里，嶙峋的老松树格外显眼。一只孤零零的啄木鸟在笑。这条小路穿过一条河床，河床两岸铺满了从栖息地中间冲刷过来的帝王蝶尸体，就像被倾倒在这里的垃圾。

她远远瞥见了奥维德·拜伦瘦长的身影，他正走下山坡，两旁是蝴蝶覆盖的树干。她加快脚步想追上他，却被树根绊了一下。不知道他是否介意她擅自离开工作岗位。"嘿，"她喊了一声，叫住了他，"太阳一出来，我就想喝点热咖啡了。"

他交叉双臂等着她，咧嘴一笑，所有牙齿都在发亮："英雄所见略同。"

"我有个很棒的消息要告诉你，"她追上来后说，"哦，普雷斯顿明天放学后过来可以吗？很棒的消息可不是这个啊。"

他的微笑更灿烂了，就像把车灯调亮了："实际上，普雷斯顿是很棒的。我得承认，黛拉罗比亚，我真羡慕你有那样一个孩子。"

"谢谢你。"

"嗯，不客气。我一直在考虑给他做一个小项目。"

她的内心翻江倒海，但她闭上嘴，怕自己忍不住发问。为什么他没有自己的孩子？跟妻子吵架了，感情有了裂痕？他的妻子到底是个什么样的人？她跟在他身后，小心看着路，脑子里翻来覆去掂量着这些话。

"很棒的消息是,"她说,"有个人主动提出用他的卡车把蝴蝶运到佛罗里达州。我想是送到某个自然公园吧,他有亲戚在那里。"她犹豫了一下,意识到这有些荒谬,"我只是觉得我该告诉你。我昨晚给那家伙打了电话,他真的很在乎,在乎帝王蝶的存活,你知道吗?"

"存活。"奥维德回了一句。甚至从他身后,她也看得出他对此并不热情。

"这个主意很糟糕,对不起。"一滴冰冷的雨点打在她左手手背上。

"但是他非常慷慨。这个人是谁?"

"贝尔德先生,是个长途卡车司机,家住费瑟镇。他真的是出于好意。但好吧,这个想法很愚蠢。"

"在费瑟镇,"奥维德说,"这种善意真的很感人,你知道吗?"更多雨点落下来,他在小路上停下,透过树冠向上看。

"雨下大了吗?"她问道。

他点了点头,手指像手枪一样穿过树林,指向研究站点的用蓝色防水布做的遮雨棚。奥维德迈着大步,避开掉在地上的树枝,像鹿一样走过去。她跟在他身后进了遮雨棚,打了个寒战,把运动衫兜帽拉到脸周围,双手塞进袖子里。

"为什么这是个坏主意?"她问道。

雨点噼里啪啦打在塑料防水布上。他似乎在等着轮到他说话。遮雨棚是奥维德和皮特在一个雨天盖的,他们拿一根绳子拴在两棵树上拉紧,形成脊状,绳子穿过防水布四角上的索环,把它向外拉,也系在树上。黛拉罗比亚惊叹地看着他们的作品遮在胶合板桌子和单人折叠椅上空,简单又完美。现在,她和奥维德就站在这栋没有围墙的小房子里。

"动物是它所有行为的总和,"他最后说,"它的群落动态,不仅仅与其物理形态相关。"

"你是说,帝王蝶之所以是帝王蝶,是因为它的行为。"

他站在那儿,双臂交叉,望着外面的森林。他并非正对着她,但也没有转过身背对她。"与其他帝王蝶的互动,栖息地,迁徙,一切。种群作为一个整体行动,你可以这样看。"

她也经常这样理解。这片蝴蝶林犹如一个安静的、会呼吸的巨大野兽,贴在树干上的帝王蝶就像橙色的鱼鳞。有时候,它们的翅膀一齐慢慢扇动。一次她和奥维德在里面工作时,他问她,一个世界没有了灵魂,再去拯救它还有什么用。他指的是没有了蝴蝶的陆地,失去了珊瑚礁的海洋。如果人类的一切努力不过是为了给自己保留一席之地呢?他承认这些想法都不科学。

滴在顶棚上的雨点不那么密集了。光线透过防水布照进来,两人都沐浴在淡淡的天蓝色光辉中。研究站点的人都走了。她不知道他是否也感觉到当他们两人单独在一起时气氛会变得热烈。

"但是它们必须要走吗?它们不能待在一处不动吗?"

"问题出在基因上,"他说,"基因组合的历史让你区别于其他人。对它们来说也一样。帝王蝶依赖同系繁殖和远系繁殖之间的特定交替。"

黛拉罗比亚纠正了当时的印象。奥维德并不是与她单独在一起,不会和电影中的场景一样。他是在教堂里:带着这些想法,周围有蝴蝶做伴。在这个男人面前她越来越自如了。

"告诉我,"她说,"'交替'是什么意思。"

"在一年的大部分时间里,基因交换都是相对局部的。夏季出生的后代在向北迁徙时在较小的群体中繁殖。有些在交配和死亡前可能只飞离它们出生地几英里。但是到了冬天,整个种群聚集在一处,基因库就完全混合了。"

"好,我明白了。就好比在城里的旧货店里换货,然后每年去一元店进行一次国际贸易。"

奥维德笑了:"你真聪明,真希望你能站在我的学生面前做个榜样。"

她努力让自己不要笑得太开心。她的咖啡保温瓶就在桌子上,藏在塑料盒子和不知是谁的雨衣中间。她在凌乱的物品中四处翻找,找到他们俩污渍斑斑的马克杯,这是研究站点的必备之物。她把昨天的咖啡渣倒掉,把杯子伸到棚子外面淋了淋雨水冲涮,然后用衬衫下摆擦了擦。她拧开保温瓶,把两个杯子都倒满。她在一栋看不见的房子里做家务。她和奥维德都喜欢喝黑咖啡,这是他们俩的一个共同点。

他接过杯子,点点头表示感谢,然后坐在他们用作家具的一段倒下的原木上。"我们还不知道在地球上有其他类似的事情,"他说,"这种局部和普遍的遗传系统造就了一种超级昆虫,其数量可以在一年内波动五倍。简直是一份防止环境意外的保单。"

已知范围内环境的意外,这应该是他的意思。他一边喝着咖啡,一边望着外面的雨,情绪越来越低沉。他把躺椅留给她坐,但她还是站着。一簇簇蝴蝶开始往下掉。吊在最底部的蝴蝶在微风中慢慢扭动着,就像漫画里被上了绞刑架的人一样。遮雨棚附近有一大簇蝴蝶离开了大部队,突然掉到地上。雨这么大,掉在地上的蝴蝶不可能重新飞起来了。她看着又一批蝴蝶就这样完了,慢慢地死去。

"今天没人过来吗?"她问道。

他摇摇头。

"我给弗恩留了几条信息,但他没回电话。看来我们的志愿者越来越少了。也许他们在考试。"

奥维德说:"不是每个人都乐意看着蝴蝶死光。"

她注意到他们头顶上雨棚雨水汇集的地方开始塌陷了。他们看不见的房子的屋顶在坍塌。在这种情况下,还有什么不会坍塌呢?他认为天气决定一切,她慢慢接受了这点。天气不仅仅决定了窗外的活动画面。它在某种程度上是那么真实,不真实的是窗户和房子。

掉在地上的一只只蝴蝶被雨点砸得抽搐起来,翅膀开开合合,最后几次露出鲜艳的橙色。"怒斥,怒斥光明的消亡。"这是一首诗[①]的结尾,这首诗是她求学生涯中的重要人物莱克夫人带给她的,莱克夫人现已去世。黛拉罗比亚突然觉得这一天难以忍受。她冒着雨走出去,捡起一只可怜的活蝴蝶,把它带进棚子。她凑近看它,发现它是一只雌蝶。它像淑女一般,拥有天鹅绒状纤细的腹部,黑黑的大眼睛闪着忧郁,它的喙像弹簧一样忽而卷曲,忽而伸开。它细如丝线的腿抓着她的手

[①] 指英国诗人狄兰·托马斯(Dylan Thomas,1914—1953)的《不要温顺地走进那个良宵》。此处诗句引文出自北京联合出版公司 2021 年版的《不要温顺地走进那个良宵》(海岸译本)。

指,她能感觉到它腿尖上的弯钩。她伸出手,它的翅膀张开了,发出一个小小的信号。

"这么说你能做到这点,"她说,"看着它们灭绝。"

他没有完全中断沉思,也没从他的警戒状态中脱身,但他问道:"如果你爱的人快要死了,你会怎么做?"

她拒绝考虑这句话。普雷斯顿和科迪,不。她再也不能承受这种打击。连库克家的儿子她也不敢想象。他们一定会去做骨髓移植,不管付出什么代价。她以前一点点见证过奥维德的悲伤,但现在才完全明白他的失落感有多沉重。"我想,我应该会去尽力做我能做的事情,"她说,"不能做的也尽力尝试去做。只要不停地做下去,你的心脏就不会停止跳动。"

她手上的蝴蝶又抽搐了一下,她把它侧向阳光。在有光泽的翅膀上,她能看到每一处划痕,就像一副被划伤的旧眼镜镜片。"如果它们能繁殖和产卵就好了,"她说,"只要几只就行。我的意思不是把它们都用卡车运到佛罗里达,而是仅仅为了让它们熬过这个冬天,不可以吗?"

他抬头瞥了她一眼,说:"这事我说了不算,黛拉罗比亚。"

她思考着这句话。一个物种到底属于谁?她想知道是否有这种成文的法律。她在躺椅上坐下,看着他变得焦躁不安，眼睛盯着桌上的一叠田野笔记。"我不是动物管理员，"他说，"我也不是来拯救帝王蝶的。我只是想努力搞清楚它们的行为。"

黛拉罗比亚感到一阵刺痛："如果你不是，那谁是？"她可以想出一些答案：织毛衣的女人，衣服上粘着胶带的男孩，还有被小熊和她公婆视为不正常的那些成年人。

"这是良心的问题，"他说，"不是生物学问题。科学并不告诉我们应该做什么，它只告诉我们事实。"

"这一定是人们不喜欢科学的原因。"说完，她对自己的尖刻感到惊讶。

奥维德似乎也吃了一惊："人们不喜欢科学吗？"

"很抱歉。可能我不该这样说。这个问题有多复杂，你已经向我解释过了。气候变化让人们不再抱有希望。但也有人会说算了吧，比如我丈夫，还有电台播音员。他们说这还没得到证实。"

"我们现在讨论的问题已经显而易见了，黛拉罗比亚。科学家们对此表示赞同。我想，电台里的人不是科学家吧。为什么人们想要药，却去买蛇油呢？"

"这就是我想告诉你的。你们不受欢迎。也许你们的药太苦了。或者你们不卖给我们。也许你们觉得我们不懂，对我们根本不予考虑。你们应该从幼儿园的孩子开始，循序渐进。"

"太晚了，相信我。"

"别说'太晚'了。我讨厌这个词。我还要考虑我孩子的将来呢。"

奥维德慢慢点了点头："我们科学家并不总是受欢迎。"

"赫伯特·胡佛就是其中之一！我读到过。"普雷斯顿的百科全书上都讲了，说什么飞蚁在盘旋。

奥维德似乎有点被逗乐了："我指的是比赫伯特·胡佛更近的时间。十五年前人们就知道全球变暖了，至少大体上知道。人们在民意调查中会回答：是的，这是个问题，的确存在。不管是保守派还是自由派的观点都完全一致。现在却出现了分歧。"

"嗯，是的。人们自行解决问题。就像家里的孩子一样，你知道的。他们必须划分出属于自己的地盘，他们要么是老师的宠儿，要么就是那个捣蛋鬼。"

"你觉得这是划分地盘吗？我们不是把自己归为沉着冷静、受过良好教育的科学信徒，就是不承认气候问题的狂热好斗分子？"

黛拉罗比亚觉得他这些话很明智。那么，那些在树林里编织蝴蝶、头发凌乱的女孩们又属于哪一类呢？

她说："我会说，只要人们选出了团队，然后信念就会被传递出去。穿上团队迷彩服，我们就有权拿着武器、扛着约翰·迪尔农具、带着罐头瓶，用强硬的爱意照顾好自己人。我不知道另一队的人穿什么，应该是价格不菲的衣服。他们讲究回收利用、人口控制，喝拿铁咖啡，想要第二次机会就能得到。那些发电子邮件告诉你们他们该得 A 的学生。"

奥维德看上去惊呆了："什么，你是说这是农民阶级和绅士阶级之间的某种竞争？"

她回敬了他一眼："我肯定没这么说过。"

"你说了类似的话。你们中的一个团体有打破边界所需要的全部技能，而另一团体似乎正在哺育一个随着犁耕成长起来的不安定的社会。"

"啊。"她说。

"难道你不同意这点吗？这个世界的边界已经被打破？"

"我猜，也许吧。嗯，没有。得视具体情况。"

"真的吗？"

"嗯，是的。如果你说的是真的，这一切要完蛋的话。然后呢，我们再重新开始？"

奥维德什么也没说。她知道这样说不太尊重对方。这整件事对他来说相当于教堂，或者孩子，是让他夜不能寐的东西。"对不起，"她说，"我只是说说而已。环境被分配给了另一个团队。类似的烦恼不是为我们这样的人准备的。我丈夫也是这么说的。"

他严肃地皱起眉头:"农民难道不担心干旱和洪水吗?"

"你认为我们担心这些是因为得知了相关的信息吗?得了吧,谁能真的去选呢?"

"我们有的只是信息。"奥维德盯着她看,不知怎的,他看上去就像她以前见过的那样一丝不挂。赤裸裸的。"每个人都做出选择,"他说,"对于难以接受的事实真相,一个人可以选择勇敢面对,也可以选择逃避。"

她摇摇头:"我丈夫不是懦夫。我亲眼见过他把整条胳膊伸进正在运行的打捆机里面,就为了解开缠在一起的绳子,赶在雨季来临前努力挽救干草。我是说,如果我们在谈论勇气的话。他和我公公婆婆每周有六天要面对厄运,周日则去为真正有困难的人祈祷。"

他似乎理解了这一点,尽管可能不像她一样认识那么多被打捆机夺去一只胳膊的人。"位置是分配给人的,"她说,"如果你一直被认为是个坏女孩,那你会觉得反正已经付出了代价,那就继续坏下去得了。如果我是人群里的乡巴佬,好吧,那我就去把汽油点上。"

奥维德似乎有些疑惑不解。也许比起人,他更了解蝴蝶。

"我不想这么说,但是人们不喜欢像我这样的人来这里,和你这样的人一起工作。皮特一开始肯定不喜欢,不过他后来接受了。但并不是每个人都接受。"她终于去看了多维提到的八卦网站,里面的内容让她很是恼火。许多言论说拜伦博士是干涉当地事务的外来人。还有一些言论说,黛拉罗比亚怀了他的孩子。

"皮特让你为难了吗?"

"皮特人很好。邦妮和马科,他们也都很好。也不知是什么使你们决定让我加入你们。但相信我,如果你们第一次遇到的是在餐厅给你们当服务员的我,你们是不会跟我谈你们的栖息地和越冬区域的。人们把和他们不同的人拒之门外。这是双向的。"

她能想象自己穿着围裙,在费瑟镇餐厅一个油乎乎的小隔间给他们端咖啡的情景。事实上奥维德也可能会在那儿征求她的意见。"我从不会在自己听自己说话的时候学到任何东西",第一天晚上他说过这句话。她现在该闭嘴了。

"人类天生是社会性动物。"他说,"毫无疑问,我们是在社交中进化的。读懂暗示,留在群体中,这些是我们人类的头号生存技能。但我更倾向于认为学者是裁判。我们可以与各方对话。"

"可能,也许吧。但你不是。你总是告诉我你根本不该在乎,你只是在测量和计数。"好吧,她想,现在自己真该闭嘴了。

"这很重要,"他说,"如果我们在公共辩论中纠缠得太久,同行会批评我们语言不够精确,或者过于肯定。太戏剧化。即使是像'理论'和'证据'这类简单的词,在科学领域之外也有不同含义。如果我们拥有通俗大众读者的话,就会被视为二流学者。"

黛拉罗比亚听了很是惊讶。如果要说起哪个地方的人是聪明人,那大家一定会说是高等学府。虽然"二流学者"并不完全等同于"与敌人鬼混"。

"这就是你不和记者交谈的原因吗?因为,老实说,你很棒。"

他长长呼出一口气,她纳闷他会不会崩溃。"这是一条危险的道路。特别是对于生态学家来说,这是我的领域。生态学是研究生物群落的学科,研究种群如何交互。它和回收铝罐不一样。与物理学一样,这是一门实验和理论科学。假如我们试图让我们的科学与外界发生什么关联,他们马上就会抗议。"

"我看得出来。"她说。

"如果我再听到哪个软蛋讨论环境问题,并把它叫作'生态学',老实说,黛拉罗比亚,我可能会把梅特勒天平砸在他头上。"

"哇哦。"

"在我这个领域,我们会对这个问题很敏感。"他说。

真不是开玩笑,她想。

暴雨渐渐平息下来。雨还会继续,寒气将横扫山谷。奥维德从圆木上站起来,用手掌拍了拍防水布,让里面的积水流出来。他把咖啡一饮而尽,最后把杯子放在胶合板桌上。"我想我们可以安全返回工作岗位了。"他说,"我该去实验室了。我想在显微镜下解剖一些雌性蝴蝶,看看它们能否度过滞育期。你今天上午有什么新发现?"

"有些在四处飞,"她说,"很多,在太阳快要出来的时候。它们大都飞到西边的山谷去了。"

他把手插进雨衣口袋:"如果不下雨,你今天下午能继续观察就好了。我很想知道它们是否还会飞回来。它们可能只是短暂地离开,去喝水或找花蜜,而不是开始春季的分流。但我们真的不知道。"

他拿起他们用来运送活蝴蝶的红白相间的冷却箱,走到遮雨棚外面,蹲下来,在掉在地上的那一堆中翻找,从死了的蝴蝶中寻找下午要解剖的标本。至少它们为科学献了身。黛拉罗比亚跪在他旁边帮忙。他们需要把设备打包。此处的锋面应该会带来更多的雨,可能还会刮大风。"它们在春天四散飞走，"她说，"如果真的是这样，它们会从这里到哪里去呢？"

"它们会从这里到哪里去呢？"他重复道，但此外什么也没说。过了很长一会儿，她便不再等他回答了。她一个接一个捡起僵硬、脆弱的蝴蝶尸体，把它们弹开。大多数已经死透了。

最后，奥维德说："它们会进入一块全新的陆地。这块陆地与一直支撑着它们的那块不同。它们会以我们习以为常的方式过去。"

她发现了一只活的雌性蝴蝶，它仍然很柔软，轻轻拍打着翅膀，于是她把它放进打开的冷却箱。这个六瓶装的小冷却箱也被用来把已故捐赠者的器官运送到医院，在那里有人正在等待器官移植，可能胸腔已被打开，旧的心脏已被移除。她在电视上看过。对于一个普通的冷却箱来说，这个责任大得可怕。

"这不是件好事，黛拉罗比亚，"他补充道，"一块全新的陆地。"

"我知道。"她说。在这个世界，一切都是未知的，不能信任，不可指望，绝不是你想去的地方。如果要说有谁能理解这点的话，她相信自己就能。

没想到她在小路尽头遇见了莱顿·阿金斯，他仍然占着她本希望属于自己的一小块碎石领地,就坐在她的躺椅上。他用塑料雨披在自己和椅子上面搭了个帐篷,似乎进入了梦乡。她跟他打招呼的时候,他跳了起来。

"我正要走,"他说着,把她的椅子让给她,"我的传单发完了,就剩纸飞机那一张了,她写的全都在上面。但是我不得不等到雨停。"

"哎呀,"她说,"我还想看看。"

"只剩一份了,"他说,"但我需要留着,这样可以多复印几份。这个小镇上有复印店吗?我去找了,什么也没有。"

"你看见银行了吗?"她在椅子上坐下,暗自感激他没有把椅子弄湿。天色开始变亮,她看到下面的山谷里有动静。她朝茫茫大雾中瞅了瞅,什么也没看见。操作双筒望远镜需要技巧。

"银行?"

"是的。在他们那儿有台复印机可以用。谁都可以用。"

"银行。谁会想到呢。"阿金斯先生站在那里不动。她不知道他晚上回去住在哪里。可能去路边旅店吧。

"这么说纸上是个承诺?"她一边问,一边把双筒望远镜对准山谷中的薄雾,寻找上下移动的小斑点。最后她看到了，一只蝴蝶，三只蝴蝶。"那么，我们这些人该在上面签名承诺些什么呢？"

她用眼角的余光瞥见他在背包里翻找。"我可以读给你听，"他说，"是为了减少碳足迹的承诺清单。上面的意思是说，要使用更少的矿物燃料，减轻碳排放对地球的危害。"

"我知道这是什么意思。"她说。

"好的。是个可持续发展的承诺。"他念道，"第一类是食品和饮料。你想让我读一下单子吗？"

"我看看就行。"

他不悦地看了她一眼，紧紧抓着那张纸，好像那是张临终遗嘱。他是不是担心她会像迪米特那样，把它像飞机一样发射出去？"好吧，好吧，"她说，"你念吧。但我得一直盯着这个看。"她现在看到了五只蝴蝶，它们一起飞舞着，没有一个固定方向。她想起了普雷斯顿书中的飞蚁。如果普雷斯顿明天过来，他们俩一定要记得去问问拜伦博士，"完美雌性"这一神秘说法到底指什么。

"第一，去饭店吃饭尽量带特百惠将剩菜打包。"

"我已经两年多没在饭店吃饭了。"

"上帝啊。你认真的吗？我能问为什么吗？"

她很想瞪眼对他怒目而视，但又不想失去眼前的蝴蝶。小熊在开车送货时吃快餐,她在他的卡车车斗里发现了证据,他就像一个到处瞎鬼混的男人当场被抓一样,发誓说下不为例。他知道这超出了他们的预算。不过这次讨论的主题不是小熊。

"好吧,第二,"阿金斯说,"尽量自己带杯子喝茶和咖啡。我想这条不适用。随身携带餐具,不要使用塑料餐具,也不适用。好的,这里有一条。带上自己的乐基因水瓶,而不是买瓶装水。"

"我们这儿的井水就很好,所以不会花钱去买商店里的东西。"

"好吧,"他说,"尽量减少饮食中红肉的摄入量。"

"你疯了吗?我正想增加红肉摄入量呢。"

"为什么啊?"

"通心粉和奶酪不扛饿,这就是为什么。我们有羊肉,是我们自己农场产的。但是我家没有冰箱,必须到我公婆那里拿。"

阿金斯先生沉默了,黑眼珠像蝌蚪一样在眼镜后面转动。

"就这些吗?"她问。

"不。还有五大类别。"

"念念听听。"

"不用了吧。"

"不会吧,你大老远跑来,让我们加入。"

"好吧,"他听起来有点紧张,"直接跳到日常必需品吧。尽量购买可重复使用的产品。使用克雷格列表①。"

"那是什么?"她问,虽然她心里很清楚。

"克雷格列表,"他说,"互联网上的。"

"我没有电脑。"

阿金斯迅速采取行动:"或者找到当地的二手商店。"

"找到它们。"她说。

"计划好出行路线,这样就可以少开车了!"现在他听上去有点挑衅的意味。

"谁不这么干呢?汽油这么贵?"

他又不说话了。

"其他类别是什么?"她问道。

"家庭或者办公室,家用,旅行,财务。我们没必要读下去了。"

她放下望远镜看着他,反正已经看不到蝴蝶了:"咱们听听财务这一类吧。"

阿金斯用一个调子匆匆念道:"把你的一些股票和共同基金换成对社会负责的投资,跳过,跳过。好的,家庭或者办公室。确保旧电脑被回收利用。不用时,关

---

① 1995年创立于美国的一个在线分类广告网站。该网站最初是一个邮箱列表,后来发展成了多功能的广告平台。

· 460 ·

掉显示器。我想这里有很多不适用的。"他胆怯地看了她一眼:"家用还念吗?"

"这个好,"她说,"我有一个家。"

"把你的灯泡换成节能灯,电器升级到节能电器。"

她需要再和奥维德谈谈电费的事,因为该交二月的电费了。不管用还是不用,电都是家里一个值得关注的大问题。"对不起,"她说,"如果是关于买东西的,那我就不算什么好人了。"

"但省下来的钱是值得的。"

"这个我确定。"

"好吧。冬天时把你的恒温器调低两度,夏天调高两度。"

"和什么相比?"她问道。

"与目前的温度比。"

"严格来说不可能,你会一直把它往下调。"

莱顿显然认为她是在拒绝,于是使出终极大招:"可是我们只有一个地球!我们都必须共享资源。"

她慢慢点点头,克制住自己,觉得自己的克制力值得称赞。

"快读完了,"他说,"交通工具。骑自行车或乘坐公共交通工具。购买小排量汽车。对不起,你说过买东西的不读。给轮胎充好气,保养好你的车。"

"我丈夫的卡车现在用的是第三个引擎。保养得好吧?"

"肯定啊。"

她感觉莱顿·阿金斯不会去找银行了。他会开着他那辆低排放汽车直接离开这里。在他遭遇的麻烦事中,她和迪米特·斯劳特都将占一席之地。

"好吧,最后一条,"他说,"少坐飞机。"

"少坐飞机。"她重复道。

他看着那张纸,好像接到了上级的命令:"她就是这么写的。少坐飞机。"

第十二章 ▲ 亲属体系

怀孕的母羊看起来像长在桌腿上的羊毛桶。它们在泥泞的田野上四散开来去吃草了,有的朝这边,有的朝那边,但当两个女人走进牧场时,它们立刻停下不动,投以关注。每只羊脑袋都对着她们,三角形的脸,头顶上呈 V 形张开的角。在寒冷的晨光中,只见每一对鼻孔都水平飘出薄薄一层热气,那是反刍类动物在呼吸。在场的所有动物都在等待下一步行动的暗示,包括海丝特身边的牧羊犬和黛拉罗比亚本人。这个周六,她主动帮忙为母羊接种疫苗,却不知道该干些什么。海丝特把装粮食的桶重重地摇了一下,这便是所有问题的答案了,羊群开始慢慢移动起来。海丝特吹了一声口哨招呼牧羊犬查理,它向右转了一个大弯,便顺着山坡撒了欢地不停奔跑,黑白相间的皮毛闪闪发光。这只老狗还是那么威猛。查理十三岁了,它在这个家的时间比黛拉罗比亚还长。羊对狗的施压做出回应,慢慢聚拢在一起。

"查理,看后面。"海丝特喊道。它立即调转方向,朝后面的栅栏跑去。三只一岁大的白色小羊羔正在岩石堆上玩,看到狗靠近便停止了玩耍,跳了下来。然而在更高处的山上,被海丝特称为"摩里特"的四头红褐色母羊正稳稳地站在地盘上,以泥土为伪装,打着掩护。查理像狼一样俯下身体,慢慢靠近它们,一下一下地伸出白色的前爪,直到这四只羊也加入羊群。五彩缤纷的羊汇集在一起,摩立特羊、白羊、黑羊、和獾脸一样呈银色的羊,都迈着笨拙的步子一起冲下山坡,像一群不同步的摇摆木马一样前后摇晃着。

来此地牧羊是因为这儿地势更高,但经过上一周的大雨,以前的高地概念都有待商榷了。黛拉罗比亚家淋湿的房子阴森森地耸立着,还有设有实验室的旧谷仓,现在羊需要避雨时也会跑到里面。母羊对泥巴毫不在意,只在意它们怀孕后产生的饥饿感。穿牛仔靴、扎马尾辫的海丝特手里高高提一桶饲料,不让羊够到,一路引着它们进了谷仓,羊蹄子把淤泥溅得到处都是。她已经说服大熊父子修好了谷仓前走廊里齐腰高的墙,墙隔开了两个大隔间,与后面旧挤奶间里的实验室完全隔了开来。尽管如此,黛拉罗比亚有时还是能透过塑料板墙听到母羊发出的沙沙声和咩咩声,尤其是在漫长的下雨天,它们都在室内不安分地聚在一起时。海丝特现在想让小熊盖小羊羔棚,刚生下小羊羔的羊妈妈们可以带着宝宝们在里面避开风雨,安然躲开其他羊的踩踏。它们三月底就要产小羊羔了,还剩一个月的时间。

她们走进谷仓,一股热气一下就冲击了黛拉罗比亚的所有感官。动物的出现改变了谷仓,一个长期没有生气、灰尘遍布、充斥着燃油味的地方有了甜饲料和羊粪的气息。谷仓地上铺着一层干草,她迈过一堆堆亮亮的羊粪,它们看起来就像整盒整盒的葡萄干被成堆倒在了地毯上,拜科迪莉亚所赐,那样的情景她见过。海丝特让查理做大部分工作,它听到命令就把动物们往前赶,否则就克制住自己,不出一点差错。查理是罗伊的父亲,是两只牧羊犬中较大的那只。孩子们喜欢罗伊,因为它会和他们一起嬉闹打闹,但查理传统老派,并不参与其中。

母羊们急匆匆地挤进大点的隔间,来到喂料架那里,海丝特倒了一排十英尺长的粮食在上面。这些狡猾的冰岛羊即使在严冬也努力寻找牧草,剥篱笆上的树皮,吃树上的枯叶。她和小熊每天早上也会扔一些干草喂羊,这些干草是从俄克拉荷马州买来的,价钱贵得让人心疼,因为自家农场微薄的干草与方圆一百英里内的干草一样，全都发了霉。养牛的邻居今年冬天干草损失巨大，别无选择，只好把小牛贱价处理。黛拉罗比亚知道，多年前是海丝特不顾大熊的反对，决定不再养牛，而是改养能自力更生的羊，最终大家发现这一决策实在英明。母羊只额外得到了些矿物质和饲料，但因为它们快要产羊羔了，今天显然想额外要点吃的，黛拉罗比亚在怀孕时体验过这种渴望。怀普雷斯顿的那个冬天，她时常感觉自己被一种奇怪的饥饿感所占据，有时甚至连湿衣服都想吃。

绵羊们咕噜着，打着饱嗝，你推我挤，依次排好，海丝特告诉她那是羊群家族传承的顺序。最后进来的四只摩立特羊现在却跑到了食槽最前面，海丝特称它们是"专横的布朗尼"[1]。海丝特指了指母羊和它的三个女儿，它们不是一窝生的，现在都成了领头羊了。其他羊见了它们都知道要让开。海丝特仔细检查了她用来装用品的大金属工具箱，取出要用的针和小瓶，为今天注射加强疫苗做准备。黛拉罗比亚喜欢和羊群待在一起。她着迷于它们的颜色线条和犄角形状，以及每只羊头顶上那簇怪怪的毛，那是它们身上唯一没被剪过的部位。走在这几只母羊中间时，它们像水一样慢慢分

---

[1] 羊毛颜色与布朗尼相似。

开，抬起头来静静看着她，琥珀色的眼睛被水平状的黑色瞳孔阴森地分割开了。①

　　海丝特命令查理守在谷仓门口，吩咐黛拉罗比亚把所有的羊关在一个隔间内，她把一瓶疫苗打到连续注射器里。在母羊怀孕后期接种，疫苗能直达母羊子宫，保护新生羊羔免受新世界迎接它们的可怕疾病侵害。黛拉罗比亚对针头的喜爱程度一般，但是她坚持认为自己能照顾好母羊，所以她知道展示勇气的时候到了，如果她有勇气的话。她们把海丝特为她准备的放在塑料桶中的急救箱查看了一遍，然后把它挂在谷仓直立的木头上的一根钉子上。黛拉罗比亚对海丝特匆匆取出的碘酒、毛巾和长袖塑料手套感到不安，这些都是羊羔难产时可能需要的物品。海丝特对她的信任让她吃惊。每天晚上，普雷斯顿和黛拉罗比亚母子都会读一本关于如何喂养怀孕母羊的手册，这本手册上说，母羊会出现乳热症和臀位双胎等一系列问题。普雷斯顿似乎对这些信息不以为意，但他妈妈却很担心，恨不能抓起每一个新提到的危险问题，带着它飞走，像乌鸦抓着腐肉一样把它一点点撕烂。

　　海丝特递给黛拉罗比亚一支粉笔大小的亮橙色蜡

---

① 羊的瞳孔是横向的方形瞳孔，即瞳孔随时和地面保持水平。

笔,让她给每只接种完毕的母羊做记号。海丝特握着注射器推进,挤压着V形手柄,让药水穿过羊毛,进入羊肩后面的皮肤。羊对打针几乎没有反应,似乎更不愿让黛拉罗比亚扯过它们的后腿在身上做标记。粗糙的羊毛上艳丽的橙黄蜡笔条纹让她想起客厅地毯上孩子们的涂鸦。有时她第一次标记不成功,不得不跟在一个毛茸茸的羊屁股后面追,这只羊混在一群同样的动物中游走。不一会儿她和海丝特就越过一大堆有橙黄条纹的羊,赶着去追未标记的羊。

海丝特得再把注射器灌满,也想抽支烟,于是她们走出谷仓。海丝特递过来一盒烟,黛拉罗比亚迅速摇了摇头。她仔细端详了挂在钩子上整齐绕成一圈的橙色电线,往常拖车停放的地方只剩下呈长方形的枯草。他周末就走了,说要去一个叫"甜蔷薇"的地方跟其他科学家会面。不见了拖车的踪影,她心里空荡荡的,就好像她也被拔掉了电源,没有了电,也失去了根基。

"你应该从三月中旬开始密切留意它们。"海丝特突然说,她掐灭香烟,从针管套里取出注射器,"有时某只羊会给你惊喜,提前产下羊羔。"

"快了吗?"黛拉罗比亚问道,"需要我来谷仓睡觉守着吗?"

海丝特用注射器吸药水的时候目不转睛地盯着小玻

璃瓶。她头发上绑着一条红色印花大手帕,身上穿一件旧粗斜纹棉布外套,看上去硬如纸板。"可以。你不是说另一份工作马上就结束了吗,所以也该重新开始新工作了。"

"每小时少挣 13 美元。"黛拉罗比亚平静地说。

海丝特抬起头来,一时很吃惊,接着继续干活。这么说小熊并没告诉她,黛拉罗比亚的收入才是家里最高的。

在接下来的一小时里,剧烈的寒意退去,背脊上标了橙色条纹的羊稳稳地站满了隔间。海丝特要她把其中一些羊弄走,好让她看看效果如何。黛拉罗比亚打开隔间门,像守着阀门一样,学海丝特的样子抓着羊角底部,把母羊拉进来或者赶出去。大多数母羊都比黛拉罗比亚重,但她还是挑出了几十只比较乐意合作的母羊。它们紧张地挤在隔间门口等着。查理仍然站在敞亮的谷仓门口坚守岗位,静静地盯着,一动不动,宛如一尊集所有犬类美德于一身的青铜雕像。

"行了,查理。"黛拉罗比亚又学着海丝特的口气叫道。查理走到她身边时,她感到一阵兴奋,一种奇怪的快感,好像自己有了权力。母羊像被对面的磁铁吸住,见查理离开了谷仓门口,它们绕过谷仓另一边,从门口跑了出去。又是狗,又是羊,有一吨的东西在听从她的指令。她的脸上露出骄傲的红晕,暗自希望海丝特不要察觉到她的幼稚。

现在只剩下羊群中最胆小的羊了，它们紧张不安、仓皇失措地急着逃脱，海丝特不得不用左手抓住它们的角，右手则挥动注射器。海丝特对她说，叛逆在家族中也是遗传的。一切都由基因决定，可以随意挑选或保存。"抱怨自己的羊群是没有用的，"她说，"羊群不过是你过去所有选择的总和。"她告诉黛拉罗比亚，她从来没养过天生无角的母羊，她更愿意养有角的羊，羊角和把手一样方便。同样，她挑选羊羔都是找绒毛短或体格弱小的。一只鼻子上长雀斑、名叫汉基的白母羊，是今天疫苗接种计划的最后一批抵抗者之一，海丝特说她选这只羊是看走了眼。她说，总有那么几只羊，让你希望它被冻死拉倒。

"不如我抱着它，你给它来一针吧？"海丝特突然把蓝色手柄注射器递给黛拉罗比亚，开始与那只剧烈扭动的羊搏斗。海丝特一手抓着它的一只角，用屁股把汉基顶在谷仓墙壁上。"来吧。"她咕噜了一声，这不是发问，黛拉罗比亚想也没想，瞄准肩膀，依照观察过无数次的重复推药动作采取行动。她感到针头一沉，接着后退一步，那只大母羊挣脱开跳走了，它先是重重着地，然后挣扎着站了起来。它使劲转动眼珠，露出了眼白。

"你干得不差。"海丝特说。

黛拉罗比亚在脑海中又把整个过程过了一遍,就像局外人一样观察:她自己穿着一件绿色风衣,俯身注射疫苗时红发跟着摆动。我明白你是怎么干这个的了。现在她老是这样遐想。想象她站在炉子边做晚饭时,他会怎样看她。还有她给孩子们读书,哄他们上床睡觉时。虽然没有什么特别的理由,但她琐碎的日常生活似乎因此被赋予了意义。

她问海丝特:"你是怎么学会干这些兽医活的?"

"嗯,你知道,盖茨医生不会来,除非羊马上要死了;沃什医生,即使羊要死了也不会来。他们来一趟收60美元。我得说,花了60美元,却被告知一只羊死了,对此我真的受够了。"

汉基和几只羊在干草槽附近转悠,打量着摆在面前的选择,其中一个选择是从隔间齐腰高的墙跳出去。"这个县应该有更多兽医,"黛拉罗比亚说,"大家养了这么多牲口。这太疯狂了。"

"我看是这样,"海丝特表示同意,"做这行不愁没有工作。沃什和盖茨都老了,应该有许多年轻人排队等着接替他们的位置才对。"

"哎呀。"黛拉罗比亚在整理要带走的东西时把塞在口袋里的记号蜡笔拿出来,"我们忘了给汉基做标记了。"

海丝特笑了："你以为我们会忘了吗，难道还要再跟在那头坏母羊后面追一次吗？"

她们在上午十点左右干完了活，把母羊赶出去，让它们重新在泥泞的乡间安顿下来。黛拉罗比亚现在可以看出它们是怎样按家族传承顺序聚在一起的了。头顶上空的云层裂开一个小洞，宛如一块蓝色的碎布上点缀了一圈冰冷的白色，她真想大声叫喊，表达自己稍稍放松的心情。上周的大雨让那些因为一年来的连绵小雨失去全部收成、差不多快要疯了的人们更加疯狂。广播里把这称为"水刑"。今天早上，她听说亨肖那地方有个人走到外面，用他的史密斯威森手枪打死了他的老马，说他预见马会在泥巴里淹死。现在大多数人对这一景象不再陌生了。黛拉罗比亚从未想到自己会对一场干燥的白雪这样简单的事物心生感激。

她和海丝特穿过上面牧场的篱笆门，门上钉着那只空捐赠桶。如果有人能抽出时间来看看这扇门，那也会有帮助。也许他们可以像莱顿·阿金斯那样分发传单。黛拉罗比亚考虑了一下她会在问卷调查上列的问题："这种天气怎么样？你知道相关性和因果关系两者的区别吗？你想过开枪打死你的马吗？"

"你有没有发现自己只盼着太阳出来？"她大声问

道。海丝特不会想这样的问题，所以她没指望能得到回答。婆婆已经同意帮她寻找有花蜜的花，这些花可能在二月最后一周开放。冬天的花朵，海丝特的配合，这两点黛拉罗比亚都觉得机会渺茫。但海丝特还是答应了。现在她们俩正走在大路上，不知道跟对方聊些什么。过了一会儿，海丝特在砾石上站住，看看这边，又看看那边。

"是的。"最后她斩钉截铁地回答。

"你是指太阳吗？"黛拉罗比亚问道。

"是的。"海丝特表示肯定，这时她离开大道往山下走去。令黛拉罗比亚吃惊的是，她们来到一条小路上，小路又暗又陡，养护得很差，但绝对算是一条小路。她来这里这么久了，还是第一次见。

"他们说可能会永远都是这样，"黛拉罗比亚说完，马上又纠正道，"是科学家们说的。天气只会越来越糟糕，不会稳定下来。"

海丝特走在她前面，一言不发。每走一步，头上的红手帕尾部就跟着摆动。

"有些地方已经干涸了，"黛拉罗比亚继续说，"我想，因为干旱，他们不得不放弃种地。就像得克萨斯州。一场大火就全都完了。我不知道哪个更糟，是烧死还是淹死。"

"着火,"海丝特果断地说,"那个更糟。"

"但是你看这儿发霉的庄稼。我们还得给羊买干草。这真让人纳闷,你知道吧。以后到底是谁养谁呢?"

"他们是怎么说的?"海丝特问。

黛拉罗比亚想了想该怎么回答。要谈论已知的世界在大火和洪水中解体可不容易。她想出了一个可靠的词。"污染,"她说,"当人们污染天空的时间够长,它就会进行报复。"

"有道理。"海丝特说。

"我们要去哪儿?"

"南面有块洼地的阳光更充足,小熊小时候我常带他去那里找森林里的鸡。我在那里见过预兆之花。但不是同时看见的。秋天才能看见森林里的鸡。"

"森林里的鸡,那是什么?"

"能吃的蘑菇。很好吃,口感像鸡肉。"

黛拉罗比亚能想象多年前海丝特收集树皮之类的东西做染料,那时的人们还不喜欢鲜艳的假颜色。但她无法想象一个年轻的母亲带着儿子外出捡破烂。"这些关于树林的知识你都是从哪儿学的?"

"我老妈。"黛拉罗比亚以前听过这个回答。她对海丝特家的情况知之甚少。她家里很穷,家人大都已经过世,只有一个哥哥、一堆表兄弟表姐妹还健在。他们住在亨肖,但海丝特似乎完全成了大熊家的人,把自己的亲人抛在了身后。天色稍微亮了些。她们穿过一排核桃树,树枝弯成肘状,去年的核桃仍然挂在上面。她想,就像准备好要打球的骷髅一样。陡峭的地面上的土壤被雨水冲刷得到处都是。从山上流下一道满是落叶的水槽,以其沿着森林地面携带而来的碎石将土壤分隔成两边。落叶丛中有死去的帝王蝶,但不如研究站点那儿的厚。

黛拉罗比亚吃惊地看到树林里一个女人朝她们走来。是两个女人,都抱着一堆树枝。"你们好!"她们喊道。

虽然她没见过这两个人,但她知道她们是谁,是干什么的。年轻点的那个穿着男式工装,下摆露出运动裤,还有至少两层毛衣。年长点的穿一件普通外套,但她把白头发扎成两条辫子,这种发型在老年人中间不多见。两人都戴着羊毛帽,像头上蹲着个小矮人。黛拉罗比亚走上前去与她们握手,但她们腾不出手来,于是黛拉罗比亚友好地拍了拍她们的袖子。"我是黛拉罗比亚·特恩鲍,"她说,"这是我婆婆海丝特·特恩鲍。"

"太好了!"年轻点的那个说着,把她那捆木棍都挪到一只胳膊上,与黛拉罗比亚和海丝特握手,"这是我妈妈梅朵,我是耐尔达。我们是来这里打柴的,希望你们不会介意。我们小山谷的柴火都用完了。"

两个人都戴着整齐的无指手套,可能是她们自己做的,但让黛拉罗比亚着迷的是对方的口音。"修山谷,都用娃了。"她可以像听电台节目一样整天听这个女孩说话。"你们一定都冻坏了,"她说,"下了这么大的雨。"

耐尔达哈哈大笑起来。"湿透了!"她叫道,"我们都成了落汤鸡!现在真是有点冷了呢,对吗?"

黛拉罗比亚不知道该怎么回答这个问题。她想知道海丝特对这些将一件件旧毛衣拆开再织、自称要编织大地的女人有何看法。似乎越来越多的人加入了她们的队伍,也许她们不全都是英国人了。她们请求得到安营许可时,她就和海丝特商量了如何安排基本事宜,还专门为橙色毛衣竖立了一个邮箱,现在寄来的毛衣越来越多,此外还有现金捐赠。这些女人付了邮箱费用,并为在那儿驻扎每周上交一笔钱,数额不大。

"海丝特也会织毛衣,"黛拉罗比亚说,"你们该看看她给我丈夫织的毛衣。她会缆绳花样织法呢。"

"那么,你们看我们编织的小家伙们怎么样?"梅朵放下木柴,在她那五颜六色的挎包里翻找着。她的挎包也是她自己织的,上面带有红、黄和绿三色菱形几何图案。最后,她掏出一根大号牙签样的木针,上面是一小团结构复杂的橙色和黑色的毛线。"嗯,在这儿,"说着，她又掏出一只织好的和实物一样大小的蝴蝶，"这是最后的成品。现在好看多了。"

海丝特接过来在手里翻来覆去地看。黛拉罗比亚注意到耐尔达和梅朵都穿着旧皮鞋，而不是户外活动爱好者喜欢穿的高科技靴子。她们的每件东西都是二手的。她意识到，不穿新衣服正是她们的时尚宣言，肯定也是她们要表达的重点，她感觉自己有些迟钝，现在才明白过来。和她家一样，她们只买二手物品，不过更以此为荣。

海丝特说："你这是用的双钩针，双色连环织法。"

"对对！"两个女人热情地答道。黛拉罗比亚见过她们把成百上千只编织的蝴蝶挂在树上，并未留意其中花费的心思。她们一气呵成地编织出了蝴蝶的翅膀和身体，上面还有黑色花纹。她想起了马科讲的为了世界和平在小学折纸鸟的故事。动起双手，为了宏大的目标，做出微不足道的努力。就像用勺子给一个饥肠辘辘的孩子喂豌豆，可是孩子在几十年来始终感到饥饿。这没有错。

"你也用了黑毛线，"她说，"我没见有黑毛衣。"

"我们有很多。"耐尔达说。

"黑的太多，橙色的总是不够。"梅朵表示同意。黛拉罗比亚注意到她们母女俩的外形：耐尔达脸颊红润，身材丰满,而她的母亲则骨瘦如柴。她们亮晶晶的棕色大眼睛里闪耀着相似的光芒,她们点头的样子,还有头上动来动去像小矮人的帽子。一对母女冒险家。她内心感到一阵刺痛与渴望,就像在教堂常常感觉到的那样。怎么别人都有母亲和上帝,这些都是标准配置。

海丝特把那东西递了回去:"我看不出这东西有什么用。"

"大家都对它非常满意!"耐尔达说,"你该看看我们收到的信息。看看这个。"她从包里拿出一部手机,用戴了无指手套的手指触摸手机屏幕,读出声来:"'编织者加油,停止全球疯狂行为,我们爱你。'这条来自澳大利亚,今天早上刚收到。还有这个,'女士们加油,要绿色环保,来自斯塔顿岛的贝蒂',还有很多呢。你们还想看吗?"她往下滑动屏幕,给她们看了无数条蓝色字体的信息,还有多维发现的挂在树上的大量编织蝴蝶的照片。这些生活在森林里的女人也出现在照片中,她们搂在一起,亮出和平标志,尽管她们已经完全意识到世界正在分崩离析,但还是找到了属于自己的快乐。不过,她们拥有手机这一事实还是让黛拉罗比亚感到吃惊,家里应该有人给她们支付手机费用。也许是她们的父亲或者丈夫。

海丝特似乎仍百思不解,她说:"我不明白你们怎么给它们穿上。"

"给什么穿上？"梅朵问道。

"比利国王。"海丝特说。

对方哑然了，这让黛拉罗比亚对海丝特涌起一阵保护欲。强悍坚毅的海丝特不应该被嘲笑，毕竟她也可能犯同样的错误。"这是给人看的，"她轻声解释道，"就像小毛绒玩具。不是用来给蝴蝶保暖的。"

海丝特的目光与黛拉罗比亚的目光相遇，一时眼神一亮。

"象征，"耐尔达插嘴说，"或者符号，明白了吗？这样全世界的人就都知道帝王蝶所处的困境了。"

海丝特的表情发生了变化："你们和蝴蝶一样被水淹糊涂了吧。我应该织几个嬉皮士小女孩，让人们也了解下你们的困境。"

"可以呀！"耐尔达用悦耳的声音说。她和梅朵都没有被冒犯到，而是发出同样灿烂的笑声，这是两人的又一个相似之处。黛拉罗比亚那不明确的渴望又被拓宽了，就像云层上出现了一个洞。耐尔达拿起她那捆木柴，顿了顿说："那么，再见了。"两个小队都各自出发了。

黛拉罗比亚拿着一个帆布包，里面装着几个空干酪盒和一把铲子。她每走一步，包里的东西就跟着发出空洞的响声。如果找到花，她会挖一些带到实验室，看看它们能否充当蝴蝶的食物。她记得在很久以前的一天，奥维德说这个地方"冬天花朵稀少"。当时她还很生气：好像一座山必须无所不有似的，这是什么心态啊。

"你想过这一切都过去之后会发生什么吗？"她问海丝特。

"你是指人，还是蝴蝶，还是别的什么？"

黛拉罗比亚不知道自己指的是什么，她只知道自己再也回不到从前。曾经那个她已然离开——为了摆脱那种如被困于丝袜中的塑料蛋一般的生活。从那天起，一周接一周地，她的生活版图不断扩大。现在的问题是，她的生活再也不可能和原来一样了。"蝴蝶可能会死，"她最后说，"这个我们也控制不了。但也许它们不会死。我是说，万一能活下来呢？"

她突然想到，也许她会重新回到过去。她不再举世闻名，也不再轰动全国。近来她甚至在镇上也不那么出名了。人们很快就会将她淡忘，关注起别的事件。如果她还有些影响，现在也只局限在家庭领域。局限在她的婚姻里。影响大概也就这么多了。她很容易就会回到从前，内心被某个男人俘获，重新陷入新的情感冒险之中。

"大熊三月底还去找伐木的人过来吗？"她问道。

"这事还没定下来。"海丝特说。

"这话是什么意思?"

"我们会为此举行一场祈祷会。在礼拜结束后,去见奥格尔牧师。"

"明天吗?"

"不是,明天是地上用餐日。下周日。"

"地上用餐"指的是教堂礼拜结束后的百乐餐[①],但是如果天气不好,也不一定要在户外垫子上进行。团契会有桌子。"我们是指谁?"

"家里的任何人。你和小熊也来吧。"

"大熊同意了?"

海丝特没有直接回答。"我们的地位因此提高了。"她说。

"如果它们回来,你能做的有很多。你知道卢佩吗,就是帮我看孩子的那个?"

海丝特没有回答。咔嗒咔嗒,黛拉罗比亚包里的空盒子发出声响。海丝特很清楚卢佩是谁。黛拉罗比亚还是继续说下去:"她和丈夫过去在墨西哥做过这种生意。他们说,最好让人们远离栖息地,带他们去骑马。给他们找点事做,他们就会乖乖听话。"

海丝特似乎听进去了:"骑马,这得去问问保险公

---

① 西方常见的一种聚餐方式,其规则是参加者各自带一道菜或其他食品、饮料,放在一起让大家自由取食。

司的里克·贝克。我想他不会同意的。"

"嗯,总得先找个专业骑手。你可以收入场费,先赚上一笔钱,够雇几个人了。甚至还有件事能让你挣到钱:不让树倒下。"

"谁说的?"

黛拉罗比亚没有回答。还能是谁呢?"是笔好买卖。为了保持空气清洁,污染空气的公司会付钱给你,不让你砍树。"

"天上掉馅饼,"海丝特说,"听上去是这样。"

"好吧,是这样的。"黛拉罗比亚笑着说,她喜欢让海丝特吃惊,"是有些悬。"

横在小径上的一棵倒下的树挡住了她们的去路。海丝特留黛拉罗比亚一人在小径上,走了二十步来到那棵树下面,面朝她们来时的方向,在上面坐了下来。"我得喘口气了,"海丝特说着,举起她那包骆驼牌香烟,像举起一张识字卡片,"你戒烟了,对吗?"

"别再诱惑我了。"黛拉罗比亚说着,用手捂住了眼睛。

海丝特点着烟,向空中吹了一口:"我就知道你会的。"

"戒烟吗?你怎么知道的?连我自己都不知道。"

"你就是这样的人。一旦下定决心做什么事,肯定能做好。"一阵风刮过森林地面,吹动了纤细的树上浅褐色的叶子,让它们哗啦作响。海丝特又说:"不像你们家的某人。那个家伙一年中大概只有一个想法，即便如此也还是累得不得了，不得不去休息。"

黛拉罗比亚想笑但没笑。没有人替他辩护。"你为什么总是那样对待小熊？"

"怎么样？"

"就像他还是个孩子一样。"

"因为他就是我的孩子。那你为什么那样对他呢？"

倒下的树干横在小径上，高度正好到黛拉罗比亚胸前。她双臂交叉，身体前倾，好像要去参加牛仔竞技表演。海丝特在她的视线之外，正在左边吞云吐雾。"小熊有他的优点，"她对海丝特说，"但妻子能看清楚丈夫的本质。而你是他妈妈，那不一样。你该对他的缺点视而不见。"

"你就不能正视自己孩子的本质吗？"

她想了想。科迪莉亚鲁莽、开朗、外表引人注目，以自我为中心，可能将来还是这样。普雷斯顿对事物的理解速度快得令人兴奋，对人则有点迟钝。将来他可能会深藏不露。"我能，"她承认道，"他们是人。我知道这个。但我愿意为我的孩子献出生命，海丝特。我会的。"

"你会的，"她说，"我也会。"

她怎么敢说这个，黛拉罗比亚心想，她假装愿意为任何人而死。如果她感觉很冷，甚至有可能会把亲人烧了生火。当然了,她对孙子孙女毫无用处。

海丝特在那棵树上说:"孩子不必为你在水上行走。①但丈夫不一样。"

"这是什么意思?"

"孩子们生下来那么弱小,但你还是爱他们,看着他们那么无助,不会说话,你会一直爱他们。而对于丈夫,你没有这样的机会。你必须仰视他。"

"我一米五的个头,海丝特,我对谁都仰视。"

"不,你没有。你对小熊不这样。你从没有过。"

黛拉罗比亚觉得像是被打了一记重拳。她突然想起克丽丝特尔那天在一元店的情景。她和小熊说话的样子,是的,带着渴望,但也有欣赏和爱意。如果他娶了一个思想平平的可爱姑娘,觉得小熊·特恩鲍有本事摘下天上的月亮,那他就更像个大男人了。是她夺走了他的这些可能性,想到这里,黛拉罗比亚感到一阵深深的失落。

"你们俩根本就不般配,"海丝特说,"我从第一天起就对大熊这么说。我说,你等着瞧,那个聪明姑娘待不久。"

"但我一直没走!"黛拉罗比亚穿过小树丛,大步

---

① 典出圣经,在水上行走是耶稣的神迹。此处指不必要求孩子事事完美。

朝海丝特坐着的地方走去,盯着她说,"我不是正站在这里吗?"

"是啊!"海丝特争辩道,"但这也不能指望。"

"什么鬼?对不起,海丝特,原谅我说话粗鲁。我只是有些震惊。"黛拉罗比亚跺着脚又回到小径上,脚下的树叶被踩得沙沙作响,帆布袋也嘎嘎有声。她把包扔在地上。反正里面也没有什么易碎品。她真希望里面有。她真想把什么东西摔成碎片。

"所以我配不上你的儿子。你是这个意思吗?"

"你知道不是这样。"海丝特的声音平静下来。她透过光秃秃的树林笔直的树干说话,仿佛在监狱会见上帝。

"哦,那为什么……哦,上帝啊,海丝特。你以前为什么从没提过这事?比如在我们第一个孩子没了之后?我们本可以在结婚六周后就分手,各奔前程。反正你觉得我不合适。"

"这个轮不到我来决定。"

黛拉罗比亚什么也没说。他们只是努力做了正确的事,为了小熊的父母,也为了别人。在冬天低矮的天空下,微风吹过光秃秃的森林,不停地发出巨大的沙沙声。

"可我也从来没有让你的日子好过呀,"海丝特说,"如果你注意到的话。"

"哦,我注意到了。"黛拉罗比亚摘下手套,从口袋里掏出一张纸巾，擤了擤鼻子。她在考虑要不要走过去，抓起海丝特的那包香烟，把整包都抽完。

"如果你要走，你就会带走孩子们，我当时这样想。"

"普雷斯顿和科迪？"黛拉罗比亚转过身来瞪着她。这些话是真的吗？难道海丝特一直都认为她有一天会失去孙子孙女？这个女人，还有大熊，亲自念了结婚誓言，并在墨迹未干之前把那栋房子盖好。房子是盖了，但钱没付清。"你给我们盖了房子。"她说。

"那是我们欠儿子的。"

"你一直以来都觉得我一只脚迈出了家门。"

"难道不是这样吗？"

"不是！"黛拉罗比亚把元音拉长成两个音节，好像在说，不，笨蛋。她感到一阵麻木，让自己把呼吸放缓。这对她而言无异于一场地震，一场地表下的剧变，虽然东西不增不减。她的家庭没变，还是一个由意见相左的人组成的联盟，像别的家庭一样，每天睁一只眼闭一只眼生活。但有人看清了这一切。

说完后，她们只能继续前行。小径往上是一道岩石山脊，山脊一边是长着阴冷潮湿的冷杉树的蝴蝶谷，另一边是大熊和海丝特房子上方朝南那面的宽阔山谷。从上面看，地势很平坦，下面是一块块褐色的农田，还有蓝灰色的群山，山中包含了一切。天空渐渐开阔起来，天气变得很暖和，她们裹着厚厚几层冬装羊毛衫走路有些热。她们顺着朝南的斜坡往下走，黛拉罗比亚看见太阳在远处大熊和海丝特农舍陡峭的铁皮屋顶上反射出一道光。她们又穿过很多小树林，小树们紧抓树叶不放，她猜不出有什么好的理由，难道只是为了让它们随着空气的微弱流动而作响，就像稍微呼吸便疲惫不堪的肺一样。树林只剩下一种颜色——褐色，看上去已经枯死。然而，每棵树的树干都向上伸展。不管树皮是粗糙还是光滑的，树干都伸向天空。海丝特知道它们叫什么。她知道很多千奇百怪的森林词汇，像"兰草"和"藤状铁线莲"，周围认识的人似乎都不再使用这些词了。黛拉罗比亚想，尽管问题已经不复存在，但她还知道它们的答案，那种感觉一定很孤独。这里的树更细了，树林也更开阔，不过仍然像静止不动的人群一样种类丰富。她知道这个山谷在小熊小时候被砍光了，因此这些树与她同龄。这个想法让她惊讶。

她在空地上发现了一朵花，"哦"地轻叹一声。海丝特一定也看见了。这是严冬死寂的单调中唯一的白色斑点，还没有一只鞋子高，只是一小撮带须边的小花。黛拉罗比亚跪下来凑近——近视者永远有这种冲动，她看到每一朵花都是一簇花瓣。几个黑点在花蕊上方的细丝上舞动。没有绿叶,只有裸露的粉红色茎上的一簇簇花从乱成一团的枯叶中探出头来。这束小花看上去有些诡异,像是来自死亡的彼岸。

"就是它们,"海丝特说,"我还以为会有更多呢。"

"嗯,也许有。"如果只有这一束,黛拉罗比亚不会把它挖出来。她依然跪在地上,她的大腿肌肉和跪下来的姿势让她想起跪在地上如祈祷或投降般计数死去的蝴蝶的所有时光。她不敢把目光从这鲜活的生命上移开,怕它消失。

"妈妈把它们叫作预兆之花。有人说这是椒盐花。"

竟然有人知道像燕麦圈般大小、在万物萧条的二月盛开的花的名字,黛拉罗比亚觉得这已经不可思议了,更不用说还有人对花名持不同意见。究竟是什么原因促使人们跑到这里来寻找它的呢?

"我还看见了更多。"海丝特说。黛拉罗比亚把粉红色的羊毛围巾摘下来,把它围在第一朵花周围做了个标记。不过海丝特说得对,还有更多花。她又在暗褐色的林地上看见三束、四束、十多束小花束。一旦眼睛熟悉了它们,它们的数量便多了起来。她从包里拿出铲子,开始在潮湿的林地上挖,地上铺了一英寸厚的草叶,布满碎石。她刚在这个"荒凉的花园"挖了个小洞,只见空中有什么东西动了一下,显而易见,实验提前结束了:帝王蝶早就来了,它们找到了食物来源。她看见两只艳丽的蝴蝶在树林里试探般地飞舞着,飞到海丝特靴子附近,然后折起橙色的翅膀停在一簇花上。对,吸食花蜜。比利国王在预兆之花上吸食花蜜。

在不完整的回答和闪烁其词之外,有一个问题始终存在,那就是为什么。黛拉罗比亚的整个童年时代一直都被这个问题困扰折磨,这个词就像许愿井底的一枚银币,恳求别人把它捡起来,却让人无法触及。她一生中听到的都是不令人满意的回答:因为你太小;因为他该走了;因为不可以;因为我不是这样教育你的;因为太迟了;因为孩子早产;因为生活本来如此;因为自有原因。因为上帝以其神秘的方式行动,不言而喻。

为什么是蝴蝶,为什么是现在,为什么来这里?

奥维德有三个理论。起初没有。一开始他很抗拒,只是挥舞着一些不算答案的回应:假设无法验证,变量太多。比如除草剂。蝴蝶幼虫吃的唯一一种食物是马利筋,这个植物名称里带有"杂草"字样。[①] 再加上气温升高带来了西尼罗河的蚊子,杀虫剂的喷洒量在增加。

[①] 马利筋的英文为"milkweed",其中包含单词"weed",意为"杂草"。

新的气候模式影响着迁徙路上的方方面面。此外还有大火和洪水。但最终他还同意对这几件事持肯定态度：墨西哥的栖息地已经变得过于温暖了。气候变化导致整片森林向山坡移动，她能想象这种缓缓的向上运动。树木有它们的需求。它们以树的坚忍向山峰倾斜，在那里它们不会飘浮在空中。

但这也只能解释蝴蝶为什么不在那里，解释不了为什么在这里。

他的第二个想法是他在显微镜下给她看的 OE 寄生虫。这些寄生虫阻碍了蝴蝶翼展的生长，缩短了蝴蝶的寿命，而且感染了这种寄生虫的帝王蝶无法做长途飞行。每年一次的墨西哥之行似乎可以淘汰感染严重的蝴蝶，让整个族群得以保持健康。但是落基山脉以西的蝴蝶群体不同，它们由外来帝王蝶组成，都受到了严重感染，无法飞到墨西哥，而是在加州沿岸散落的树丛中寻找过冬之地。也许它们预示着即将发生的场景。气温升高与感染率上升有直接关系。如果寄生虫数量在东部蝴蝶种群中达到危急程度，自然选择可能会导致短途迁徙和分散的冬季栖息现象遍布各地，而不仅仅局限在加州。这个假设很大胆，有多个因果关系，其中一些可以检验。为了这个目的，她把玻璃纸切成一块块小方形，压在一百只活帝王蝶腹部上，在显微镜下进行观察。她数了数躺在半透明脊状鳞片中间的黑色孢子寄生虫。这需要人的眼球在数小时内高度集中注意力，非常令人头痛，此外还需预约眼科医生购买新眼镜（旧的早就该换了）。在显微镜下清点每一平方厘米玻璃纸上的小点，和计数林地上正方形内的蝴蝶没有什么不同，只是数量不断增加。测量和计数是科学任务。不是猜测，也不是希望。可能的答案不计其数，不允许对其中一个有任何偏好：不会有"仅仅因为如此"，或者"仅仅因为不是如此"。

她明白。但这仍然只能解释为什么不在那里，而不是在这里的原因。

他的第三个理论与"春季牧场"的破坏有关，这是他对漏斗形地图区域的称呼，基本上是在指得克萨斯州。在墨西哥新火山地区熬过冬天的帝王蝶从麻木迟缓的状态中苏醒过来，开始了疯狂的交配活动。受荷尔蒙驱使的雄性蝴蝶对一切发起了攻击——一片抖动的叶子或者其他雄性蝴蝶——最终把聚在一起的雌蝴蝶团团围住，之后耗尽体力，达成心愿。它们的配偶带着装满精子的卵巢赶在最后期限前飞走，准时地赶到得克萨斯州第一片展开的马利筋叶子上产卵，遵循神圣地球的生物钟活动。他敲着电脑玻璃屏幕上的地图说，我们全部的希望都在此。春季牧场多年来一直保持稳定节奏，现在却突然发生了变化,被干旱和无法扑灭的大火洗劫一空。还有向北行进的火蚁,它们把途中遇到的帝王蝶幼虫吃了个精光。假设某场基因灾难让一些迁徙的蝴蝶来到了火蚁和火风暴区域的北部边缘。秋季往南最远到达这儿,他说道,用一根长长的手指从得克萨斯的狭长地带划向南北卡罗来纳州,来这里过冬的少量蝴蝶不会被迫穿越沙漠返回。此处纬度地处圣经地带[①],气候温和适宜,但属于山区,地势高,冬天冷,能让过冬期的蝴蝶进行休眠。假设这样的地方只有一处。假设其中少数蝴蝶多年来一直来这里的森林寻找庇护,大多数没有存活下来,直到自然选择让迁徙到墨西哥的大部分蝴蝶灭绝,这些先驱们才受到青睐。突然间它们的基因被这一种群遗传。

这一解释还远不完整。一个种群的合理存在取决于其栖息地。反复出现的温暖天气打断了它们的休眠,冬季的花蜜来源就成了问题。春天马利筋的出现也是如此。总有更多的问题存在。科学作为一个过程永远是不完整的,它不是一场有终点线的竞走比赛。他提醒她,不要忘了这个常规的争论点。人们总是在某条特定的终点线等着:带着相机的记者,以及迫不及待想要宣布比

---

① 指美国俗称中保守的基督教福音派在社会文化中占主导地位的地区。

赛结果的人群，但他们惊讶地发现科学家们离终点越来越近，通过了终点，却仍继续向前跑。这是一个常见的误解，他说。他们的结论是没有比赛。只要我们不承诺无所不知，人们就假设我们一无所知。

即便他在告诫她这些，黛拉罗比亚还是感觉自己一生中的焦躁感终于平息了下来。他并未声称上帝以神秘的方式运行。相反，虽然他们从未讨论过这个问题，他似乎和她一样相信其他一切都在运行，而上帝根本不动。上帝如许愿井底的银币一样岿然不动。

在去研究站点的路上，幼儿园的孩子们之间爆发了一场松果大战。不出所料，男孩们更把这事放在心上，尽管煽动者是一个高大粗野的女孩，穿一件破旧的风雪大衣，上面的假毛皮兜帽像旧绒布地毯一样被磨淡了。不顾罗斯小姐不断升级、让她拿着纪律警告直接回家的威胁，女孩摇晃着爬上一根松树树干继续射击。总的来说，黛拉罗比亚对罗斯小姐和她所处的局面有了全新的理解。这个女孩科莫拉就代表了那种孩子，他们的父母对学校警告根本不在乎。她准备好就下来了，衣服和手上都粘了黏糊糊的黑色污渍，黛拉罗比亚以前也和松树汁液打过交道，知道肥皂和水很难把它们洗掉。普雷斯顿似乎为科莫拉的行为震惊不安，想告诉她弹药是松果，而不是"松针"。她并不理会，但他不气馁，一遍一遍走到她边上告诉她这个，就像你在院子里干活时，罗伊整个下午不停把它那只被牙咬透的旧飞盘扔到你脚边一样。

黛拉罗比亚与儿子隔开一段距离，好奇地观察他平时如何应对集体生活。她看到他不太说话，但并不害羞，其他孩子带着他们的特别发现跑到他面前，比如甲虫等等。他紧挨着瘦小自信的约瑟菲娜。她到底是他的小伙伴还是保护人，黛拉罗比亚看不出来。据她所知，他们俩可能是班里仅有的两个吃免费午餐的孩子，尽管她对此表示怀疑。这些小朋友中有些似乎很有钱——她亲眼见过有的孩子带了手机——像科莫拉这样的孩子则穿着几代传下来的衣服。但约瑟菲娜和普雷斯顿似乎代表着某种微妙的成熟度差异，就像舞会上高三毕业生与高一新生会自动分成两派。黛拉罗比亚回忆起约瑟菲娜一家出现在他们家门廊那天两人自发的拥抱。回想起来，她从中看到了某种救赎。

黛拉罗比亚从擦鼻涕和纪律警告的威胁中跳脱出来，还觉得有些不习惯，这些由老练的罗斯老师与她当天奋力争取来的两名助手负责。有些孩子知道她是普雷斯顿的妈妈，在这次实地考察中，她有了令人尊重的独特光环：她是负责人，相当于老师的上级，职位似乎与校长或爱探险的朵拉①相当。这个班显然已经准备好了。黛拉罗比亚没有任何相关经验,但孩子们都惊奇地睁大眼睛,对她表示尊重,她为此感到震惊。他们没有不停地拽着她的胳膊和腿,哼哼唧唧地要她抱着,也没有用她的衣服擦鼻子。当个总负责人挺了不起的。

他们从实验室开始了实地考察,奥维德早就考虑到了安全问题。他的折中方案是一次让八个孩子进来,快速听一个讲座,然后等着坐车被一组一组送到大路顶端。一名教师助手开了一辆面包车来。与科学家共处一室的牲畜成了一个意想不到的挑战。绵羊,尤其是大小便时的绵羊,对一些孩子而言比实验室讲座有趣得多。奥维德的确是个懂行的人。"那也是生物学。"他在一只羊排便时这样说,立刻赢得了男孩子们的心。

这次郊游全是黛拉罗比亚的主意。她和奥维德曾就普通人不信任科学家进行过几次平心静气的争论,这似乎是一个很自然的开始,而他也不得不表示同意。他并不喜欢工作被打断,但作为一位温文尔雅的老师,他还是对这个活动充满热情,就像他第一次来家里吃晚饭时就指着普雷斯顿说他是科学家一样。黛拉罗比亚现在相信,那一刻改变了普雷斯顿的生活。你永远不知道

---

① 指同名电视动画剧集的主人公朵拉。

哪一个瞬间会成为之前的生活与接下来的一切的分水岭。奥维德对他们关于科学家的问题很是耐心（科学家们喜欢炸东西吗？你们能造人吗？），慢慢引导他们回到蝴蝶主题上。孩子们对任何提及有毒的东西的反应都很好。"警戒色"是艳丽的橙色蝴蝶或花纹夸张的毛毛虫的颜色，实验室墙上就贴着这个大胆的家伙被放大的巨幅照片。奥维德解释说，这些颜色就像停止标志，警告其他生物不要吃它，否则它们可能会生病呕吐，甚至搭上性命。黛拉罗比亚看见他穿着礼服衬衫，打着领带，以前还从未见过他这种打扮，他为了一帮幼儿园的孩子穿成这样让她很是感动。很像更时尚版本的罗杰斯先生①。

离开实验室后，大家慢慢进入蝴蝶栖息地，他们就像一群一起飞行的蜜蜂，从一个蜂巢飞到另一个蜂巢时有着共识，却没有遵循严格的安排。拜伦博士答应他们在午餐时间再来回答更多问题，黛拉罗比亚希望那是半小时或更短时间后。与此同时，该她上场了。从下了面包车到研究站点，一路上发生了很多故事。松果大战已经演变成甲壳虫投掷比赛，除此之外，一些孩子的胳膊被刮伤了，有的孩子衣服上沾了松树汁液，还有一个

---

① 指美国儿童节目之父弗雷德·罗杰斯（Fred Rogers, 1928—2003），曾主持儿童节目《罗杰斯先生的邻居》长达三十多年，广受好评。

孩子的冬衣彻底神秘失踪。地上随处可见打开盖的午餐盒。三个女孩以为看见了一头熊或一只鹿，引起大家一阵持续尖叫。这一切都没难倒罗斯小姐。孩子们年轻的老师穿着酷酷的绒面靴，有着完美的卷翘发型，脸上满是真诚和冷静，这些都展现了对幼儿园活动的尊敬，令人感动。就像奥维德的领带一样。黛拉罗比亚觉得自己着装有些随便，只是为一个普通科学探险日做了准备。一个穿蓬松白夹克、衣服很像米其林轮胎的小男孩走过来，不断从小径上捡起橡子帽，交给她代为保管。他找橡子的本领真让人吃惊。一百码的距离内，她替他收了大概三十颗。他称它们为"鸡蛋玉米"。有他壮胆，几个小女孩紧跟在黛拉罗比亚身后，脸上带着骄傲的神情，就好像她们是天选之民。领头的小姑娘无所不知，一一说出沿小径生长的灌木的名字，大多是错误的：卷心菜，徒长枝，混杂植物。她都是从哪儿学到这些的？

走近栖息地时一些孩子注意到了蝴蝶，伸长脖子惊讶地大喊起来，大家都聚了过来，哇哇地赞叹不已。黛拉罗比亚听到几句小声的脏话，可能是从父母那里或电视上学来的。蝴蝶树，包了一层壳的树枝，带刺的树干：她试图和孩子们一样以全新的眼光看这一切。盖了一层玉米片的树。她希望今天蝴蝶能神奇地如秋天的树叶一样舞动起来，但是对这些孩子来说，来这里就已经很了不起了,他们似乎对户外活动很陌生。他们中只有四个人来过这里,除了普雷斯顿和约瑟芬娜,还有两个,虽然所有人都声称已经在电视上见过。今天很冷,树上没有动静,严冬带来的损失惨重。根据奥维德早先的估计,这个栖息地曾有超过一千五百万只帝王蝶,但是仅在过去几周便损失了大约百分之六十。即便是现在它们也在不停从树上往下掉,啪嗒啪嗒,那是死亡的声音。冬天马上就结束了,可它们没能挺过来。

在研究站点的小空地上,孩子们围成半圈坐在垫子上,垫子是为这个场合专门准备的,它们是用纱线缝在一起的两块方形防水布,上面有带子,本来是让大家像系在后面的围裙一样围在腰上,但是没能成功,于是罗斯小姐把它们从面包车上带下来,发给每一个孩子,最后让孩子们坐在上面。老师要求大家专心听特恩鲍太太讲话,孩子们像热爆米花机里的爆米花一样乱作一团,但慢慢安顿下来,抬起眼睛等着。黛拉罗比亚很是紧张,她和孩子们一样对这种场面感到陌生,但她尽力好好讲述。她说,条纹毛毛虫也是橙色的蝴蝶,它们是同一种动物,就像婴儿和成年后的大人仍然是一个人,虽然看起来非常不一样。整个森林的蝴蝶都一样,都是帝王蝶。她还解释了毛毛虫为什么只吃一种植物——马利筋,这个也很重要。她还讲了它们是如何飞行的,就像它们小小的身体里面携带了一张秘密地图,在很长一段时间里,它们只是与朋友们一起飞出去开心地玩耍,直到有一天身体内有什么东西醒了过来,于是它们就飞走了。跨越一千英里的旅途,对蝴蝶而言就像是跨越几光年飞到一个从未去过的地方,甚至可能连它们自己都不知道能否做到这一点。

奥维德不知何时回来了。她感觉到孩子们的注意力有所转移,这才意识到他来到了她身后,在听她讲话,于是她脸红了。反正她已经讲完了。高大帅气的奥维德打着领带,不像平日那样穿户外工装,而是穿着真正的大衣,他为黛拉罗比亚的解说缓慢、真诚地鼓起了掌,引得罗斯小姐和孩子们也跟着鼓掌。他说他没有什么需要补充的了,除了再提一下在这儿见到这些蝴蝶有何不妥。他说它们在墨西哥的家园正在发生剧烈的变化,树木被砍伐,气候带变暖,变化快到蝴蝶们不再喜欢。他问孩子们,他们家中是否发生过什么重大变化,让他们很不喜欢。每个孩子都高高举起了小手。黛拉罗比亚能想象诸如变形金刚玩具被弄坏,或者被送到寄养机构的故事——这个年龄段的孩子几乎无法区分悲伤程度的大小——但奥维德并没有离题,接着讲述更广阔的世界及其遭受的破坏。人类变得粗心大意,使得动物们失去了家园。

"制造污染。"黛拉罗比亚补充道,心想换个别的词是不是会更好些,但罗斯小姐早就讲过这个话题,孩子们早就在课上讨论过。

"我们可以做些什么来出一份力呢?"罗斯小姐提示道。

"及时关灯。"一个男孩说。

"随手捡起啤酒罐。"另一个说。

罗斯小姐笑了:"谁的啤酒罐?"

"爸爸们的。"另一个孩子回答说,大家都表示同意。

一开始他们有些害羞,不敢提问,但很快便不再拘束了。他们想知道能导致蝴蝶死亡的原因有哪些。黛拉罗比亚知道一些答案,但奥维德能列出更多,甚至包括汽车!他说,伊利诺伊州的科学家们发现,当地汽车在一个夏天之内就碾碎了五十万只帝王蝶。孩子们聚在一起讨论"碾碎"这个词,但是全都"唉哟哟"地叫着,为那些被轧死在路上的帝王蝶而痛惜。一个男孩举起小手,又放下来,接着又举起来,最后问道:"你是总统吗?"

奥维德由衷地笑了起来。"不,我不是,"他说,"是什么让你觉得我可能是总统?因为我肤色太黑吗?"

这个小男孩说话很直率:"因为你打着领带。"

奥维德看上去很吃惊。"很多男人上班时都打领带啊,"他说,"也许你爸爸也这样?"

"不。"男孩回答道。黛拉罗比亚能看出奥维德明白了过来:"不"不是指没打领带,或者不去上班,也许他根本就没有爸爸。她觉得这是一次富有成效的思想交锋。孩子们想更多地了解拜伦博士:他是否住在实验室,那些羊是不是他的。普雷斯顿耐心地等着轮到他提问,他的问题与其他小朋友的有点不太一样,他问蝴蝶是否和飞蚁一样,会飞出去建立新的种群。奥维德说,它们不一样,因为蚂蚁有亲属体系,它们几乎必须时时刻刻聚在一起。他说昆虫有多种不同的家庭方式,这个问题他们可以在午餐时间再详细讨论,并且他提议现在大家就开饭。

考虑到大批午餐盒盖已经被打开,这是个不错的提议。孩子们马上回到以前的社交圈子中,其速度之快令黛拉罗比亚感到惊讶:天选之民,扔甲壳虫的,尖叫的。一群被迷住的女孩就像伴娘一样簇拥在罗斯小姐周围;那个穿米其林轮胎一样外套的小男孩还是一个人待着,仿佛早就习以为常,还是一路找他的橡子帽。黛拉罗比亚还注意到,她的儿子撇下约瑟菲娜,去找拜伦博士聊天了。过后她会提醒普雷斯顿做人要忠诚。她迅速采取行动填补空缺。"我知道哪儿是最佳午餐地点。"她说。约瑟菲娜感激地握住她的手。真正的最佳地点是小溪那边长满苔藓的原木,不过上面已经坐了人,于是她们往上去了空地边缘,坐在一棵大冷杉树底下一处光滑的地方。

黛拉罗比亚感到很愉快,一切都比预计的进展顺利。奥维德真需要干这个,显然他擅长公关,但他心中却有一个盲点,一种无法解释的不自信。她填补了他自信心的缺口。她的脑海中浮现出一个词——"伙伴关系",在她从一根柱子飞到另一根柱子的生活中,这让她感到一阵兴奋,心神不宁。他占据了家里最好的座位,在她工作、休息,也许还有睡觉时都占据了她的脑海,此时他正和普雷斯顿一起坐在原木上,膝盖上放着午餐盒,七个小朋友像一群小鸭子一样排成一排,但他正侧耳倾听普雷斯顿说话。她可以想象他们在聊昆虫以及它们不同的家庭组织方式。她从包里找出早上匆忙做好的金枪鱼三明治,约瑟菲娜则从她的小纸袋中取出一份完全煮熟的食物,它分为几部分:犹如黄色长雪茄、相当于三明治的玉米薄饼卷,盖着玻璃纸的一个纸杯里装着酱汁,另一个纸杯里是棕色豆子,还有一个用过的大酸奶油纸盒里装着三角形脆薯片。

"哇,你妈妈真是金奖级别的。"黛拉罗比亚说。话一出口,她便意识到这样表述对一个英语新手来说可能有些晦涩难懂。但约瑟菲娜似乎听懂了,对她表示感谢。

她的英语明显好多了。卢佩说过,两个孩子在一起玩对她很有帮助。黛拉罗比亚看着约瑟菲娜非常自然地把她那复杂的午餐一一摆在餐巾布上,心想在那样的家里生活会是何种感觉。或者除了自己困在其中的那个家,在其他任何家庭里生活是何种感觉。无论她的逃离有何动机,其中肯定有家庭原因,那个在很久以前的一个下午被竖起的廉价铁丝篱笆包围的家。她的特恩鲍王朝。用海丝特的话,她从来就不属于这个家。这个家跟她有何联系,又能约束住什么呢?她太容易属于别人了。

约瑟菲娜用叉子吃饭,过了一会儿她停了下来,把黑发往肩上推了推,抬起头来。她的小喉结在拉链灯芯绒外套上一动一动的,小姑娘在被毁灭的生活中表现出的莫名镇静令黛拉罗比亚感动。他们的房子被大雨冲走了,一个世界离开了。黛拉罗比亚也抬起头来,背后的蝴蝶像塔一样聚在一起,令人眼花缭乱。蝴蝶笔直地排成一排紧贴着树干,就像一个个风向标。它们重重地从树枝上垂下来。"你们怎么称呼这一团?"黛拉罗比亚问道。

"总状花序。"

她重复了这个词,这一次努力试着记下来。她之前问过。这个词似乎比"一串""柱廊"或奥维德使用过的单词更好。这个词更加明确、具体。"来这儿后你想家吗?"她问道,"我的意思是你在墨西哥的家?"

约瑟菲娜点点头:"在墨西哥,人们说它们是孩子。"

"但毛毛虫的确是孩子。这些都成年了。"

约瑟菲娜立刻摇了摇头,从头开始解释说:"不是孩子。是从死去的孩子身上游走的东西。"

黛拉罗比亚觉得这听上去像是一部恐怖电影。但是她能看出约瑟菲娜很严肃,只见她放下叉子,说:"我记不清那个词了,婴儿死了,离开它身体的那个。"她双手放在胸前,拇指连在一起,将它们像一对翅膀一样扇动着:"它从身体里飞走了。"

突然间,黛拉罗比亚明白了:"灵魂。"

"灵魂。"约瑟菲娜重复道。

"人们认为帝王蝶是死去婴儿的灵魂?"

小姑娘若有所思地点点头。在很长一段时间里,她们都凝视着悬挂在空中的庞然大物。过了一会儿,约瑟菲娜说:"真多啊。"

小熊在大熊和海丝特家劈木柴,打电话回来说要留下吃晚饭,黛拉罗比亚谢绝了他让她带孩子们过去吃饭的提议。海丝特在森林中的坦白给她留下一种新奇陌生的超脱之感。倒不是说她不受欢迎,而是她就这样摆脱了束缚;两者之间不同。她感觉自己隐身了,同时又轻盈无比。那是个周五，晚上她会给自己和孩子们弄点喜欢吃的东西，比如做个汤和鱼条，他们还可以从头到尾看一个电视节目，假设他们能完整回来的话。多维正赶往卢佩那里去接他们，她也要过来。桌子上的手机响了一声，正是多维这个坏姑娘发来的短信："接到他们了，正在路上。"

黛拉罗比亚立即回复："开车别发短信。"

对方立即秒回了一个笑脸。

多维虽然不至于穷困潦倒，但还是会不惜一切代价离开她住的复式公寓。她的房东哥哥无缘无故地拆掉了屋里的瓷砖。多维说这次她可真要搬出去了，但她就像那个一直喊"狼来了"的男孩一样被所有人忽视。正如科迪和普雷斯顿让她有机会成了半个妈妈一样，只要黛拉罗比亚的家还能让她中途歇脚，她就会留在原处不动。

听到车开进车道的声音，黛拉罗比亚很是惊讶，纳闷他们怎么这么快就回来了。罗伊走到前门发出警报：竖起耳朵，尾巴向下。黛拉罗比亚走到门上的小窗户边往外看，发现她家车道上停的是第九新闻频道的白色吉普车，不禁大吃一惊。蒂娜·乌特纳穿一件束带白色外套从车里下来，低头走了过来，每走一步，玉米须一样的头发就跟着跳动。黛拉罗比亚俯身与罗伊面对面坐在地上，背部压在门框上。没有时间跑到卧室躲起来了。

门廊台阶上早已响起女人高跟鞋中空的嗒嗒声,蒂娜走近门玻璃窗时,黛拉罗比亚感觉到了光影变化。罗伊将头扭向一边,看着黛拉罗比亚,这是牧羊犬在表示疑问。她举起一根手指,让罗伊坚守阵地不动。这房子有了一种防空洞的感觉。

"咚咚咚",传来轻轻的敲门声。"咚咚咚",敲门声再次响起。接着没有了声音。

罗伊看了看门口,又瞥向黛拉罗比亚。它舔了舔嘴唇,打了个哈欠,这是狗紧张的表现。又响起了敲门声。

黛拉罗比亚想起她在给多维发完信息后,随手将手机装进了口袋。谢天谢地。她先将手机设置成振动模式,然后小心键入:"别回我家。"

多维马上回复了一连串问号。

"先走开。稍后解释。"

"我们到了。在吉普车后面。到底搞什么嘛?"

蒂娜又按了门铃。罗伊又打了个哈欠,但没动。

"我正在躲着呢。走吧!"

一分钟过去了。罗伊开始焦虑不安地走动,前后来回踱步,努力自我克制。黛拉罗比亚盯着手机屏幕,又来了一条信息:"普雷斯顿要尿尿。我也要尿。科迪已经尿了。"

"你有尿布吗?"

"我们所有人吗？？？"

黛拉罗比亚的大脑一片空白。敲门声不知何时停了。多维又发来一条信息："天哪。她看见我们了。"

又过了十秒钟："不用担心。我能搞定。马上进门。"

黛拉罗比亚知道她不能指望多维"不要担心我能搞定"的计划。这个计划失败得比大多数计划都快。她听到多维努力向对方解释说黛拉罗比亚不在家，而此时普雷斯顿打开了门，意外将黛拉罗比亚和罗伊暴露出来，她的眼睛正好对上了一双华丽的灰色绒面革靴子。黛拉罗比亚抬起头，目光迎上了蒂娜·乌特纳的鼻孔。

"黛拉罗比亚，嗨。"蒂娜伸过冰凉的小手，等着黛拉罗比亚站起身来。蒂娜的出现不亚于让她服用了某种使人麻木的药剂。苍白的眉毛，直勾勾的大眼睛，没有血色的脸。她的外套是属于冬天的白色，第一次见面黛拉罗比亚穿这个颜色的衣服时，她还直皱眉头。两个孩子冲进了屋子，多维跟在后面，然后是罗伊，只留黛拉罗比亚一个人在门廊应对蒂娜。

"我不会接受采访，"她说，"不会有第二次了。"

"听着，"蒂娜说，"我们要做的是一期特别专访。先听我说完。我们称其为'深入'报道。很少有报道能得到这个待遇，只有观众绝对喜爱的节目才有此殊荣。如果哪个报道有很多人感兴趣，我们就会在六周后跟进，进行后续报道，看看后来的情况。"

"六周？"黛拉罗比亚说着，脑海里闪过几个问题：蒂娜是否知道她在照片上搞的鬼颠覆了黛拉罗比亚的生活？事情都已经过了六周了，又能有什么结果？这是深入报道？她想起奥维德对媒体短暂的注意力进行过的抱怨。客厅的百叶窗朝侧面晃动，蒂娜身后的前窗上露出了多维的脸。只见她食指交叉举起，仿佛在击退吸血鬼。

"那个在车里的是罗恩吗？"黛拉罗比亚问道。吉普车上的人看起来比罗恩小巧，头发也比罗恩的多，颜色更浅些。

"不是罗恩，"蒂娜有些心虚地说，"那是埃弗雷特。"

"好吧，叫埃弗雷特过来，拿着你们需要的全部东西，跟我来。"黛拉罗比亚大步走下台阶，绕到房子后面，让蒂娜开始她的游戏。她不想去敲露营车的金属门，那样显得他们的关系太亲密，看到实验室灯亮着，她松了一口气。她带着穿漂亮靴子的蒂娜走进了脏兮兮的谷仓。假如蒂娜被周围的环境吓坏了，那她很擅长装作若无其事，只见她用令黛拉罗比亚记忆犹新的颇有心计的眼睛环顾四周，仿佛要把眼前的一切牢记在心里，以待日后使用。她们在实验室门口停下来等埃弗雷特，黛拉罗比亚趁机介绍了些关于奥维德·拜伦博士的背景信息。她拼写了博士的名字，以便让蒂娜把它输入手机。蒂娜站在那里对着手机屏幕紧皱眉头，用修剪整齐的指尖疯狂地敲着。"你在开玩笑吧，"她最后说，"这个人竟然住在这里？住在一个谷仓里？"

身材矮小的摄影师埃弗雷特匆匆赶来，边走边整理，将黑色电缆线整理好塞进他的上衣口袋，除了油光锃亮的头发，他身上的一切都显得颇为凌乱。看到谷仓的地面，他毫不掩饰惊恐的神色，他脸上的苦相让黛拉罗比亚感到满意。黛拉罗比亚敲了敲包了一层塑料的门，大家一起走进去，发现奥维德正坐在那里在笔记上写着什么。为了戴近视镜阅读，他把安全护目镜推到额头上，就像一个暂时离开水面的潜水员。他脸上露出的惊讶和脆弱让黛拉罗比亚彻底泄了气。他站起身来跟蒂娜握手，迅速摘下护目镜和眼镜，表现出的小小虚荣令人吃惊，也让黛拉罗比亚愈加痛苦。她震惊地看着蒂娜放弃了之前对她有的那种一个妈妈对另一个妈妈的忠诚，仿佛它从没存在过，然后转而朝一个全新的方向施展个人魅力：这个实验室真是太棒了，真是令人难以置信，她真希望自己上大学的时候也学理科，但是数学，哦，天哪！ 介绍完毕后，蒂娜说他们不得不上山重新拍摄照片，拍背景有蝴蝶在飞舞的照片。这是拍摄此类场景的惯常做法，有助于观众在视觉上与早期报道联系起来。奥维德告诉她说，这个事件的后续结果是大多数蝴蝶都死了。此外，天气太冷，它们飞不起来，况且今天天色已晚。蒂娜咂了下舌头说他们本来计划早点来这里，但去报道凶杀案的关键点了。

她在胶合板实验台上敲了敲指尖染成白色的指甲，四处张望。"你知道吗？"最后她宣布说，"没关系。我们还有第一次采访时拍摄的所有精彩镜头。后期剪辑时，我们把蝴蝶剪进来就可以了。"

奥维德面带愠怒看着她。这样就能让蝴蝶不死吗？

蒂娜开始着手在实验室里构思她所谓可行的拍摄项目。她喜欢墙上色彩缤纷的毛毛虫海报，奥维德穿着的实验室外套也很好，但不喜欢那片杂乱。上一次脂质分析留下的一堆铝盘必须撤走。蒂娜用一种略带痛苦的表情指挥这里该如何清理，好像面前是一片片污垢，虽然只不过有些凌乱：玻璃试剂瓶，蓝色试管架，像积木般堆积起来的矩形塑料容器，电脑打印文件。这已经够整洁了，黛拉罗比亚总是周五过来收拾打扫。奥维德起初不太情愿，接着因为所有东西被挪动而恼火不安。当埃弗雷特靠近棉纸锥形钻时，奥维德朝他咆哮起来，让他别碰。蒂娜把这视作一个玩笑，甜甜地一笑。黛拉罗比亚突然回想起她上次那种两个音符的笑声，以及它的诸多用途。

奥维德说："我想你们最好快点拍摄吧。"

蒂娜和埃弗雷特互相交换了一下眼神,然后她走过去在奥维德的衣服翻领上夹了一个小麦克风,把麦克风的盒子装置放到他实验室外套的口袋里。蒂娜做这些时,黛拉罗比亚看到他翻了个白眼,和她给普雷斯顿打领带去做礼拜时普雷斯顿的表情一样。与幼儿园的孩子们见面时的那种科学家的友好和自信一去不复返了。蒂娜给她的鼻子和颧骨补了粉,然后啪的一声关上粉盒,向埃弗雷特点了点头,切换到甜润的播放新闻的嗓音:"奥维德·拜伦博士,您研究帝王蝶已经有二十多年了。您之前见过这样的景象吗?"

"没有。"他回答说,看上去迫切地想要逃跑。

蒂娜等待着。黛拉罗比亚心想,她和商店人体模型一样,肤色如蜡,身材细长。她吃惊地注意到,站在聚光灯下的这个女人其实远不算完美:她那毫无血色的皮肤下颧骨凸得厉害,看上去生硬无情,似乎不太健康。

蒂娜又开口了:"拜伦博士,您是世界上研究帝王蝶的权威专家,所以我们希望您能解释一下这个美丽的现象。我知道这些蝴蝶常常一起飞到墨西哥过冬。那么请您简单地说一下,是什么原因让它们来到了这里?"

奥维德居然笑了:"简单地说?"

蒂娜严肃地点了点头,示意他继续说下去。

"这个问题无法用几句话简单概括。"

黛拉罗比亚看到门动了一下，多维和孩子们快步走了进来。为了安全起见，黛拉罗比亚走过去抱起科迪，让他们全都待在门口。蒂娜走向桌子，从镜头背景中将一把蓝色剪刀和一卷胶带拿走，然后又把遮住显微镜的皱巴巴的塑料防尘套猛拽一番。奥维德痛苦地说："这又不是拍电影。"

蒂娜盯着看他，他摊开双手说："这就是科学的样子。"

"好吧。"她回答道。她又回到起始位置，重整自我准备开始。黛拉罗比亚现在看透了她的策略：先设置不同的采访背景，后期再大刀阔斧地进行剪辑。

"拜伦博士，您研究帝王蝶已经有二十多年了，您说之前从未见过这样的景象。似乎大家对这里发生的事情持有不同的看法，但都在一点上表示一致同意，那就是这些蝴蝶很美。"

"我不同意，"他说，"我很痛苦。"

蒂娜露齿一笑："那是为什么呢？"

"为什么？"他用一只手朝后捋了捋他那头短发，黛拉罗比亚之前见过他这么做，这是他的一个习惯，他一紧张就这样，虽然这种情况很少发生。"这是生态系统紊乱的证据，"他最后说道，"显然，我们看见的是它们受了伤害，在往常的墨西哥栖息地，在春季牧场，在它们一路迁徙的路途上，都受了伤害。竟然把启示、警示说成一种美,我的天哪。你再说一下你叫什么名字?"

"蒂娜·乌特纳。"她回答说,这次换上了镜头外的不同嗓音。

"蒂娜,只看到其中的美非常肤浅。当然,就新闻报道而言,我会说这很不恰当。"

"您说其中有启示。那是什么意思?"

奥维德朝黛拉罗比亚迅速投来无助的一瞥。她觉得想吐。他那么擅长解释,教育程度那么高,完全可以招架得住一个鼻子瘦小的蒂娜,这是她原先的想法。她真是疯了。对话暂停了很久后,蒂娜又开口了。"拜伦博士,这里发生了一件前所未有的事。我们大多数人都被这一景象的美丽所震撼。但是——"她夸张地把脑袋歪向一边,仿佛她敏锐的洞察力让她不堪重负,"您觉得这会不会是生态中某些更深层次问题的表现呢?"

"是的!"奥维德喊道,"环境问题,这也是你想说的。环境普遍遭到破坏,生态系统正在分崩离析。是的。非常好,蒂娜·乌特纳。"

"拜伦博士,您简单给我们谈一谈问题的本质。"

"简单地讲?不合季节的温度变化,干旱,觅食昆虫与寄主植物失去同步性。一切都取决于气候。"

她眨了几下眼睛:"我们是在谈论全球变暖吗?"

"是的,没错。"

蒂娜向下挥手示意埃弗雷特停止拍摄，奇怪的是她自己充满活力的状态也随之暂停了，她耷拉着脸走到实验室另一边，也许开始想念报道州际高速公路上那些着火的汽车残骸的时候。蒂娜看了看相机画面，接着走回采访地点，压低嗓音说："电台收到了大约五百封关于这些蝴蝶的电子邮件，几乎都是积极的。真的，你非要这样讲吗？因为我觉得你会失去观众。"

奥维德看上去真是吃了一惊："我是一名科学家。你是说为了提高电视收视率，不想让我这样回答吗？"

"完全没有。"蒂娜冷冷地答道。她正在失去镇静的边缘。她烦躁地吸吮着门牙，用鼻子呼气，她的这副样子让黛拉罗比亚知道这个女人可能确实有孩子。她低头盯着地板看了一会儿后，蒂娜向埃弗雷特示意，然后打起精神再次对准摄像机："拜伦博士，那我们谈一谈全球变暖吧。当然，科学家们对气候变暖是否正在发生以及人类是否在其中扮演了角色还存在意见上的分歧。"

奥维德几乎被她的话逗乐了，他和往常一样抬起眉毛，说："恐怕你说错了，蒂娜。地球温度正在上升，现在即使是最顽固的气候科学家也同意这点，几乎每一个科学家都同意，除非他另有企图。"

她微微抬起下巴，看起来更急躁不安了，又一次打算重新开始，她对重播的耐力令人难以置信。"拜伦博士，我们来谈谈全球变暖。许多环保主义者辩称，燃料燃烧会将温室气体排放到大气中。"

他怀疑又沮丧地拉了下下巴，看上去像一只吃惊的乌龟。"他们争辩这个？燃烧的碳将碳排放到空气中，这值得争论吗？"他的音调急剧升高，有点尖利刺耳，"蒂娜，蒂娜，动动脑子想想你说的话。所有开采出来的煤都是碳，所有的油井，也是碳！这些都被我们排到了空气中。世上的物质会一直留在世上，它不会'噗'的一下消失，这叫物质守恒。这个问题早在艾萨克·牛顿爵士时代以前就是定论了。"

蒂娜眨了眨眼，一下，两下："科学家们告诉我们，他们无法预测全球变暖的确切影响。"

"的确。我们告诉你这些，是因为我们比别人更诚实。我们知道将会有更多证据。但这并不意味着我们会对这个问题视而不见。就像我们刷牙，尽管不知道可以预防多少蛀牙。"

"好吧，很多人只是不相信。我们来这里是为了获取信息。"

他朝天花板翻了翻眼珠，咧嘴苦笑，舌尖在前牙间露出来。当他最后把目光再次落到她身上时，似乎真的感受到了痛苦："如果你来这里是为了获取信息，蒂娜，你不会站在我的实验室，告诉我科学家有何想法。"

她张了张嘴,但他打断了她:"现在科学家们的分歧,蒂娜,在于如何表达我们的震惊。处于亚洲分水岭的冰川正在迅速融化。也许你的实习生可以替你在谷歌上搜一搜。北极正在崩溃。科学家过去常把这些称为'矿井中的金丝雀'。他们现在的话则变成了:'金丝雀已死'。蒂娜,我们成了尼亚加拉瀑布顶端乘坐独木舟的乘客。让观众想一想这个画面吧。我们漂流来到这里,最后终于胡闹够了想回去,但是船桨划得太慢,我们回不去了。我们现在所处的位置能听到大水的咆哮声。你觉得现在还是讨论瀑布是否存在的好时机吗?"

蒂娜吮吸着牙齿,眼睛睁得大大的。这效果并不讨人喜欢。"如果是尼亚加拉瀑布的话,我会有一个不错的背景,"她说,"这儿没有视觉图像,我办不到。"

奥维德的眉毛朝发际线上扬:"你想象不出无形的东西?你们这些人就不能有点想象力吗?"

蒂娜没有回答。

"选举结果!"他说,看上去有点失控,"股票市场!这些都是无形的,但你们不是也去报道了,没完没了,令人生厌!"

蒂娜轻轻晃了晃头发,用了可能是她在少女时练出来的一副嗓音:"因为人们在意这些。"

"你有自己的职责,这位女士,但你却没有履行。"奥维德的脑袋向前倾,他把眼睛眯了起来,他这个姿势让黛拉罗比亚感到震惊。她从没想到他还是一名校园斗士。他向前迈了一步,手指像刀片一样朝蒂娜胸前一指,引得她后退一步。"火就是一个绝佳的视觉图像,蒂娜,还有飓风和洪水,以及整个该死的融化的北极。"他们现在离开了之前清理过的实验室部分,"从现在起再过十年,世界上很多农场都没了该死的雨季,你会有何感受?你还会为此尽情欢呼吗?"奥维德纤长的手指似乎有了神力,将他朝前拉,把桌旁的蒂娜逼得步步后退。

埃弗雷特开口了:"你跑到镜头外面去了。"

"你别插嘴!"奥维德喊道。埃弗雷特看上去像是被抽了一个耳光。"你以为这只会发生在非洲或亚洲,"他继续对蒂娜说,"发生在某个不用由你负责报道的地区。"

蒂娜突然举起一只手,好像在做一个武术动作:"现在你先住口,朋友。我从泰国收养了两个小男孩。"

奥维德似乎不为所动:"那就行了吗,这样你就算是履行了自己的职责吗?这样你就可以在阻力最小的道路上规划你的职业生涯吗?"

"你不懂,人人都觉得电视行业很容易。这是工作。"

"说服我,蒂娜。脚本都是公关公司替你写的,就是这些机构花了十年时间就吸烟和癌症之间关系的争论为你制造疑问。你们这些人就学不到什么教训吗？蒂娜，都是同一家该死的公司——健全科学促进会。你为什么不去查一查呢。他们可是拿了菲利普·莫里斯烟草公司的钱，又替收买他们的艾克森石油公司说话。"

蒂娜的怒火一时间变成了忧虑。她现在退到了冰箱那里，她背对着冰箱，四处环顾寻找一条逃生路线。奥维德突然转身离开她，走过实验室，解开他的白大褂。"你对真正的探究不感兴趣。你和你的赞助商一唱一和。"他开始脱下实验室外套，接着意识到衣服翻领上的小麦克风和口袋里的小玩意儿。他解下麦克风，环顾四周，可能想找一个地方把它扔掉。他没找到确切目标，于是面向蒂娜，把麦克风放在嘴边。

"这是我的全面声明：你们现在是昧着良心做事，放任公众被一群该死的骗子欺骗。"

蒂娜举起双手："就好像我在电视上能用这个词一样。"

奥维德把麦克风重新夹在他衣服翻领上，努力像平时一样摆出笑脸，露出上尖牙。

"对不起，"他说，"是放任公众被一堆该死的谎话精欺骗。"

"好——吧——"蒂娜说，"停，不拍了。"

埃弗雷特瞬间收起了设备。他们出门时，蒂娜已经把手机放在了耳边，到了谷仓外面她就提高了音量，她的声音变成了尖叫。不等实验室的人从震惊中回过神来，新闻吉普车可能就已经在公路狂奔了。普雷斯顿和科迪的脸上是孩子面对情绪失控到发疯的大人时的表情：睁大双眼，一言不发。黛拉罗比亚的表情差不多也一样，她在等着老板镇定下来，恢复以前熟悉的神情。他发了疯一般在整理战斗中被弄得到处都是的马尼拉文件夹，并将物品一一收好。

"嗯，真是一场灾难。"最后他头也不抬地说。

"并没有那么糟糕。"黛拉罗比亚答道。她觉得自己蠢得像头牛。

"我本来可以试着与她合作。你一直让我和别人合作，向他们表明我们不是敌人。我知道这很重要。我搞砸了。"她意识到他正在四处寻找他那件蓬松的绿外套，衣服掉在了冰箱附近的地面上。黛拉罗比亚走过去捡起来，递给他。

"但严格说来，你说的一切都是对的。你没做错任何事。"

"没有，"他表示同意，"不过我不能保证她不会开车把刚才拍摄的录像带一遍遍碾轧过去。"

"但那是她自己破费，"黛拉罗比亚说，"也是每个人的损失。我很抱歉没人能看到刚才的一幕。"

"喂,伙计们,"多维拿着手机说,"别担心,我都录下来了。现在正发到 YouTube 上。"

第十三章 ♠ 交配策略

"三月四号。"黛拉罗比亚说。

"去哪里?"普雷斯顿问道。①

她笑了:"不是向前走。是三月的第四天,周五。这周是你的生日。"

戴着眼镜的普雷斯顿咧开嘴笑得很开心,虽然他的目光仍盯着马路。他们面朝东迎着清晨美好的阳光站着,等着校车从那个方向驶过来。

"我给你准备了一个大大的惊喜,你肯定猜不到。"她补充说。听了这话他笑得更灿烂了,接着收起表情,仿佛心中有巨大的压力。他们看着太阳透过树木繁茂的山丘露出头来,掠过地平线。起初它如一团没有形状的火焰穿过光秃秃的树木,很快球状的蛋黄出来了,他们

---

① 普雷斯顿将黛拉罗比亚所说的"march fourth"(三月四号)理解成了"march forth"(向前走)。

就不能直盯着它看了。

"今天空气的味道闻上去就像羊羔出生时一样。"他说。

"确实如此。像春天一样。"她闭上眼睛吸了一口气,"那是什么味道,尘土?"

他们站在一起用鼻子闻着。最后普雷斯顿说:"我觉得是虫子。还有小草。"

"是啊,你说得对。那今年到时候你想看羊羔出生吗?"

普雷斯顿坚定地点点头。

"你也可以在别的时候帮忙,你知道的。不一定非得在它们出生时在场。"

"我想亲眼看着它们出生。"他说。

她倒不是害怕他看到新生命血淋淋地扭动着身子来到世上的样子,但她知道他可能会见证死亡。这才是她担心的。"你可能还得请假,"她提醒他说,"母羊临产时,你必须和它待在一起。我们会打电话给罗斯小姐,她会准你假的。"

"老师同意让我们了解这个。"普雷斯顿说。

"关于什么?"

"妈妈生宝宝的情景。"

"是吗?"

"是啊。艾萨克·弗莱的大姐姐就在厕所生了个宝宝。"

"哦天哪,普雷斯顿,你们是怎么知道的?"

他耸了耸肩:"没事的。一些女生听了哭了,罗斯小姐让他停下别说了,然后她跟我们讲了关于家庭的事。"

黛拉罗比亚再一次向那位充满活力的罗斯小姐致敬。"听了这些你还好吗?"她问道。

他又耸了耸肩:"好啊。"

很难不去追问关于艾萨克·弗莱的姐姐发生了什么,不幸的是,黛拉罗比亚完全能想象出那个女孩经历的痛苦。又一个怀孕的少女为了逃避未来的艰辛,关上了厕所隔间松动破旧的门闩。她想知道孩子是否真的出生在厕所里,出生时不知是否还活着。普雷斯顿永远不会想到,自己的家人也曾经历的一些事,并不比这个更光彩体面。

他们看着太阳把东边天空的每一朵云彩都涂成粉红色。普雷斯顿突然向远方一指:"看。"

一对帝王蝶在道路上空并肩飞舞。一大早就看到这个景象让人吃惊,它们不是在进行惯常的飞行,而是一只在对另一只持续用力冲击。两只蝴蝶上下飞舞,仿佛被困在垂直的空气柱中。最终它们紧紧连在一起,降落在路面上,扇动着翅膀。不一会儿,它们分开了,又飞到空中,继续它们的空中探戈。

"它们是在打架吗?"普雷斯顿问道,"还是在生宝宝?"

一个永恒古老的问题。"我不确定。"她说。

片刻之后,她补充说:"哇,你知道吗?"

"什么?"

"它们可能刚刚从漫长的冬眠中苏醒过来。拜伦博士一直让我好好观察这个。如果它们醒来并开始交配,对帝王蝶来说可是个大好消息。是你发现了这一点,普雷斯顿。你是第一个看到的。"

他们看着两只蝴蝶沿着路转着圈向上越飞越远,仿佛有根看不见的细线牵着它们。它们是一对吗,它们是在交配吗,雌蝴蝶会不会抬起目光,飞到春天的山丘上,去寻找正确的舒展的叶子。

"拜伦博士说,雄性蝴蝶有点疯狂,"她说,"它们会开始跟在任何移动的物体后面追,试图抓住它们。"

"为什么?"普雷斯顿问道。

"你知道的。找女朋友什么的。搂抱亲亲!"她搂过普雷斯顿,在他的头上亲个不停,惹得他咆哮着哼叫起来。她放开他。

两只蝴蝶再次落到路面上,离他们站的地方很近。有一会儿,两只昆虫张开翅膀,像惊呆了一样一动不动。接着一只慢慢爬到另一只上面,它们稍微晃动了一下。普雷斯顿和黛拉罗比亚悄悄靠近，下面那只很可能是雌蝶，它紧张又期待地把长长的黑色腹部伸了出来。黛拉罗比亚觉得，它才是勃起的那只，不过她只是在心里想，并没有说出来。上面那个家伙的腹部就和象牙一样，用尖部四处探测，寻找目标。它似乎找寻了很长时间，给人感觉怪怪的，颇为色情，让黛拉罗比亚对蹲在马路中间与幼儿园的儿子看交配行为感到不好意思。儿子目不转睛地看着。

"嘎。"两只蝴蝶终于交尾时，他静静地说。插座和插头对准了，两只蝴蝶的身体变僵硬了，看上去都在用力。一时间所有在场者都僵住了，他们母子，以及那一对蝴蝶。两只蝴蝶还纠缠在一起，雄性蝴蝶开始拍打翅膀，试图飞起来。它的妻子也殷勤地折起翅膀，让它拖拽着在几英尺的上空摇摇晃晃飞离道路，然后落下来，随即又飞了起来。

"妈妈！"普雷斯顿发出一声大喊。山上出现了校车的身影。她把他拽到路边，准备必要时招手让校车停下。但是那对蝴蝶夫妻成功飞了起来，飞到大枫树上继续它们未完成的事业。她退回到路肩。

"好吧，小子，"她退后几步，站在儿子身后，以给他留足面子，"今天要好好学习啊。"

"我会的。"他答应着，等着司机发出停车信号，然后便冲过马路上了车。校车穿透晨间的黑暗面纱,打出来的交替闪烁的灯光总是让黛拉罗比亚感觉有些不真实。手刹放开的嘶嘶声,之后是柴油发动机低沉的隆隆声,她的儿子又一次走进了广阔的世界,留她一个人呆滞着,感到失落。今天早晨的几个惊喜让她心绪不宁。

她把手插进外套口袋,试图思考白天的工作。如果帝王蝶滞育期结束了,那真是意义非凡。奥维德会迫切地进行解剖,如果不能忍受牺牲更多蝴蝶,就得靠触摸活的雌蝴蝶身上的储精囊来确认它们是经过交配了的。她为无法分享这个最新消息而感到不耐烦。他今天走了。她没有他的电话号码,除了他十二月第一次给她电话时留下的那个,那很可能是他位于新墨西哥州的家的号码。她不可能往那里打电话。今天一大早她就听到他把车开了出去,不知要去哪儿。他只说他一整天都不在。考虑到奥维德和蒂娜论战的视频已经在网上闹得沸沸扬扬,他很可能是去接受采访。周四,多维每小时都给她发短信,告诉她视频浏览量的最新数据:几百人,几千人,好几十万人。不管人们对科学家有何偏见,他们都很高兴看到一位科学家对一个颇有名气的冰美人新闻播音员进行抨击。奥维德本人看到视频时,很是懊恼,黛拉罗比亚替他感到难过:她知道被曝光有多可怕。但他至少充分利用了这次出名的机会。他说的都是实话。多维录下他的第一句话是"这就是科学的样子",也是她给这个视频加的标签名称。她说,用谷歌搜索"科学"一词时,它在出现的条目中排名第九。

回到家里,黛拉罗比亚迎着小熊投来的满腹狐疑的目光,没来由地感到有些内疚。这种感觉并非不同寻常。"穿着睡裤去上班吗?"他问道。

"不。拜伦博士今天出去了。"之前她额外加班干了那么长时间,他也催促她休息一天。但是,一个没有工作的早晨并没有让她兴奋。她把外套挂在走廊里,进了厨房。小熊刚刚解开科迪莉亚的毛巾布围兜,正在给她擦掉脸上的燕麦片。

"这么说不用把科迪送到卢佩家了?"他惊讶地抬起眉毛问道。

黛拉罗比亚用水龙头里的热水把咖啡杯灌了又倒,晃了几下。这样做会浪费热水,但在等校车的时候水杯已经凉透了,如果不加热的话,再装咖啡会很难喝。"对不起我忘了说了。刚才我还在想要不要过去。他虽然不在,但实验室还有很多工作要做。"

小熊在科迪的脸颊和鼻子上做了一个游戏,而她试图抽打他的手。最后他们玩够了,他把她从高脚椅上抱出来。"好吧,我要去妈妈那边,"说着,他把法兰绒衬衫袖子撸下来,把胸前衣服上的燕麦片拂掉,"她那儿有很多东西,想让我拉到教堂镇部去。"

黛拉罗比亚喝了一大口滚烫的咖啡,心满意足地倚在台子上。"你知道吗?我这儿有一大堆普雷斯顿的裤子,他穿着太小了,可以捐给他们。"镇部是为费瑟镇贫困人员专门设立的免费食品分发处,现在业务扩大,也提供衣服和冬季外套,尤其需要儿童尺寸的衣服,给那些连二手商店的东西也买不起的人。"海丝特要捐的都是什么?"她问道。

小熊耸了耸肩,这个姿势与他儿子十分钟前一模一样。"我猜是一些罐头食品,但她想让我开卡车过去,把楼上那个旧衣柜也拉走。他们需要个东西挂外套。"

黛拉罗比亚仍在思考捐赠物品的事。她总是以微不足道的折扣价带些孩子的衣服回来。现在回想起来,她不记得以前捐赠过什么东西,从来没有。"你是说你房间里的大衣柜吗?"她问道,"那东西是头野兽。"

"嗯,妈妈想把它送到镇部去。"小熊说。

"不如我跟你去帮忙吧。"黛拉罗比亚出乎意料地说。她有话要跟小熊讲。

小熊笑了:"是去搬大衣柜,你又帮不上什么忙。"

"可以动脑子,不用力气,好吗?我会帮着开门什么的。我们可以把科迪放到海丝特那儿照看几小时，她们俩会没事的。稍等我一会儿，我去拿衣服。"黛拉罗比亚穿好衣服，动作麻利地从孩子们的抽屉里挑出要捐的衣服，那些穿着太小的似乎是合身的两倍之多。半个小时内，他们收拾好五大兜衣服，拉着科迪和她的玩具袋子，没有提前告知海丝特便开车朝她家驶去。海丝特正在客厅专心致志地缠线球、测量码数，到处都是纱线，她要把纱线弄成线球。很明显，科迪的到来只会添乱，海丝特只好认命，同时打发孩子爸妈到楼上去看大衣柜，顺便把她打好包的盒子拿下来。黛拉罗比亚跟在小熊后面，慢慢爬到楼上那个房间，这里装满了丈夫的童年记忆，还有他们俩新婚几个月的回忆。

  房间还是老样子，这也没怎么让黛拉罗比亚感到惊讶。即使是她来到这个家这么重大的事件，都没能让他们对房间做任何改变。沿房间顶角线固定的4H缎带，陈旧的漫画作品集，为庆祝某事特意买的两瓶尚未开封的可口可乐，走进熟悉的房间，她为里面的沉闷感到震惊。小熊的橄榄球奖杯沿着书架摆了一排，还有一排戴着头盔的小金人全做出同一个冲刺动作，左脚离地，下巴向前伸。她知道外表会骗人：这些小运动员可不是什么青铜雕像，而是某种轻盈的塑料制品。

"我在想自从咱俩搬出去,海丝特是不是连床单也没有换过。"她说。床罩还是原来的白色雪尼尔,非常薄,黛拉罗比亚觉得十分小气,家里放着那么多叠好不用的被子,但他们俩只有这个。婚后住在这里最奇怪的是只能接受这一切:这个床罩,这个房间,还有七点才能吃晚饭。小熊父母就住在隔壁房间。她一下子仰面朝天倒在床上,伸出双臂:"啊,天哪,还记得这张床吗?"

"应该记得。"小熊说。他走到衣柜那里,从口袋掏出金属方形卷尺。衣柜很大,顶部有两扇橡木门和镶嵌檐口,可能值些钱。黛拉罗比亚纳闷为什么海丝特突然想把它捐出去。也可能是为了让博比·奥格尔留下印象。

"住在这个房间,我从没觉得自己是你妻子,你知道吗?更不用说还是新婚。"

"嗯,那你觉得是什么呢?"小熊问道。

"不知道。像个孩子吧。我知道听上去怪怪的,但更像是一个妹妹。"她笑了,"一个怀了孕的妹妹。"

"见鬼!"小熊说,"比卡车车斗长了四英寸。"

黛拉罗比亚看了看天花板。老房子本该给人一种温馨的感觉,但这个房子很是凄凉。即使大窗户没有安窗帘,也于事无补。也许是朝北的原因。她清楚地记得以前上面有窗帘。她还记得花色是蓝底,印着NFL球队标识。海丝特肯定是在小熊还很小的时候偶然发现了那种布料,小熊人小志气大,从小就梦想当后卫。奇怪的是,那些窗帘竟然被撤掉了。

"爸爸说这个柜子都散架了,"小熊说,听上去很是烦恼,他用手抚摸着门顶和檐口之间的缝隙,"底座和顶部应该单独打造,这样会更容易搬进卡车。"

黛拉罗比亚一骨碌从床上下来,去搬书桌椅,她知道这是房间内最不常用的家具。刚结婚时她还得唠叨着丈夫坐下来做功课。她把椅子搬到衣柜那里,站在上面检查檐口,看了看后面和墙壁之间的缝隙。"去给我拿把螺丝刀来,"她轻声命令道,"后面有一个很长的支架。我们得把它从墙上拉开一点才能拿到,所以顺便问海丝特要一块小地毯,以免划伤地板。"

小熊很感激她的明确指示,提了提牛仔裤去了。

厚厚的云层以令人不安的速度飞快掠过天空。小熊父子把衣柜扛到卡车上,在上面系了一张防水油布,果然,不等他们到达山区联谊地,一滴滴冻雨就开始打在挡风玻璃上。7号公路上,长长一串汽车打着车灯慢慢驶了过来,他们坐在车里等待左转。也许是参加葬礼的车队吧,或者只是天气原因。转弯信号灯亮了。

"我们不该让大熊搬这个,"黛拉罗比亚说,"你们走到楼梯中间时,我还以为他会心脏病发作。"

"不,他身体结实着呢。"小熊说着,把前臂放在方向盘上。

"只是你这么想罢了。"黛拉罗比亚说。她当时看见了大熊的脸,他使劲用力,脖子青筋暴露,看上去像着火的谷仓中被拴住的一匹马。

最后他们到了联谊大厅,根据海丝特的指示开车兜了一圈,找到里面的布兰奇·比斯和另外两个女人,她们正在整理捐赠衣物。长长的钢腿折叠桌上摆放着婴儿的全套服装,黛拉罗比亚不由得想起教堂里的女人多年前为她举办的宝宝派对。她未婚先孕,因此来的人不多。显然,这种欢迎怀孕的罪人的策略对于克丽丝特尔之流不错,但黛拉罗比亚每次踏进这个联谊大厅都会感到一阵心酸,总是生出一种历经创伤后遭人厌弃的恐慌感。现在她站在门口,努力把这些想法从脑海中忘掉,天哪,事情已经过去了这么多年了,真是悲哀。此时小熊正与布兰奇在大厅的另一头交谈。今天黛拉罗比亚的过去又像一头饥饿的恶犬一样追随而来。最后小熊摇着头朝她走过来:"他们想让我们把东西送到市中心的教会。我们可以把盒子卸下来留在这里分类拣选,但是那个大衣柜他们不想拉两次。"

"有道理,"黛拉罗比亚说,"那里有人帮我们卸货吗?"

小熊刚才忘了问这个，于是又回去问布兰奇。他们得知，不幸的是，今天只有比乌拉·拉斯贝里一个人在店里打理。她都八十岁高龄了，胳膊细得和豆芽菜似的，可搬不了什么家具。布兰奇打电话给她在克利里压缩机公司工作的儿子，让他在午休时间到费瑟镇接他们，帮他们一起卸下衣柜。他一个小时内就能赶到。

"我们在这里等着吧。"小熊说着，朝卡车走去。黛拉罗比亚跟着上了车坐在副驾驶座上，看着他头靠后倚着休息放松。这个家伙怎么就这么淡定呢。黛拉罗比亚打开储物箱，里面装满了工具、劳保手套、餐巾纸，还有一个压扁的纸杯，塑料盖上还插着吸管。她使劲用力把储物箱重新关上。小熊的呼吸放慢，发出嘶嘶声。她很羡慕丈夫能瞬间放松。在车里坐一个钟头，没有任何事打发时间，甚至连一本糟糕的杂志都没有，一想到这个黛拉罗比亚就觉得难以忍受。她看了看手机，发现漏看了一条短信，可能是他们在海丝特家时收到的。这是多维看到的又一条教堂标语，肯定是她在上班途中发过来的："禁果出果酱"。

没错，黛拉罗比亚心想，正如我成年后的全部生活。

她合上手机，打了小熊一拳："我们去奶品王子吧。"

他坐直了，看上去很吃惊："真的吗？"

"我又不是说去抢银行，只是去奶品王子而已。我们有两年多没在外面吃东西了。"

"真的吗？"他又问。

"好吧，是我没在外面吃过。"她朝储物箱翻了个白眼，"我们去吃个奶昔什么的吧，我请客。走吧，痛快点，你老婆都疯了。"

他乖乖发动了车，挂上挡。在前往镇上的途中，他们经过多维住的白色复式公寓，周围摆满了她的几个哥哥收藏的各种汽车，还驶过费瑟镇死气沉沉的主街道。团契会选择在空空的店面经营慈善活动。黛拉罗比亚努力回忆其他建筑物以前是什么。一家药店，一家五金店，一家她在里面工作过的餐馆。还有那家母亲经常光顾的布料店。一家小杂货店，男店主只有一只胳膊，常常给孩子们发糖吃，可能是为了让他们不那么怕他。对了，是斯奎尔先生。现在人们都去沃尔玛买东西了。就连奶品王子看上去也像被轰炸过一般，它有两个临街的窗户，其中一个上面遮了块棕色纸板，像戴了眼罩。小熊冒着越下越大的冷雨下车去点了单，够勇敢的。回来时他给她带了奶昔，给自己要了汉堡和炸薯条。驾驶室弥漫着诱人的脂肪香味，她情绪高涨，忍不住一根一根拿他的炸薯条吃。他们看着挡风玻璃从一片模糊到不透明。雨点噼里啪啦打在车顶上，将躲在车里的他们与整个世界隔了开来。

"我们俩这是在约会呢,"她说,"和最初的时候一样。"

"也不完全一样。"他刚咬了一大口,小声说。她等着他吃完咽下去,很想听他说说有什么不一样。

"卡车换了发动机。"他最后说。

她一口吞下太多凉奶昔,喉咙感到很疼。"就是这个?"等疼痛过去,她问道,"十一年的婚姻,我们就是换了一个发动机?"

他专心吃开了午餐,她又悄悄拿了些炸薯条,盯着外面白茫茫一片。像患了白内障一样。只听见雨声哗哗作响,却什么也看不见。她的父亲不等活到老年就去世了,他患有白内障,由某个创伤事件引起,到底是什么她从不清楚。

"这么说,"她说,"我们对那件事就永远闭口不谈了吗?"

"哪件事?"

"所有的。为什么我们那样。那个可怜的婴儿。"

"为什么要谈这个?它都没了。"

"但它不是没了。和从没存在过的东西不一样。它存在过,小熊。"

"但它还是不在了。不管怎样,我们又有了孩子。过去的就让它过去吧。"

雨下得没那么密了，现在隐约能看清窗外的一些东西：奶品王子商店的红色长方形店标，深绿色的金属大垃圾桶。她在想父亲视力下降后肯定默默忍受了种种不便。明明看了，却不知看见了什么。

"它们没有变成过去，"她说，"一切都变了，但那个还在。"

"你是什么意思？"

"那天早上很愉快啊，小熊。我们本该用安全套，却没有。回不到过去了。看看你生活中的一切。房子，妻子，普雷斯顿和科迪。一切都因为高中时你一不小心让我怀了孕。"

小熊看上去很受伤："你的意思是说我们本来不会结婚。"

她眨了眨眼睛："小熊，真的吗？你有考虑向我求婚吗？在那之前？"

他别过脸，朝车窗外望去。黛拉罗比亚能想象丈夫的内心世界：他们的婚姻肯定不错，因为结婚错不了。它已经成了事实。

"我很感激你有个男人的样子，真的，"她说，"我失去了家人，突然间，你家人成了我家人。而你也在，小熊。你知道我在说什么。当时我们俩的人生发展轨迹不同。你不能否定这一点。"

小熊用拇指按住眼角，呼吸变得急促起来。她感觉自己很坏，很残忍，就像她在用棍子戳他一样。她应该顺其自然。她一直以来都是这样，随他的便。"老实说我以为我会去上大学，"她用没有起伏的音调低声说，"你会找一个好女孩安顿下来。为什么我们不能谈谈真实情况呢？"

"现在我们彼此相爱，"他说，"这才是最重要的。"

"我知道。人们都这么说。我们的确如此。你可以让自己爱上一个人，我们都做得不错。但还有别的东西，小熊。"

"比如什么？"

"我不知道。尊重？这个不能凭空产生。你不能用枪指着别人，逼人尊重你。你得努力赢得别人的尊重。就像工资什么的一样。"

"我尊重你。"他说。

"我知道。你对我很好。只是从来没有——我不知道该怎么说——"她紧闭嘴唇，摇了摇头，"就像我一直站在邮箱旁等一封来信。每天你都会过来，往里面放进别的东西，套筒扳手，或者奶昔。也不是坏东西，但都不是我想要的。"

小熊现在把胳膊放在方向盘上，头趴在上面，伤心得说不出话来，肩膀不停地抖动。黛拉罗比亚感到很是震惊。他的反应让这件事变得更真实。她本可以轻松地待在家里，不必进行这次谈话。她靠过去尴尬地给了他一个拥抱。"我很抱歉，"她说，"我为我们有了孩子而感激。但你需要的人不是我。"

他头也不抬地说："你与众不同，黛拉罗比亚。这都是因为山上发生的事。我真希望那些蝴蝶没飞到那里。"

"这不是真的。早在它们飞来之前就开始了。我从没告诉过你。但是有一天我一个人去了那里，那时还没有人知道蝴蝶的事，然后我看见了它们。"她感到一时喘不过气来，好像从空中向下坠落，"当时我正打算离家出走。"

他坐了起来，警惕地看了她一眼，然后伸过手去打开储物箱。她帮他从里面拿出一沓快餐里的餐巾纸，给自己也拿了几张，他们以一种友好的、夫妻之间的方式擤起了鼻涕。

"这个我知道。"最后他说。

"你说什么？你知道什么？"

小熊直视着她的眼睛，尽管他似乎已经无法承受："是妈妈发现的。她说你打算自杀。"

黛拉罗比亚感觉心在她耳边怦怦直跳："是海丝特告诉你的？什么时候？"

"我不知道，"他说，"有段时间了，她还为这个担心呢。"

黛拉罗比亚心中的世界坍塌了,一切都让她感到那么不真实。海丝特奇怪地对她坦白,小熊的尽忠职守。她觉得自己像一个挣扎摸索着寻找出口的盲人。"不是那样的。"她只能这么说。她静静地坐着沉思了一会儿,思考自己面对的新局面。"我不是去自杀,他们在新闻上这样说,但那是在说谎。我当时是想以一种愚蠢的方式逃离我们的婚姻……我很抱歉。我最后没有那么做。在上山的路上我看见了那些蝴蝶,当时还不知道它们是什么。它让我挨了当头一棒。我觉得必须回来做正确的事。"

"什么事?"小熊问道,听上去不是生气,而是伤心。

"我也不知道是什么,"她说,"我还在努力弄清楚这个问题。为了正确的理由去做某件事?而不是再犯一个无法回头的错误。我的一生都是这样,小熊。一个接一个该死的错误。"

"你爱上了他。"小熊是在陈述事实,不是问她,所以她不必回答。现在他看上去很生气,眉头紧锁,怒视着挡风玻璃。她希望这场雨别再下了。感觉像是世界末日到了。

"是人就会犯错。"她最后说道。

"按你的说法,我们俩除了犯错没干别的。"

她点点头:"错误毁了你的生活,但是它们也成就了你,这些都是彼此关联的。"她感到胸中涌起一阵涟漪,让她倍感严肃:"你知道有一次我们照看羊的时候海丝特对我说了些什么吗?她说抱怨自己的羊群是没有用的,因为那是你过去所有选择的总和。"

小熊领会了其中的意思,慢慢点点头。他把手放在方向盘上。很快他就会发动引擎,出发上路。"我不管,"他说,"我还是希望它们没飞到这儿来。那些蝴蝶。"

她想,除了蝴蝶,还有你。我是这么希望的。

躺在黑暗中的黛拉罗比亚听着丈夫已经酣然入梦,尽力不去嫉妒他。小熊·特恩鲍怎么就这么没心没肺呢。卡车上两人谈话之后,他们就不再说话,很奇怪,就像什么也没有发生一样继续当天的工作。送了家具,接回科迪,整个过程小熊都令人愉快。她为他揭开的悲伤并没有完全消散,它会一直阴魂不散,盘旋在家中的每个角落,甚至在她干最平常的家务活时也盘旋在她四周。而小熊不会注意到这些。

但是家里的确有什么东西跟了进来,与孩子们一起吃晚餐时,他们都感到不安,这种东西让他们卧室中的气氛变冷。他会跟她道晚安,好像他们是要分道扬镳的朋友,然后翻过身,像一座山一样沉沉睡过去。她在黑暗中睁着眼睛,把心中绝望的河流分成一条条小溪,直到其中一些可以通航。她有时会感到一身轻松,无拘无束,之前她也多次感受过这种片刻的放松。那种将美好生活弃置不顾的快感,她记得她曾经这样想:一种割舍的狂喜。但一家人琐碎庞杂的生活更为重要。她不想成为最先采取行动的人。在她直言不讳地跟他坦白后,如果小熊觉得还可以跟她共同携手再生活十一年,她也可以这样做。也许她不希望海丝特对她扮演的角色的评价一语中的,这是一方面。也许她跟小熊更像,只是相信有些事情发生了就是发生了。婚姻当然有它重要的意义,必须尊重这一点。她看着百叶窗的边缘越来越亮,新的一天开始了。她有一股强烈的冲动,她知道没用,但还是想走到窗前向外看,看看奥维德的露营车是否回来了。

他没有说他会离开多久。可能她会有足够长的时间把她与奥维德的每次谈话都在脑海细细过一遍,就像她往常那样。她鬼鬼祟祟地干这件事情,很不愉快,就像处理钱包底下顽固的硬币一样。思考所有令人后悔的话,她自我贬低的话,她的莽撞,以及在多维的怂恿下,这周她迫使他声名狼藉。把蒂娜带到实验室对他进行采访并没有错,但她本可以在其他事情上保护他。相反,她却声称视频表现出了奥维德的勇气。她多次告诉他，这证明他光明磊落，堂堂正正，让他别无选择。她不去想她的热情里其实有自私的成分：视频挽回了黛拉罗比亚的形象，那些以她的名义说的所有谎言都不攻自破。根本就没有什么美丽的奇迹，她也不是出演小镇一出大戏的蝴蝶女神维纳斯，她与那个谎言无关。蝴蝶的出现是生态系统严重恶化的表现，所有更美好的赌注都化为了泡影。无论奥维德是否愿意，他都需要去澄清大家的误解。黛拉罗比亚放下了心中像沙袋一样的重担：他的确需要她。

她一直等到时钟上的红色指针指到七点才起床，起来后并没有从卧室窗户向外看。她来到厨房煮了咖啡，接着过去掀起窗帘。外面什么也没有，只剩一个空荡荡的矩形空间。她给孩子们用碗泡好麦片，听了一会儿他们一大早叽叽喳喳的话。普雷斯顿穿着机器人图案睡衣，科迪用毯子蒙着头端着碗吃饭。黛拉罗比亚又起身去看，每看一次，丧亲之痛都会朝她袭来。一个空插座，一段被截除的身体。他一定是生她的气了。

吃完早餐后，普雷斯顿踮起脚，眼镜几乎紧贴在厨房窗户上，数着盘旋在后面牧场上方的一对对帝王蝶，它们在安静的怀孕的羊群上面进行交配活动。他异常激动：它们从睡眠中苏醒了过来。她也试图沉浸其中，但没有成功，只是站在窗边的儿子旁边，傻傻地等着。她拿出烤盘，准备做昨天海丝特让他们带回家的羊肩烤肉。她会慢慢地做上一下午，剩下的够他们一家吃上一周。如果不是今天，她会为这种富足感到开心。她拉开客厅窗帘，对自己依旧木然感到惊讶，外面明亮的天空也于事无补。一股熟悉的感觉袭来，她又感觉自己被关在了密不透风的房子里，不知再过多久氧气才会被吸尽。她机械地用吸尘器清扫孩子们的卧室，然后是客厅。科迪爬上沙发，朝窗外的路上看去，连她也知道今天的一切答案都在窗外。

过了一会儿，她指着说："妈妈看，女人。"

女人身穿长裙，外面罩一件短大衣，漂亮的大脑袋，正沿着路悠闲散步。黛拉罗比亚关上吸尘器，挨着科迪跪在沙发上。那人正朝他们走来。或者是个女人。当然是个女人，只见她清瘦优雅，就像慢动作镜头中的时装模特，走在乡村风景T型台上。也许是某个项目展示，人们用丝绸手帕和蒲公英绒毛打造奇装异服。远远看去，脑袋大大的，精心缠绕卷起的蓝色头巾里面露出一缕缕头发。脑袋就像礼品一样被精心包装过。在窗前排气扇吹动下，她那蓝色印花裙上的许多小褶皱像窗帘一样迎风舞动。在道路和长满杂草的沟渠之间的砾石边缘，她以梦幻般的速度走过来，脑袋在长长的脖子上微微歪着，似乎时间在她周围凝固了一般。没有车从此经过，牛连头也不抬。她的皮肤呈冬季牧场的棕色，长长的金耳环犹如两个逗号，脸上带着神秘：一个完全不可能在窗外看到的人。黛拉罗比亚和两个孩子都睁大了眼睛，她走上他们家车道，毫不犹豫地沿着房子朝后院走去。小熊还在卧室呼呼大睡，他们全都跑到里面，紧紧挤在一处，透过百叶窗往外看。露营车就停放在那里，它是在黛拉罗比亚吸尘时出现的。那位女士不紧不慢地朝车走去。她走到金属门那里，消失在里面。

几分钟后，他们俩都站在了厨房门口。她几乎和奥维德一样高，一样瘦，皮肤更暗一些，但口音和他的不像。她的声音低沉甜蜜，像是唱歌般精确，辅音发音清晰，能听到舌头碰上牙齿。黛拉罗比亚当然知道她的名字叫什么。

朱丽叶。爱默生。"我知道，对吧？"朱丽叶说道，她的笑声就像音乐，"奥维德和朱丽叶，爱默生，拜伦。人们说我们俩的名字听上去像 AP[①] 英语考试。"

无论这场考试包括什么内容，它都不是黛拉罗比亚沮丧的根源。奥维德突然变得很健谈。他昨天去诺克斯维尔接她下飞机，但诸事不顺。黛拉罗比亚不知所措

---

① 全称为 Advanced Placement，指美国大学预修课程，适用于全球计划前往美国读本科的高中生。

地听他历数一连串的不幸。设备出现故障,错过联运航班,于是他最后开车大老远跑到亚特兰大接她,天黑后才开车往回赶。他们在乔治亚州北部某个地方停下,在一家沃尔玛的停车场过了一夜。普雷斯顿和科迪挨着他们的妈妈,目不转睛地盯着奥维德,他搂着这位女士,看上去很是陌生。

奥维德说:"朱丽叶不喜欢长途驾驶露营车。"

"没关系,我只是需要走点路,伸展一下我的腿。"她说,显然并非不开心。黛拉罗比亚想,腿可真够长的。她说话时目光低垂,不是腼腆而是慷慨,仿佛希望别人能转移注意力。她的样貌让这个期望变得不太可能。她的眼睛即使闭上也很漂亮,像古铜色郁金香球茎。头巾上印有孔雀羽毛,以某种让人难以捉摸的方式和她那充满活力的头发缠绕在一起。

"你以前来过我们这儿吗?"黛拉罗比亚想了想问道。

"没有。我在南方长大,但是在有平原的南方。密西西比州。奥维德没告诉我这儿这么漂亮。"

"好吧,"黛拉罗比亚说,"欢迎。"

他们今晚要去用餐,希望她能推荐一个餐馆。"我妻子发现,"奥维德说,"我的垃圾桶装满了猪肉豆子罐头盒,由此她推断我已经成了十足的野人。"

"不是成了野人,"朱丽叶稍微模仿他的口音说,

"是又变回了原来那个住在野外的单身汉。"

被指责的家伙搂着妻子的腰站着,好像一刻也不想和她分开。他们看上去像两棵被闪电击中的长在一起的柳树。黛拉罗比亚向他们坦白说,自己只到费瑟镇的奶品王子吃过东西,此外没去过别的地方。是作为普通人的善良(更不必说圣经的劝诫)让她做了唯一能做的事,她朝台面上烤盘里的大块烤肉做了个手势:招待这两个陌生人绰绰有余。因为有些人不知不觉地招待了天使,尽管她知道,天使带着行李旅行。

奥维德和朱丽叶是在墨西哥城的一次关于帝王蝶的会议上认识的。他作为科学家代表出席,而她则是艺术家代表。她马上摆摆光滑纤细的手腕,解释说她本人并不是什么艺术家,不想让人注意她,但她手腕上的手镯很是吸引眼球。她说她是一名民俗学家,不知为何黛拉罗比亚把这个词与那些彩绘木质手镯联系了起来。它们就像人们从阁楼中找到的玩具,塑料出现以前的时代的遗物。朱丽叶研究的艺术都是不以艺术家自居的人创作的,她先后在密西西比州、非洲、墨西哥做过博士研究课题。她的研究对象是古往今来生活在帝王蝶栖息地附近的人们制作的装饰品。

"帝王蝶对他们来说意味着什么,你听了会很惊讶，"朱丽叶说，"即使是现在。一些人相信它们是死去孩子的灵魂。"

黛拉罗比亚很是震惊，她没想到事物之间存在这种联系："普雷斯顿的一个小伙伴也是这么对我说的。她的家人以前就住在那里。"

黛拉罗比亚感觉她的脑子像是炉子上煮沸的锅，里面正在发生太多的事。厨房餐桌旁坐了四个大人和两个小孩，一点空间也没有了，于是她把烤肉放到厨房台面上切好，装满盘子，每个盘子里摆上土豆和胡萝卜，浇上肉汁，趁热迅速端过去。要是在以前，小熊会宣布说："我的妻子曾经当过服务生。"这不是他的戏谑，他说这话时带着牛在飞行时的敬意。他的妻子能同时处理三道菜。因为这点事受到钦佩，让她有种广阔而无底的空虚感。但今晚小熊几乎没怎么说话。从他的眼神中，她能看出他捕捉到了她不再拘束的不悦，昨天她费力做了一番解释，但他很可能只片面地理解了一点：他让她很失望。

他一整天都在给小羊羔盖羊圈，空荡荡的谷仓里响起叮叮当当锤子敲打的声音，那是他在宣泄情绪。

今晚朱丽叶从后门走进来，只见她穿修身牛仔裤、高帮鞋、橙黄黑三色相间让人眼花缭乱的宽松上衣，戴一块黄色头巾，与之前那块包裹手法不同，露出更多头发。黛拉罗比亚不停地用眼角瞅她头上数不清的泛着光泽的辫子,就像她面对华丽的夹克衬里一样,因为其中花费的心力加以欣赏。奥维德和朱丽叶递给她一个歪歪扭扭的蜡纸袋包装的东西,说是雷司令①,原来是一瓶葡萄酒。他们表示歉意,因为这个和羊肉不是很搭,黛拉罗比亚也为无法打开它而抱歉,奥维德立刻回院子到自己家取了一个开瓶器。小熊没喝酒,黛拉罗比亚只喝了一点。他们家最好的酒杯是蓝塑料杯。普雷斯顿也想尝尝,遭到拒绝,于是说想闻一闻。他深吸一口气闻了一下,大叫道:"哎哟!"

"你可能觉得我们是山顶洞人吧。"黛拉罗比亚说,尽管她并不觉得自己住在山洞里。昨天坐在小熊卡车驾驶室,那感觉更像是从悬崖上跌下来,而且还在继续下跌。每一种熟悉的感觉都属于其他人,一些以前居住在这里的人。家里还是老样子,奥维德以前见过,老实说,她不知道什么会让朱丽叶感到开心或是受到冒犯。她似乎收集了一些老人在丢弃的锯片上制作的画,听上去很像海丝特从庭院旧货售卖现场买的玩意儿。朱丽叶比黛拉罗比亚大六七岁,有文化、懂时尚,还有更多黛拉罗比亚怀疑自己无从察觉的优势。单单是朱丽叶的脸

---

① 一种干白葡萄酒的商标名称。

就值得众人欣赏。她的嘴巴宽阔而富有表现力，有点肌肉，说话时嘴唇向外弯曲。她微笑时下巴上扬，像在合唱团唱歌的人。姗姗来迟的小熊来到饭桌前，刚淋浴完的头发还湿漉漉的，毫无心理准备的他见到朱丽叶就惊呆了。他眼睛一眨不眨地打量着她，时间长到有点失礼，这个表现绝对反常。今晚他倒没有换频道，一直观看朱丽叶频道。

黛拉罗比亚端着最后一个盘子坐下，示意大家开吃。他们发出赞叹的声音表示感激，她能看出来，他们是真的很开心。人们对一顿饭的热情是很难伪造的。她想起他对妻子厨艺的随口评论，她当时以为那是不忠的表现，现在才明白假如朱丽叶当时也在场，可能会表示同意并感到好笑。那是因为朱丽叶有更要紧的事要做。黛拉罗比亚突然想到了那些编织者们。

"你知道吗？山上正有人在做你说的事。制作蝴蝶。"

好心的朱丽叶没让她说下去，省去了她的尴尬。原来朱丽叶早就知道有关编织者们的所有信息，一直关注着她们的博客，也已经直接与她们沟通过。她想拍摄她们的作品，采访她们，但不得不等到没有课时才有空飞过来。

"朱丽叶的教学任务挺重，"奥维德说，"她可是系里的干活主力。"

"副教授而已，"朱丽叶温柔一笑说道，"可不是像这位一样的大人物。"

奥维德说："她马上就休假了。"

"的确，"她同意道，"结婚七年来我们将第一次一起过冬。"

"不知道她能不能容忍我。"奥维德说。朱丽叶咧开她好看而富有光泽的嘴，又笑了。显然她会容忍他。

朱丽叶知道一些丈夫不知道的关于帝王蝶的事实。黛拉罗比亚问她"比利国王"这个名字的来历，这个她也懂。她说，该名称始于殖民时代，当时来美国定居的新教教徒发现这种蝴蝶的颜色和奥兰治亲王威廉皇室的旗子一样，因为奥兰治最终成了英格兰国王，所以"帝王"这一名字就来自这位老国王。

"这个你从未跟我说起过。"奥维德对妻子说。

朱丽叶不紧不慢地眨了眨眼睛："你从没问过。"

"你看见我的策略了吧，黛拉罗比亚。我周围都是聪明女人。"

奥维德穿着宽松艳丽的衬衫，和朱丽叶的衬衫一样，前襟是刺绣而不是纽扣。黛拉罗比亚做梦也不会想到他还有这样的衬衫。就像他特意为幼儿园的小朋友打领带的那天一样，奥维德又像换了个人似的，她对他一无所知。他的父亲阿尔希德斯·拜伦也是年纪轻轻就去世了，朱丽叶从未见过他，但与奥维德的母亲拉奎达成了很好的朋友。拉奎达是个女强人，负责圣托马斯岛上的邮政事务。孩提时代的奥维德最惬意的消遣是泡在海水中，看海龟在海底吃海草。这些都是朱丽叶说的。从蜜月开始，他多次带她去浮潜。"看着它们时，你会不由自主地感到开心。小乌龟的嘴巴总是在微笑。"她慢慢地把脑袋从一边晃到另一边进行示范，好像嘴里嚼的是海草而不是土豆。

"看见你们的羊，我常常想起那些海龟，"奥维德坦言道，"我会很想念那些羊的，尤其是山上那些顽皮的棕色家伙们。"

黛拉罗比亚听后吃了一惊，她还以为奥维德从不在乎那些羊呢。"顺便说一句，我们现在吃的就是其中一只顽皮的棕羊，它叫雷吉。也许这么介绍它不太礼貌。"

"让我们为雷吉干杯。"朱丽叶说着，举起了塑料杯。普雷斯顿拿着杯子碰了碰，科迪也举起她那盒果汁。大家都饿了，一时间都安安静静吃起来，连科迪莉亚也不例外，这让黛拉罗比亚很不习惯。她不习惯地听着叉子碰到盘子发出悦耳的叮当声，细细品尝慢炖好的烤羊肉，享受着曾经在牧场吃草、沐浴阳光的雷吉。

"今年我们要给羔羊起名字。"普雷斯顿说,"因为是我们给它们接生的。"

"你会给它们起什么名字?"朱丽叶问道。

"妈妈说其中一只叫蒂娜·乌特纳。"

"哎呀,"黛拉罗比亚说,"在学校最好可别提这个啊,普雷斯顿。"

奥维德似乎很感激:"你觉得吃掉它好吗?"

"我们可能只给它剪羊毛。"黛拉罗比亚说。

"顺便说一句,那个帖子很棒,"朱丽叶说,"视频是你制作的吗?"

黛拉罗比亚很惊讶:"是我的朋友多维制作的。你听说过这个视频吗?"

"你在开玩笑吗?在他打电话告诉我之前我就看了。一位在加拿大的朋友给我转发了那个链接。我的奥维德成了大明星。"她伸出一只胳膊,像个小男孩一样搂住他的肩膀,他则像个大男孩一样咧嘴笑,"说实话,我觉得这是他多年来最好的演讲。自周四以来,这话我可能已经告诉他五十次了。"

黛拉罗比亚更吃惊了。

"他太沉默寡言了,不露锋芒,过分谦虚。"朱丽叶顽皮地拍了拍他的下巴,"现在气候科学界可能会给他颁发奖章。"

"紫心勋章①。"奥维德说。

"你可还完好无损呢。"他的妻子说。大家为蒂娜·乌特纳干杯。

黛拉罗比亚想知道奥维德是怎么向妻子描述第一晚坐在这张桌旁的情形的。她蹩脚的蠢话,她滔滔不绝的炫耀,以及桌子上方睾丸状的气球。考虑到后来发生在两人之间的一连串误会,那天晚上的狂热与尴尬现在看来似乎相当平淡了。她怎么会把朱丽叶当作闯入者呢,现在黛拉罗比亚觉得这个想法很怪。过去她是那么傻,现在的她很难对过去的自己感到一丝一毫的同情。虽然和以前的傻样有所不同,但她现在很可能还很傻。她心想:人往往就是这么傻。

气候话题让他们有些沉默。奥维德坦言,面对火灾和洪水的双重压力,帝王蝶生态系统正在分崩离析。现在他们还不知道这个冬天去哪儿度假,他的生活完全由生态系统支配。黛拉罗比亚看着小熊仔细清理干净盘子,避免跟大家目光接触,他倒不是想跟在场的人撇清关系,只是一直瞪着眼睛在听。如果整个晚上他说过什么话,她也不记得了。她觉得他不太可能对奥维德和朱丽叶有意见,小熊才不是那么有心计的人。他只是有些

---

① 美国军方的荣誉奖章,自 1932 年 2 月 22 日起开始颁发,一般颁发给对战事有贡献或于参战时负伤的军人。

闷闷不乐，今天一整天他都这样。他生气的样子是公然的暗示，就像孩子额头有了瘀伤，她会习惯性地对在杂货店偶然碰见的陌生人解释。然而她坐在这里有种强烈的疏离感，仿佛这个不开心的大个头丈夫与她无关。她想：我们现在就很蠢，这个情况常常不可避免地变得更糟。在喝了两盎司多的雷司令葡萄酒之后，她看透了尘世，意识到紧抓救生筏不放，欢快地高呼"我们被救上岸了"，相信我们已经摆脱了愚蠢，达到了当前的启蒙状态，这些事都毫无意义。最难的是放手，这一点她明白。从来都没有什么救生筏，你只是在一直不停地拼命游泳。

奥维德向朱丽叶解释一个理论，他称之为"领土分区"。黛拉罗比亚带着困惑听，最后才明白其实这是她自己的理论。他也把这个理论归结于她，尽管使用的术语很是陌生。他说，否认气候变化对一些人来说就像民间艺术一样，是在用自己的语言定义生存。但朱丽叶认为这不是土著文化，而是和货物崇拜[①]如出一辙：企业动机经由保守媒介从外部引进，但现在它已完全等同于地方文化象征，所以无须讨论了。

[①] 19 到 20 世纪中期在大洋洲与世隔绝的原住民社会兴起的一种宗教形式。当货物崇拜者看见外来的先进科技物品，便会将之当作神祇般崇拜。

"关键是,"朱丽叶说着,戴着木质手环的美丽手腕一弯,把手肘靠在桌子上,"你一旦谈论起身份问题,光靠说教可没用了。外人的屈尊俯就不会削弱这个问题的存在感,只会反向激发。"

丈夫和家里的油毡突然让黛拉罗比亚感到难为情起来。"上帝啊,"她淡淡地说,"挡泥板上的反叛旗帜,科学文盲,说的就是我们了。"

"我对这个理论感到困扰,黛拉罗比亚,"奥维德说,"但我不能说你错了。我读了很多关于这个主题的学术文章,但你的话更有道理。"

"嗯,是的,"朱丽叶说道,"重点就在这里,外人是不会明白的。"她看着黛拉罗比亚,头从一边轻轻歪到另一边,像是在向她发出只有女孩才懂的秘密信号,好像她们是一伙的。黛拉罗比亚感觉自己在抗拒接受这个邀请。朱丽叶去庭院旧货售卖会只是为了好玩。她见过珊瑚礁。据奥维德说,全世界范围内的珊瑚礁都在褪色白化,迅速死亡。普雷斯顿不会有机会看到它们了。黛拉罗比亚真想拿起拆轮胎棒朝什么砸过去,最好不是现在,也不是她亲自去。她起身去清理盘子。

科迪在晚餐大部分时间里都很乖,如果掀起衬衫摸肚脐眼玩也算乖的话,还有把煮熟的土豆放在小拳头中间使劲挤,看着白白的土豆泥从小手指中间喷出来。

"乖"是"安静"的委婉说法。但科迪莉亚的情绪变化很快,现在她突然烦躁起来,该去洗澡准备睡觉了。小熊夹着她的腋窝抱起她,勉强点了点头跟众人道别,便撤离了。与此同时普雷斯顿也提高了嗓门,黛拉罗比亚称之为"对科学的迷醉"。他没忘了请教拜伦博士"完美雌性"这个接连困扰了他好几周的问题。奥维德解释说,它们指零件齐全的雌性动物。

普雷斯顿双臂交叉放在桌子上,下巴枕在上面,审视着奥维德的诚意:"你的意思是有头和腿?"

"那些,还有更多,"奥维德说,"所有体内器官。所以它们不像工蜂或兵蚁那样需要帮手或辅助人员。一个完美雌性动物自己就能开启新的种群。"

普雷斯顿接受了这个答案,又来了新问题。"先稍等一小会儿。"说完他便冲出了房间。

"有没有说'抱歉,失陪了'!"黛拉罗比亚在后面提醒他。

"抱歉,我出去一下!"他从房子那头喊道,立时又跑了回来,穿袜子的脚一下子停住。他往桌上扑通放了一本黄皮书:《动物百科全书》,第15卷。"这本书上说帝王蝶冬天飞到佛罗里达州过冬。"

"佛罗里达州和墨西哥湾。"黛拉罗比亚证实了这一点。"帝王蝶"这一条目她给儿子读了很多遍,再次看到这个页面让她郁闷。上面的描述很不令人满意。

奥维德拿起这本书,找到出版日期,点点头,说:"这是一九五二年的版本,那时帝王蝶这个话题已经引起科学家们的关注。当时还没有人知道它们冬天去哪里过冬。"

"不对!"朱丽叶说,"米却肯的伐木工人知道。"

"米却肯山脉以外的地方,"奥维德纠正道,"没有人知道它们冬天去哪里。这个地方的人则不知道它们夏天飞往哪里。"

"没错,"朱丽叶表示同意,"他们还以为那些蝴蝶会死在那里。"

"有了我妻子的认可,我可以这么说:这本书出版时,人类对帝王蝶的迁徙还不完全了解。"

"他们是什么时候发现的?"普雷斯顿问道。

黛拉罗比亚很惊讶,这个问题的答案贯穿了奥维德的一生。一九七六年《国家地理》杂志公布他们的发现时,奥维德还是个孩子,年龄比普雷斯顿大不了多少。一位加拿大科学家一生都致力于破解这个谜团,他设计了标签贴在蝴蝶翅膀上,招募了很多志愿者帮助跟踪记录蝴蝶,有几次失去了它们的踪迹。最后在一个冬日,他爬上了米却肯的一座山,看到了一幅景象,那个景象对走路颤颤巍巍的老人来说,简直宛若梦中天堂。黛拉罗比亚一边听着这些,一边刮着烤盘,把剩菜塞进冰箱塑料盒里。奥维德依然能背诵文章中的段落:"密密麻麻的蝴蝶扇动着翅膀犹如地毯般铺在地面。"他说,他还清楚地记得他是在哪里读到的这篇文章,以及他当时的感受。她把碗碟放进水槽,然后坐下来。

"当时你在哪里?"

"在一个邮局外面,坐在木板条箱上。周六我经常去那儿。我母亲让我趁杂志没发到订阅者手中,先去读一读。看到那篇文章中的照片,我兴奋极了,一直跑到皇冠街,再跑到西区,然后沿着一条名叫福尔图娜[①]的沙子路来到海边。我肯定不知从哪儿捡了一根棍子,因为我记得我跳起来拍打路上经过的每一根树枝,后面留下四处飞舞的片片树叶。我不知道到海边该干什么,于是把棍子扔进了海里,然后跑了回来。那是我一生中最快乐的一天。"

黛拉罗比亚当然很想知道为什么。

"为什么,"他若有所思地重复了这个问题,"就像所有小男生一样,我以为世界上的一切都已经被发现了,都写在了我的书里面,都是些让我昏昏欲睡的冷冰冰的事实。就在那一天我才明白,世界上还有鲜活的生命。"

[①] 罗马神话中的命运女神。

朱丽叶走到桌子对面，往每人的杯子里又倒了些葡萄酒。奥维德用拇指敲击着这本发黄的书说："这些书每年都会被重写，普雷斯顿。必须有人干这个。"

"帝王蝶正在走出滞育期。"黛拉罗比亚没忘记宣布这个。

"我们看到它们交配了，"普雷斯顿说，"就在路上。"

"真的吗？"奥维德说，他的热情令人信服，但朱丽叶透露说其实他已经知道了，他们今天早上开车时他就注意到了。她声称他见到蝴蝶这样比见到妻子时还兴奋。

这些话从她嘴里说出来是那么自然，她对丈夫的怪癖充满热情。晚上的某个时刻，黛拉罗比亚已经不再对奥维德变成了一个全新的人感到惊讶，她知道他在妻子面前做回了自己。带着如释重负之感，她对婚姻有了新的认识。婚姻不是多年来她试图在偷食禁果中渴望得到的不稳定的冒险，也不是她一走了之——比如飞走，或跳上火车、靠别人的蒸汽机离开——就会轻易失去的东西。她不会失去婚姻，因为她从未真正拥有过。

先是大熊，然后是海丝特，接下来是小熊和黛拉罗比亚，他们四人依次坐在座位上，黛拉罗比亚突然想起来，根据他们十一年前购买的安葬计划，将来他们四个在墓地也会按此顺序安放。大熊能与妻子一起到教堂里面就座，而不是在兄弟会中吸烟，这挺不同寻常，可能是海丝特之前提的家庭谈判的结果。做完礼拜后，他们会到博比·奥格尔的办公室解决伐木合同的问题。黛拉罗比亚一想起这个日程，就觉得教堂四处都是暗示。合唱团唱道："哦，地球是一个花园，天起了凉风，耶和华神在园中行走。"也许只是个巧合。但也可能是直指大熊。

小熊坐着握住黛拉罗比亚的双手，不是像通常那样霸道地拿着，而是恳求般地把他的大手指与她的紧扣在一起。她感觉双手好像塞进了锻铁门里边，只能乖乖地忍着，这都是她自作自受。前一晚对小熊的冷淡似乎在今天早上窗帘拉开的一瞬间烟消云散。当时他正在刷牙，看见镜子中穿平角内裤的大块头男人脸上那双忧伤的眼睛，她不由得心头一紧，转过身背对着亮光。今天早上注定要像小熊宿醉时一样好好照顾他了。

"我主问我说，你喜欢我美丽的园子吗？"唱诗班成员们唱得很认真，他们可能存在的分歧都藏在歌词后面，"你可以住在这个花园，如果你把草保持绿色，我会在一天的凉爽中回归。"博比在布道中提醒大家不要忘了对生命的奇迹心怀感激。他问道，如果上帝存在于万物之中，我们怎么能将上帝与万物剥离？爱造物主，意味着爱他创造出的万物。"哪一部分爱，"他顿了顿，目光掠过观众，"是我们不理解的？圣经说群山皆归上帝所有，它提醒我们傲慢是一种罪恶。如果将上帝的创造视为纯粹的财富，为了利用它而将其搜刮干净，这怎么可能不是傲慢？"黛拉罗比亚听出这极有可能是针对大熊的首轮炮轰，尽管也可能是对信用卡债务的隐喻。生活要量入为出，这一直是博比牧师布道的一大主题。

她惊讶地看到自上周日以来博比留了胡须，或者说胡须轮廓：没有小胡子，只是脸四周长了一圈像篮子把手一样的黑边，让他的脸显得更圆了。似乎他今天争取的目标是千禧一代，只见他穿着牛仔裤、后摆很长的栗色衬衫和黑运动鞋，都是她给孩子们买的那种便宜货。他在昏暗的舞台上踱步时，白色的鞋底一闪一闪。

"如果我们愿意，他会跟我们讲。我们这些可怜的人。我们都知道短缺是什么感觉。我们是南方人。我们以为通心粉和奶酪是蔬菜。"昏暗的教堂里听众们都深表赞同，博比笑了笑。"还有我们是美国人。"众人再次同意，博比说话时双手常常握在一起，强调观点时把空气朝自己的方向舀，"我们渴望得到我们想要的，现在就想要。但这不是拆东墙补西墙的理由。"

好吧，原来说的是信用卡债务，黛拉罗比亚心想。但在最后结束布道的祷告中，博比请求主，让人们体验主的创造物带来的祝福,并与他人分享。"让我们铭记群山是主的家,万事万物中皆有主。大地和其中所充满的,都属耶和华。"这么说也许与两者都有关系。

之后,其他家人都前往博比的办公室,动作慢吞吞的,像动物在牛群中穿梭。黛拉罗比亚先绕到主日学校,确保孩子们在那儿有人照看。她躲开布伦达吓人的母亲,但被普雷斯顿截住,他想让她欣赏他与乍得(或许叫贾德)一起拼的乐高玩具,这个男孩她不认识,他比普雷斯顿大,不停地吸鼻涕,身上沾了很多奇多薯片残渣。他的手上、衣服上、摸过的每一块乐高上都有橙色薯片残渣,就像留下的指纹粉末一样。黛拉罗比亚提醒自己,记得在普雷斯顿吃东西前好好给他洗洗。之后她去了博比的办公室,家人都已在里面就座,她留意到,还是按照墓地计划的顺序。不知道该把那个婴儿安置在何处,虽然现在那个婴儿是唯一入土为安的人。她在门口站了一会儿,博比办公桌后面高大的窗户让她惊叹不已。透过它们往外看,能看到比她家更多的山景。

她悄悄坐到博比橡木书桌对面的空椅子上,惊讶地发现说话的人是小熊。"这里有井水,"他用手指头一条条列数,"还有泥石流。泥石流是事实,爸爸。我可以带你到美食大王饭店那边去看看,他们砍了树,然后下了这些雨,整座山都塌了。万一我们明年雨水还这么多怎么办?"

"不会的。"大熊说,听上去胸有成竹。

"嗯,他们说有可能。"小熊静静地说。

黛拉罗比亚明白她错过了重要内容。小熊举着四根手指,大熊很警觉,看上去气急败坏,好像肚子被人重重打了一拳。当然,他没想到儿子会有这一手。

"这就是他需要做的一切。"海丝特身体前倾,把一叠文件递到桌子对面,斩钉截铁地对博比说。可能是伐木合同,尽管其中一些来自海丝特的打印机。她总是等很长时间才更换新墨盒。黛拉罗比亚认出了上面怪怪的黑蓝色褪色墨迹。博比慢慢翻看着文件,仔细阅读每一页,大熊则时不时插上一句法律术语,诸如"永远不能违背"之类的话。大熊的黑西装外套在肩膀处呈现出水平折痕,白衬衫领子紧紧挤着脖子上的肉,看上去就像一条短链上拴的斗牛犬。

小熊端详着自己的指甲。海丝特不停地瞥着博比桌子上摆的相框照片,可能暗自希望自己一家也这么美满。那是一张陈旧的照片,温妮·奥格尔扎着马尾辫,照片上他们的双胞胎女儿还是蹒跚学步的娃娃。黛拉罗比亚最近见那两个女孩在幼儿园帮忙,已经快到青春期了,两人脸上都戴着很多金属物品,包括牙套,眼镜,环状耳环，都是亲切温柔、有责任心的孩子。黛拉罗比亚环顾了一下办公室四周。像博比一样，简简单单的，墙上只有一个十字架，架子上有一本大部头圣经，掉下来能砸断人骨头。她注意到，他的桌子上还放了一本不那么吓人的新美语圣经，夹在粗制的陶瓷书挡之间，书挡怪怪的，看上去像一对拳头，就像哪个超级英雄要从中挤出经文汁。这个书挡肯定是一个会众做的。事实上，她发现这也是博比的装饰风格：纸巾盒套着一个棕粉相间的钩针编织罩，手工雕刻的木质三博士[①]与他打开的台历并排，分别拿着纸夹、记号笔和黄色便利贴。黛拉罗比亚拿不准这是俗气还是精明。如果救世主出生在今天，是不是也会觉得便利贴无比好用呢？

博比终于将文件放在桌上，两手交叉握在一起。"合同中没有哪项条款损害了你的利益，"他直视大熊的眼睛说，"海丝特说得对，你退还了保证金，就没事了。她在电子表格上列出了解决方案，你可以用今冬的额外收入支付分期付款最后一笔大额款项，再去筹钱支付其余贷款。为了保证你的机器车间有活干，我也会考虑你儿子提的出售一些设备的建议。会有一些教友乐意给你找活干，承包商等等。"

---

① 典出圣经，耶稣出生后，东方三博士到伯利恒朝见。

黛拉罗比亚能看出大熊听了这些很生气,他可不希望教会会众跟自己的活有什么瓜葛。博比显然也看出了这点,于是巧妙地转换了话题:"你对财务方面的担心可以解决。我觉得这点很清楚。那块地对你们一家意义重大。"

博比在这个阻碍重重的谈判中表现出的机敏打动了她,但他听上去仍然像个拒绝放款的银行职员:虽然马上要给你重重打击,但态度还是十分仁慈。大熊坐在椅子前面,关节粗大的双手放在膝盖上,肘部往外,人基本上是蹲着的,如果不是往前扑,就是准备随时站起身来。现在博比·奥格尔的一切都让他恼火。他新蓄的胡子,他那银行经理一样的举止,以及他让海丝特着迷的魔法。

"嗯,先生,"大熊说,"那笔钱我可不打算还,只要那里有树能砍。恕我冒犯,博比,这是银行的钱,由我说了算。"

博比点点头,双手交叉放到脑后,身体往后一靠:"你的意思是说你要砍伐那座山上的树,因为那是你的,因为你能这么做。我的职责是要提醒你别犯傲慢的罪。"

小熊突然仰起头,好像下巴被人抓住了:"是真的,爸爸。人要是贪婪自大,会为此付出代价的。你已经见识过了。"

"你会为此付出健康的代价,心里也不会安稳的,"海丝特表示同意,"你听小熊说的井水的事了。你就是不遵守上帝为世人制定的律令,它们也会生效。"

"土地契约上也有我的名字,爸爸。还有我家的房屋。"

"那片土地被赋予我们是有原因的,"海丝特说,"我不想让它最后变成一堆垃圾。"

有那么一刻博比和黛拉罗比亚的目光相遇了,他们俩都是家庭事务仲裁的旁观者。显然他们一家人可以在自己家客厅进行这场争论,但博比可能都习惯了。证人在场会改变赌注。不只是牧师,还有周围环境,窗外群山,以及那本包含着高等律法、重达三十磅的巨型圣经。大熊身上穿的周日西服套装也扮演着不可小觑的角色。比起在家穿工装时的样子,他现在看上去更像一个小老头。黛拉罗比亚突然意识到,他死后也会穿着那套西装下葬吧。博比现在告诉他,力量不是来自在土地上制定自己的法则,力量来自别处。看上去理屈词穷的大熊回应说,博比就是一个"抱树者"。

博比好像被逗乐了:"那你是什么呢,伯利,暴揍大树的家伙?你对主创造的树有什么意见?"

从某种意义上说,黛拉罗比亚觉得这场会谈成了电视上的假摔跤比赛,没有什么明显的原因就突然宣布了胜利者。突然间大熊被打败了,面露喜色的博比带领一家人进行祷告。海丝特似乎对牧师充满了赞赏和钦佩，这是她在婆婆身上见过的最接近母性的东西。太糟糕了，眼前引人注目的人不是她的儿子，而是博比；太糟糕了，博比没有注意到。他的眼睛朝桌子上打开的日历偷瞥，上面方框里的日期旁用各种墨水写满了记录。也许他没有分心，是黛拉罗比亚误会了他。但是他们离开时他居高临下地拍了拍海丝特的肩膀，这个可不是她想象出来的。她知道博比尽了力。教堂会众都需要他，他的职责很大。

黛拉罗比亚去接了孩子，将他们带到空旷的停车场，她的旅行车和大熊的红色皮卡停放在那里，像两只家养的狗一样并排坐着。大熊一只手放在卡车车顶上，另一只手在空中用力挥舞着，他正在和儿子说话，在给他解释某个设备的规格。劈木机。小熊和父亲一直在卖木柴，都是今冬洪水冲倒的木材。现在大熊解释说，他认识的一个家伙要卖劈木机，因为有故障需要修理所以基本不要钱，那人就是那种宁愿扔掉物品也不想修理的傻瓜。东西这么便宜，大熊的声音像一只斗牛犬在咆哮，他的血压从脸上肉眼可见。黛拉罗比亚知道他们可能没明白他关于伐木的最后一个论点。她看着他们三个人：指责的父亲，懊悔的儿子，还有站在十英尺外、对孙子孙女不管不顾、正全神贯注地解开黄色手提袋带子的母亲。好像刚才发生在这家人中间的一切都未曾发生。这些人都是怎么了?

不知道为什么,父子俩决定现在就去看劈木机,有可能会当场买下装到车上。那个地方和去克利里同一个方向,与他们农场的方向正相反。他们先把妻子送回家再返回是没有意义的。

"我会带上海丝特,"黛拉罗比亚告诉小熊,"你和爸爸一起去吧。"

"你觉得呢?"小熊问道,"他看上去还是气呼呼的。"

"穿件防弹衣。"她建议道。当着大熊的面这样说话是她最近才有的习惯。多年使用电动工具,加上对保护耳朵不屑一顾,老人的听力严重受损。

"为什么不带上普雷斯顿呢?"小熊问道,"反正有大人陪同。"

"当然,去吧,普雷斯顿。男人干的活!"她催促道,因为还有他人在场,她假装儿子就是那样的孩子,"你不想跟爸爸和爷爷一起去看劈木机吗?"

普雷斯顿表现得好像妈妈建议他去观看当众绞刑一样,慢慢走向那辆载着男人事务的卡车,使劲拖拉着脚,往人行道上蹭脚趾尖。

"你会没事的。"黛拉罗比亚告诉他说。他的妹妹扭动着身体反抗,不愿被放在汽车座椅上。海丝特也不情愿地坐到副驾驶座位上,似乎还不乐意系安全带,好像这个与其他的不一样。如果跟婴儿和婆婆斗是女人的事,其他人可以来换班,黛拉罗比亚想着,猛打方向盘叹了口气,将旅行车开到 7 号高速公路上。"今天的事挺了不起的,"她对海丝特说,"这次会谈。你肯定为小熊骄傲吧。我知道我挺骄傲的。"

不出黛拉罗比亚所料,科迪几乎立刻在汽车座椅上睡着了。刚刚闹情绪也是她的惯常做法,宁静之前的暴风雨。海丝特眯着眼,看上去迷迷糊糊的,好像也中了睡魔的法力。

"我猜你现在手头也有工作干了,"黛拉罗比亚开口说道,"照看山上的事,把它变成一项事业。"

海丝特仍然神秘莫测,但她就是这样的人,不惜一切代价掩饰开心的样子。黛拉罗比亚想起有件事要跟她理论一番,最好趁现在科迪睡觉说一说。问题比较敏感。"小熊说之前你见我上了电视新闻。"她说。

"之前每个人和他的狗都在新闻上看到了你。"海丝特回答道。

"也是。嗯,他说你在上面看到我想自杀。"

现在海丝特看上去很清醒了。

"别担心,"黛拉罗比亚急忙说,"我只想告诉你,这根本不是真的。毫无疑问,过去几个月我的确经历了很多，但那个没有发生。他们在电视上的话不能全信。"

"是你自己说的，"海丝特说，"你说什么，人家就播放什么。"

"我知道。是采访记者下了套，他们在片子上做了手脚，我猜是剪辑过了，好吗？我只想告诉你这个。"

海丝特流露出满腹狐疑的神情，但什么也没说。

"这么说你还不信？难道我不是内行吗？"黛拉罗比亚开始提高嗓门，但从后视镜看了一眼科迪，还是忍住了，"难道我想不想自杀，"她小声问，"自己还没数吗？"

"也许你没有。"海丝特说。这句话激怒了黛拉罗比亚。这个女人怎么就是不相信她呢。片刻沉默之后，海丝特补充道："我说的不只是过去几个月。"

"你到底是什么意思？"

她们默默开车经过费瑟镇外围住宅区，那里的水泥小鸟戏水盆被倒空反扣在台子上。孤零零的狗躺在前面的小院子里盯着拴着它们的锁链。为了让婆婆有所反应，黛拉罗比亚真想猛打方向盘把车往树上撞。"都十年了，你还不把我当一家人看，"她终于说，"我是说，你怎么才会相信我会留下来？"

"信不信不关我的事。"

"小熊和我不是天作之合，这个我承认。但大家不都凑合着过吗。"

"我能不知道吗。"

黛拉罗比亚轻声笑了:"你和大熊?你们俩也有很多遗憾吗?"

海丝特奇怪地眯起了眼睛:"你什么也不知道。"

"好吧,我是不知道,"黛拉罗比亚说,她变乖了,"你告诉我一些事,我就知道了。"

海丝特没有满足她的请求。她们正在主街停下,等着长达一英里的浸信会教徒队伍从教堂出来,穿过人行横道。这些得救的灵魂都要去哪儿啊?附近肯定有个备用停车场。

"嗯,我只知道这些。你和大熊结婚的理由跟我们不一样。你们前一阵子刚庆祝结婚三十周年,而小熊还不到三十岁,这么说你们肯定不是怀上他之后结的婚。"黛拉罗比亚只知道他们俩的结婚周年纪念日,因为教堂公告登出了他们的全部庆祝活动。

"我们是的,"海丝特说,"和你们俩一样。在普雷斯顿之前。"

"是的,但是——"浸信会教徒没有那么多了,她偷偷瞥了一眼海丝特的脸,"什么,你是说你们也没了一个?在小熊之前?"

她们终于驶过人行横道,但接着又不得不在费瑟镇唯一一个红绿灯前停下。离奶品王子很近了,这时海丝特回答道:"不是没了一个,是送走了。"

"哇,你把一个孩子送给别人收养了?到底是为什么?"

"我自有理由。"

"好吧,天哪,海丝特,我可以问是什么理由吗?"

"大熊参军不在。"

"那的确挺不容易。但是,大熊会回来啊。"她试图想象年轻的海丝特被留下一个人生活,等待丈夫回来的情景。黛拉罗比亚想了想日期,可是对不上:"大熊去越南时,你们还没有结婚。"

他们开车经过那栋挺出名的房子,这栋房子一年到头都保留着精心制作的圣诞灯。极为便利的是,房子隔壁就是志愿消防部门。

"他去参军时,我还拿不定主意要不要跟他结婚。我的家人都说我最好继续下去。他有农场和房子,你知道的。条件不错。我只是没有……"

黛拉罗比亚接了话:"只是没有爱上他。"她点头说了每一个字,对海丝特的全部同情心在这句话中得到了延伸。

"好吧,"海丝特说,"我不知道我爱不爱他。我们几乎没怎么说过话,他那么冷淡。我不知道以后会不会爱上他。"

黛拉罗比亚笑了笑:"貌似你们俩不仅仅是说了话。他走的时候你都怀孕了吧。"

"没有。"

"没有,你没有怀孕吗?"

"没有,我们没在一起过。"

"那你怎么怀的孕呢?"

在接下来一英里左右的路程中,两人都沉默了,黛拉罗比亚又细细掂量了这句话,接着希望收回自己最后说的话。"对不起,"她说,"你是说你怀孕了,但孩子不是大熊的。"

又走了一英里,黛拉罗比亚对驾驶这辆载着女人事务的车感到怪怪的,仿佛这条路可能会突然将她们带进另外一条路。也许她该去看劈木机。她不确定自己是否想听到海丝特狂野的一面,海丝特的另一种生活。年轻时的海丝特肯定是个活泼外向的姑娘,有才气,懂时尚,心灵手巧,活力四射。大熊一定是被她迷住了。一个来自山后一栋破旧的活动房屋里的眼睛明亮的女孩。一个有房子和农场的男人。黛拉罗比亚还没准备好,她这时才意识到,海丝特想合法得到她的同情,这可真是出乎意料。从基本情况上看,别人会认为她和海丝特的生活如出一辙。

"你有没有去查孩子被谁收养了?"她静静地问,"那个孩子是男孩还是女孩?"

"男孩。"

"大熊知道吗?"

"事情已经发生了。他说,如果以后对此只字不提,我们就结婚。就是这样。我猜收养孩子的人从来不知道我是谁。就算他们知道,也会把这事带到坟墓里去。"

"这么多年。天哪。他现在已经有,嗯,三十多岁了?"

"诺克斯维尔有一个未婚女孩之家。"

"你去那里了?"

"我该去那里。妈妈说我该远走高飞,但是我很固执,投奔了家在亨肖的表姐玛丽,把孩子交给了那儿的一些教会人士。那时我是为自己考虑,想离朋友和妈妈近点。"

"还有一个人,无论他是谁。孩子父亲。"

"他早就没了。死了。"

"我很遗憾。所以你在亨肖把孩子送人了。"

"看,我真是没脑子。我应该把他送到城市去。在附近的话,你永远不知道什么时候又会遇见。"

"可不是吗,我就在二手商店架子上见过我妈二十年前做的衣服。你知道吗?我总是感到很自豪,她的衣服做得真好。"她瞥了一眼海丝特,停止了唠叨。这个女人一副痛苦的模样。

"海丝特,你没事吧?"过了一会儿她问,"你见过他吗?我的意思是说,他就住在附近吗?他知道你是谁吗?"

她谨慎地摇了摇头:"不知道,大熊也不知道。他们谁也不能知道。而我在这个广阔的世界上也不能做什么,事情就是这样,你只能被迫接受它们。"

黛拉罗比亚又瞥了一眼后视镜。科迪还在睡觉。打了个十英里的盹,然后就有了这些倾诉。汽车转过弯,海丝特家的邮箱进入视野中,黛拉罗比亚松了一大口气。终于到家了。故事结束了。

"一个人当然可以考虑放弃生命,"海丝特说,"我替你担心,否则我不会告诉你这些。自己做的选择,只能自己承受。哪怕老了也无济于事,黛拉罗比亚。你可能会忘记在十分钟前有没有服用降压药,但是三十年前的遗憾永远忘不了。都在记忆里清楚着呢。"

"海丝特,我甚至都不知道你告诉了我什么。有好多我需要消化的内容。你还有个儿子。你尽了力。我相信他在某个地方过得很好。"

她把车开进车道,绕过邮箱和那个丑陋的天鹅形状花盆,那是过去不友好的纪念。黛拉罗比亚心想,这就是让我们紧密相连的纽带,伴我们到达甜蜜的彼岸。但还有院子里等着的罗伊和查理,被严冬冻坏的花坛,楼上窗户没挂窗帘的房子,还有那么多活要干,还有分歧等待解决。对海丝特来说,不是太糟糕的选择。她突然明白过来,一下踩了刹车。

"哦,天哪,海丝特。是博比。"

第十四章 ╲ 完美雌性

不知何时温度大幅下降,雨水变成了结晶状,于黑暗中无声飘落下来。第二天早晨,黛拉罗比亚从前门放罗伊出去时,吃了一惊。下雪了。罗伊在厚厚的雪中间跳跃着,把鼻子伸到雪堆里嗅探着,在院子里留下一串串醒目的黄色痕迹。狗狗版便利贴。

库克家前院的雪松盖上了一层白雪,冬青树上也结了一层冰,像是圣诞纪念盘。地界线上的大枫树不那么迷人了,因为它以稳定的间隔时间将树枝掉到车道上,碰撞,碰撞,就像一个愤怒的醉汉。不用说,学校也停课了。大约八点时多维打电话过来,说她还没到现金俱乐部上班,没走到一半就不得不调头返回了。她绘声绘色地讲述汽车在 7 号高速公路上打滑的样子,听上去像慢动作的汽车芭蕾舞。

"这真是怪事了!"多维说,"有谁听说过这样的冬天?"

"没人。"黛拉罗比亚回答道。

她无法远离前窗。一切看上去都变了,洁净如新,崭新的开始。在白色屋顶和白色田野的覆盖下,附近的房屋和谷仓也不再显得破烂不堪。邮箱像是戴上了一顶白色假发。整个屋顶的轮廓线都结上了冰柱,末端的巨大的冰柱足有三英尺长,像电影中反派的剑一样微微向外弯曲,晃来晃去,很不幸,它的下面就是排水沟。达摩克利斯[①]的冰柱。"不许从那下面走。"她警告普雷斯顿。

坐在沙发上的普雷斯顿回头看了一眼,好像在说:不可能。他和科迪穿着睡衣依偎在毯子下面看动画片。一整个冬天他们都在等下雪。下雪天不可浪费。

黛拉罗比亚走到厨房窗户旁为孩子们制作热巧克力,朝另一个方向向外看去。尽管这场雪给生物带来不可知的凶险,但它的美丽让她感动。下了雪,即便是堆满泥巴和羊粪的田野也可以被改写成一张白纸。她欣赏着牧场的景色,周围一圈灌木篱墙都成了白的,大树的树干看似与地面完全切断,因而不像在雪下扎根,更像大象的脚站在雪地上。远处的山脉呈现出模糊的灰白

---

① 公元前4世纪意大利叙拉古的僭主狄奥尼修斯二世的朝臣。此处应指达摩克利斯之剑,象征时刻存在的危险。

色,像是玩了一段时间的毛绒玩具。整个上午她都在纳闷,有没有蝴蝶能在这种环境下生存下来。现在她还想知道奥维德有没有去山上查看。与以前不同,现在再想到他,她会夹杂一种不再复杂的伤感。她已经接受了奥维德和朱丽叶,并不是说她有什么选择,只因为人家是合法夫妻。黛拉罗比亚隐藏起自己脆弱不堪的一面,如被冰雪覆盖的谷仓。事情还潜伏着一些缺陷,但现在她似乎明确了自己的方向。她已经制订好了计划。

她站在那里看着那些绵羊,雪白耀眼的大地似乎并未让它们吃惊,也许它们仍保留着对冰岛祖先的记忆。小熊早上来谷仓喂它们吃过干草,现在它们在雪地上游荡,咀嚼反刍。它们尖尖的蹄子踩在冻结成壳的雪面上,怀孕的母羊拖着大肚子踉踉跄跄,在雪地上留下最为奇怪的印记,就像拖着一个打上眼的沙袋留下的痕迹。羊毛的颜色十分显眼,尤其是黑羊和摩立特羊。在白雪的映衬下,即使白绵羊的毛色看上去也变得发黄,就像现实生活中而不是电视广告上的牙齿颜色。她留意到,虽然看不见它们的腿,但大多数羊都站着,不过也有一些羊迎着新一天耀眼的亮光,跪在小小的雪窝里安静地休息。在山上最高处,一只煤黑色的母羊躺在那里,鼻子朝上,模样很奇怪,其颜色、姿势和伸在空中的鼻子,活像一只表演顶球的海豹。

"小熊!"黛拉罗比亚喊道,"你过来一下。"

小熊穿着袜子不紧不慢地进来。刚才他在和孩子们看动画片。"什么事?"

"快看篱笆附近的那只母羊。一直拱起脖子,那只黑色的。看见了吗?"

过了一会儿,小熊看见了。

"我觉得它要临产了。"

"现在还为时过早。"小熊说。

"我知道,但是它表现很怪。"他们看着母羊挣扎着站起身来,抖落羊毛上的雪,肌肉剧烈抖动,即使从远处看也令人印象深刻。那只羊像一只准备躺下的狗一样,转了好几圈后才躺倒在地。它的鼻子又一次像马戏团里的海豹似的以弧形扫了一圈,像是牲畜的运动视频中那样,怎么看都很反常。

"太早了,"小熊又说了一遍,"而且那儿太冷了。"

黛拉罗比亚用嘴唇吐出一口气:"我不是问你在那儿是否方便。"她关上牛奶锅下面的炉灶,刚才没注意到牛奶都煮开了。"给孩子们弄杯热巧克力,让他们吃早餐。我过去看看。"

她匆忙穿上几层保暖衣,披上雨衣,系好靴子。只见小熊将她的话当成了耳旁风,披着毯子回去了,只露出脸,和孩子们一样去看动画片《花园小子》。黛拉罗比亚踮着脚走出后门,再次被这个打扮一新的世界惊呆了。外面异常安静,仿佛声音已被覆盖和熄灭。她想大概是因为雪有吸音的特性吧。靴子底下发出嘎吱嘎吱的声响。多次滑倒跪地之后,她发现直线上山是不可能的,于是一路斜着上去。她将脚放在与坡度垂直的位置,转了弯沿着牧场上去。

黛拉罗比亚到了山顶,黑母羊还在原地躺着。从雪地上留下的泥坑判断,无论它在干什么,都有一段时间了。只见它目光呆滞,面带厌倦,盯着前方,并未因黛拉罗比亚的突然到来而慌乱。

"你是怎么了,小姐?"

这位黑衣女士把鼻子转过去,用浅琥珀色的水平瞳孔端详着黛拉罗比亚。它的呼吸以快速可见的方式使空气变得混浊。

"你在这儿让我很担心,你知道吗?"

两三分钟后,黛拉罗比亚觉得很滑稽。母羊低声打了个饱嗝显示成效,开始以绵羊最正常不过的方式咀嚼它的第二次早餐。黛拉罗比亚往山下退了十步,接着又退了十步,以防母羊蒙骗她。她应该给海丝特打电话咨询一下。站着不动时,黛拉罗比亚冻得牙齿打战,浑身打哆嗦。"你怎么不去谷仓干这个呢?"她问道。

羊毫无反应。它甚至停止了咀嚼。黛拉罗比亚往山上扫视一番，看了看那片成群的森林，堆积着的树枝犹如小丘，小细枝犹如玻璃吸管，亮闪闪的，裹了一层冰。这不是适宜昆虫居住的国家。这天的悲痛一浪高过一浪，像阵阵干呕，让她最初的好心情了无影踪。这甚至不能被称为一场反常的风暴，这个新世界的天气变得如此反常，可能没有了反常的风暴这一说。三天前气温已达 50 华氏度，带着泥土气息的春日又成了清晰的回忆。她曾那么确定今年漫长的冬天终于结束了，它们挺过来了。随着蝴蝶滞育期结束，甚至连奥维德也这么认为。现在，她站在高高的雪地上，看到从奥维德的活动房屋到大门处有一串脚印。这么说他已经去了那里，也许他们夫妻俩都过去了。他的妻子在悲痛中支持他。高速公路现在成了幽暗的车道，积雪压弯的树枝悬在上空，使公路变窄了，犹如一条隧道。

黛拉罗比亚还留意到在山坡上可以隐约看见一些不同动物留下的纵横交错的足迹：鹿，兔子。想来奇怪，对于这些小动物们的活动踪迹，人们知之甚少。母羊又抬起鼻子，大声发出奇怪的咕噜声，再次吸引了她的注意。这只母羊个头很小，也许是头次生产。它可能对此毫无头绪，因为感觉肚子和膀胱被卡车压住，便陷入了恐慌。黛拉罗比亚记得这种感觉。母羊站了起来，哆哆嗦嗦向前走了几步，接着从她臀部掉下了什么东西。一摊黑乎乎的液体真的倒了出来。是液体或者血。黛拉罗比亚感到胸口的血管都堵住了,她急匆匆回到山顶,拼命回想她和普雷斯顿最近在兽医书中略过的那些词:羊膜囊,胎盘。一只小羊羔出现了,她双膝跪在雪地中,大喊了出来。真怪,黑乎乎的,平躺在雪地上,在半透明的囊内一动不动:是一头小绵羊。母羊离开它,到雪地里嗅着找草吃去了。

黛拉罗比亚一边大喊小熊,一边跑下山坡直奔后门。神奇的是,小熊从门口出来了。在距房子五十英尺或者更远的地方,气喘吁吁的她一屁股坐下。"快上来!"她尖叫道,"去谷仓把那个桶提过来,里面有应急物品。不,带毛巾和热水,把炉子上的热牛奶拿来。"

"发生什么事了?"他问道。

"该死的,小熊,别问了,赶快去。"她爬起来,沿着下来时滑溜溜的路往上走,这可是一条滑雪橇的完美路线。她连滚带爬回到小羊羔那里,咒骂那只母羊,只见它现在离羊羔远远的,正在静静地咀嚼,好像一切与它毫无关系。黛拉罗比亚迅速摘下手套,摸了摸黑乎乎的小东西。她吃惊地发现它身上还很温热,带着一分钟前滑出来的体温。她解下羊毛围巾,撕开羊羔身上乳白色的胎膜,接着清理它的眼睛和鼻孔,但它没有呼吸。她把它举起来,它晃着双腿,像一块抹布一样绵软无力。黛拉罗比亚紧紧闭上眼睛,这样泪水就不会冻在眼睛里。它看起来像一个玩具,长着大大的尤达①一样的耳朵,形状完美的腿,柔软的蹄子,浑身长着一层亮亮的黑卷毛。

没想到小熊动作会如此迅速。他呼哧呼哧喘着粗气来了,肩上搭着厨房毛巾,手提盛牛奶的里维尔锅,侧着身子匆忙上山。他能保持直立真是奇迹。在他还剩最后几步的时候,她跑上前去,接过他手中的锅和毛巾。牛奶还很温热。还有哪个男人能不问任何问题,完全听从她的吩咐?一股爱、失落,以及过去不曾有的对这种纽带的怀念淹没了她,她在温牛奶中蘸了蘸毛巾,看着小熊端详羊羔。看着他的脸像汽车储物箱一样张开,里面塞满了无助和悲伤。她可能会再次失去勇气。她总是那样。

"我不知道,小熊,我不知道。"她不停地重复这句话。海丝特之前预言她干不了这个。她揉了揉长着一圈圈小卷毛的小羊身体,用力擦洗,就像给洗完澡后的孩子搓洗一样,先用浸湿的毛巾,再用自己的呼吸让这具没有生命迹象的身体暖和起来。她往它湿漉漉的小鼻子里吹气,然后摁它的小肚子,摸摸有没有生命迹象,但

---

① 电影《星球大战》系列中的人物。

什么也没有感觉到。什么也没有。它的小脑袋耷拉着，没有一丝抵抗，身体已经开始发凉。

"不许你在我面前死，该死的！"它浑身太滑了，她用一条干毛巾缠在它后腿上抓住它，蹒跚着站起来。"好了，"她对小熊说，"好了，当心，再退一步。"她在雪地里用靴子踩出了一个小小的竞技场，开始转圈，绕着圆圈转动羊羔，尽可能获得牵引力。第三圈时它像坐在旋转木马上的女孩的马尾辫一样被抛出，她感觉像要飞起来了。它的重量很轻，她不停地转动时，并没有意识到自己发出一连串的咒骂：呼吸啊，该死的，该死的，该死的，来吧，快呼吸！

她一下子摔倒在地，感到世界在它的轴线上摇晃。身后森林的树枝摇摇欲坠，看上去漆黑一片，长满了青苔。他们身后不知何时升起的太阳透过晶莹的树枝发着光，树枝啪啪作响。

"黛拉罗比亚，到底怎么了？"小熊终于问道。或者说她终于明白了他在问什么。他跪在她旁边，她坐了起来。

"这儿，把它贴在你皮肤上，给它暖暖身子。"

小熊拉开夹克拉链，把羊羔放到他的运动衫下面，它那黏糊糊冷冰冰的身体只让他的脸稍微抽搐了一下。他一直把它放在那里。

"哦,天哪,小熊,孩子们呢?"

"他们没事。炉子关了。他们在看电视。"

"你告诉他们别从沙发上下来吗?科迪在吃什么东西吗?"

"他们没事。"他又说了一遍。

黛拉罗比亚向后倒在了雪地上。就像一个雪天使,等待疯狂的世界给她一个全面着陆的许可。她马上又坐了起来。

"让我看看。"她说。他把软绵绵的羊羔从衣服底下抽出来,她接过来,紧贴着脸细细端详。"小熊,它的心脏在跳,我向上帝发誓。"她在它湿乎乎的小肚子上感到一股微弱的跳动迅速拍打着她冰凉的手。没有肌肉张力,眼皮也没有睁开,还是毫无生命迹象,但是它的脉搏在跳动。她把食指伸到它喉咙里,掏出黏稠的痰液,它把羊羔小小的咽喉堵了个结实。她感觉到它的舌头质地如砂纸一般。它轻轻吮吸着她的手指。黛拉罗比亚大叫一声,像是痛哭,也像大笑。她把羊羔后腿包在毛巾里,起身再次晃动它。

这次他们俩都喊出了声,小熊求她停下来,但她没有这样做。她是个母亲,抱过婴儿柔弱无力的脖子,细心呵护过婴儿柔软的囟门,这样扔来扔去让她感觉是种谋杀。黛拉罗比亚觉得自己很鲁莽,但还是一圈圈不停地转着摇动小羊羔,直到双脚站立不稳。她气喘吁吁地躺在地上。小熊看上去既愤怒又焦虑,差不多认定她是疯了。

"快去给海丝特打电话,"她说,"问问她,一只羊羔出生时没有呼吸怎么办。"

"天哪,黛拉罗比亚。你在干什么?"

"我不知道我在干什么。快去!"她尖叫道。

小熊一溜烟跑走了。黛拉罗比亚又开始按摩小羊羔,同时注意到这是只小母羊,接着她把它放进衬衣下面,又仰面躺下,直到她不那么晕头转向了。她很可能把它害死了。她坐起来,双手抱着它仔细观察。它轻轻地动了一下,动了,小小的脑袋微微抬起,歪着大大的耳朵。她听了听它的肚子,隐约听到有呼吸声,不是像得了喉头炎那样气喘,而是像得了鼻伤风时一样不通气。她对着鼻孔吹气,一次又一次摁它的肚子,觉得它随时都会开始畅快地呼吸。她揉搓、按摩、给它保暖,直到小熊回来,扑通瘫倒在她身边。

"妈妈说,如果生下来时没有生命迹象,那它就是死了。"

"你跑回来就是为了告诉我这个吗?"

"她就是这么说的。她说把它放在稻草上,让它和羊妈妈一起待在谷仓。让死去的羊羔和母羊待上一段时间，在某种程度上对它们都有帮助。"

黛拉罗比亚怒目圆睁："对谁有帮助？"

"不知道。我很抱歉。"小熊又变成熟悉的样子，一副婚后男人懊恼与无能的模样。他能从任何事情中构造出失败并活在其中，但这一次黛拉罗比亚不想追随他。她要径直向前。她发现自己无法放弃努力。过去她接受了死亡，但如今的故事不同：她即将带来新生命。不是告别，而是大声尖叫着迎接新生命，拜托了。她抚摸着羊羔被黑色卷毛覆盖的皮肤，直到自己的手指关节发红。她停了下来，这时羊羔努力抬起头来，睁开眼睛往外看。生命到来了。黛拉罗比亚哭了，她号啕大哭起来。

"我们该怎么办？"小熊不停地问。

让它暖和起来，给它喂奶，让羊妈妈接受它。她让小熊去取粮食来引羊妈妈到谷仓，她会到室内继续给羊羔取暖。他们现在就去给那头愚蠢的母羊挤奶，因为初乳至关重要，初生羊羔的肠道只在最初几个小时吸收来自母羊的抗体。他们家里还有个奶瓶。但是黛拉罗比亚没有马上跳起来行动，而是像拳头一样紧紧抱着羊羔，小熊用双臂紧紧搂着她，让她几乎无法呼吸。他那宽大的胸膛里发出阵阵呜咽，像受惊的动物，把两人都震得生疼。她也哭了，似乎无缘无故。一切都不是永恒的，方形的白色房屋，这个家，一切都是。从长远来看，眼前这个小小的生命毫无意义：它终究逃不掉被吃的命运。

"这不全是白费力气。"她抓着他一遍一遍地说。有些事情他们做对了，她很确定这一点。他们有了两个孩子。他们为其他一切痛哭，一起悲恸，感觉这种悲恸永无止境。为那些年复一年不存在的东西，为那些没有实现的逃离的幻想。未曾真正发生什么，只是双脚自愿离开。她感到眼泪在脸上冻住了。

"你是怎么懂这个的？"他不停地问她。她告诉他，她也不知道自己是怎么懂的。阅读，整理，或者只是猜测，如果别无选择的话。她和普雷斯顿读到过转圈甩动一只新生羊羔的文字，但她做梦都没有想到自己会这么做。如果不是亲自去做一件事的话，看上去都难以实现。

为了能直视丈夫的眼睛，她把身子挪开，说："这会把我们吓死，你和我。但我们还是必须这么做。"

"也许吧。"他说。

"不是也许，小熊。是真的。"

他们在地上站稳了，小心翼翼地沿滑溜溜的斜坡下山去完成各自的任务。黛拉罗比亚把羊羔抱在大衣里，顺着篱笆走，以便能抓住什么东西。她想起了有几次她和小熊绕着这道篱笆，拔下忍冬花和荆棘修补篱笆的情景。但显然此处的杂草还在，它们穿过铁丝网、柱子和枯树围着整个牧场。杂草被冰包裹着的透明茎秆看上去比篱笆还坚固,这可怕、冰冷的美揭示了植物秘密生长的季节。

站在炉子旁做煎饼时,她感到普雷斯顿悄悄把手放进她手中。她已经决定今天在他乘校车前就告诉他,而不是等到明天他生日。她以为他还躺在床上,所以他冰凉的手吓了她一跳,那双严肃地望着她的眼睛令她的心怦怦直跳。"怎么了,宝贝?"

他拽她的手。她关掉炉灶,跟着他来到他的卧室。科迪在婴儿床上睡得正香。她跟着普雷斯顿跪在他还没整理的床上,眼睛朝窗外望去,看见了他看到的景象:一支萌芽的移民队伍,在邻居家枯死的桃园里。

尽管没什么期待,但她知道那是什么。奥维德之前叮嘱过她要特别留意这种情况,尽管不太可能发生,但谁能想到会是看着那儿呢,看着这些小树苗,此刻它们的枝干上铺了厚厚一层鲜艳的橙色,树梢像查理·布朗[①]的圣诞树一样耷拉下来。"哦,我的天哪,普雷斯顿。"她用膝盖弹跳起来,张大嘴看着他,接着跳下床,"看,有这么多。去穿上靴子和外套。我们出去看。"

复活和生命,往普雷斯顿身上套厚厚的羊毛外套

---

① 美国漫画家查尔斯·舒尔茨(Charles Schulz,1922—2000)创作的漫画人物,为《花生漫画》作品系列的主角。

时，她一遍一遍地想着这两个词。两人穿过院子，脚下发出嘎吱嘎吱的声响。那些小树又复活了，被死去孩子的灵魂所包围。穿过田野并不容易。他们费力踏步穿过正在融化塌陷的厚厚的积雪，普雷斯顿不得不紧紧抓住她的手。有时他们一脚踏在黑暗潮湿的地面上，脚印底部留下一个个小水坑。雪融化时很难看清地面，但是厚厚的积雪还在，刺眼的白色又一次把他们晃得眼花缭乱，即使现在已是黎明时分。

更令人眼花缭乱的是帝王蝶。在这片空旷的地方，没有了森林的遮蔽，它们的伪装被完全掀开，似乎这个世界与另一个世界接触，被染成了橙色。她猜不出这群蝴蝶的数目，也许有几千只。她仍然不擅长估测。不到一百万，这个她知道，如果幸存的蝴蝶只剩这些，那还不够。想渡过难关，需要更大的基因库。她看到死亡的阴影仍挥之不去：黑黑的蝴蝶尸体像撒在土豆泥上的胡椒一样，散落在雪地上。也许那些是已经交配结束的雄性蝴蝶，它们的 DNA 得以传承。奥维德曾给她看过一些墨西哥蝴蝶种群的图片，那里的蝴蝶三月从栖息地飞下来，聚集在山谷中，在那里飞舞，遍布屋顶、树篱和满是干玉米秆的田野。从理论上说，这意味着它们已经准备好出发。不管怎样，在已知的世界是这个意思。

普雷斯顿把幼儿园外出活动时的坐垫带来了，这样就可以坐在枯死的桃园里的雪地上看蝴蝶。黛拉罗比亚带了一件雨衣坐在上面。他们在靠山顶的一棵小树底下选了一处地方,这样他们既可以抬头看蝴蝶,也能低头看蝴蝶。她从未允许自己想象过这一点。周二的暴风雪过后,奥维德告诉她,蝴蝶还在山上的树上,有几百万只蝴蝶被冻在树枝上的积雪下面。随着积雪融化,它们也许会像死皮一样脱落下来。在过去的两天里,他把实验室收拾得干干净净,好像家里有人去世,要关门闭户一样。决定该把什么留下,把什么送人。他说,考虑到积雪下面蝴蝶的死亡率,它们根本不可能存活下来。他认为,一个物种要生存下来,至少需要一百万个个体以及一系列的变异、错误和适应。那么挪亚方舟上成对成对的动物呢?她问道。他回答说,由于近亲繁殖,在离开那艘船后,它们可能会历经畸形的几代终至灭绝。他的痛苦可以理解。他们把他的实验室拆得七零八落时,黛拉罗比亚望着眼前这个曾经充满奇迹的人变成了虚空,对自己的未来感到一阵绝望。在如此短的时间内,他让她摆脱了一生的幻想,对此她心怀留恋。挪亚方舟和美好的未来。她发现自己仍然在支持为数不多的这一代蝴蝶,它们从岌岌可危的山上飞了下来,在枯萎的果园里休整。

它们太美丽了,真的。你不由得替它们感到欣慰。

她和普雷斯顿一起抬头凝视着细长的蝴蝶树。它们的翅膀大多静止不动,但有几对翅膀随着太阳升起慢慢张开。一周前她还发现太阳在七点升起,而今天的太阳早就出来了。黛拉罗比亚感到心头一紧,一切发生得太快了。就是今天了。每一天都是这一天了。

"妈妈,"普雷斯顿说,声音里透着焦虑,"我们万一错过了校车怎么办?"

"如果我们错过了,那就错过吧。我开车送你。你迟到一次,罗斯小姐不会在意的。明天可是你的生日呢!"

普雷斯顿似乎很不确定。眼见自己的威严已被罗斯小姐超越,黛拉罗比亚感到一阵绝望。她坚持着。

"我们就坐在这里,等着校车经过的时候,冲那些孩子们大喊:'再见了,傻瓜们!'"她大声喊了出来,尽管周围没有人,她儿子还是很难为情。她挠他的痒痒,他先是紧张,接着放松下来,终于放声大笑。

更多的蝴蝶展开了翅膀,沐浴着阳光。在这里它们显得比在森林更紫,更深棕,更红,在光线下变幻多姿。她注意到它们不均匀地停在了树木东侧,也就是第一道阳光照射的地方,虽然它们肯定是在晚上来这里落脚的。对这些死去孩子的灵魂来说,它们善于提前计划。她想起了约瑟菲娜在胸前挥舞着小手的情景。还有那头黑色小羊羔眨巴着眼睛开始呼吸,把她的呼吸都带走了。在黛拉罗比亚完成最难的部分后,他们终于让母羊接受了小羊。现在普雷斯顿仍然每天额外喂它喝几瓶奶,他知道还没有万事大吉。

"我有件事要告诉你。"

他很开心,看上去十分热切,她感到内心有什么东西正在分裂。是愚蠢没用的东西,如同一个扔在外面被冻透的花盆。虽然它姗姗来迟,但她终于明白那正是"希望",这个词本身就飘忽到遥不可及,就像一次被忽视和绕过的头痛。她盯着山下的小雪丘,融水从它们中间流过,就像白色圆锥形、被雪覆盖、看似小杉树的杂草林中的一条微型河流。一个小小的世界正在融化。

"我有好几件事要告诉你,"她说,"实际上,第一件事有些让人难过,所以让我们快点说完。第二件事很棒,关于你的礼物,提前一天给你。第三件,我不知道怎么说,有点令人吃惊。你准备好了吗?"

他认真点了点头,绒线帽上的红色绒球跟着上下晃动。他的刘海变长了,从帽子前面钻了出来。

"你还记得约瑟菲娜说的关于帝王蝶的话吗?她说:婴儿死后,会变成一只蝴蝶?"

他皱起眉头:"是真的吗?"

"不是。这只是人们为了让自己好受而编造的故事。我想告诉你的是,其中一只是我们家的。我们家有个婴儿死了。"

他敏锐地看了她一眼:"那它现在在哪儿?"

这是普雷斯顿典型的做法,想知道具体坐标。"在墓地里,"她说,"有座坟墓,没有石碑。可是,普雷斯顿,那是你哥哥。他是第一个来的,比你早很多年,所以你应该对他有所了解。"

下面的路上开始有汽车驶过,去上班的人们又开始了一天的生活。她注意到普雷斯顿看上去很是严肃,但并不伤心,可能是为了她才保持适当的情绪。这种悲伤不属于他。

"你知道我每年是怎么讲你出生那天的故事的吗?去医院,还有整个过程。有时候我会退回去再告诉你一件事,对吧?比如我正在床底吸尘,然后就被困在了那里,不得不喊爸爸,因为我的羊水破了?"

他点了点头。

"我们明天再讲这些故事。等你放学回家后,我们和爸爸还有科迪一起去吃个蛋糕什么的。但我一直想告诉你那个第一个出生的孩子。因为如果不是那个来过又走了的宝宝,就不会有普雷斯顿你。他替爸爸和我扫清了道路,所以后来你才住在了我的肚子里,直到你生日那天出生。懂了吗?"

"不太懂。"他说。

"是的,我知道,有些事情不好懂。你不必为此难过。我只是告诉你整个故事。有很多人都不在世了,比如我的爸爸妈妈,还有那个小婴儿,他们都帮助你来到了这个世界。那个婴儿给了我们一件礼物,那就是你。"

普雷斯顿避开她的目光。

"嗒嗒!普雷斯顿必须要出生!"她逗着他勉强挤出一丝微笑,"好吧,现在我们说那个特大惊喜,我送你的大礼物。提前一天送给你,这是突然做出的决定。我还没包好。我只是碰巧把它放在了我的外套口袋里。你把手伸进去掏掏看。"

她撑开口袋。他满腹狐疑地看了她一眼,戴着手套的手慢慢伸进她的外套口袋,好像里面有什么吓人的东西。

"哇!是 Pod 啊!"他喊道,把光滑的小平板紧紧贴在脸上。他用牙齿脱下一只手套,立刻开始大显身手,这些是多维花了半小时才教会黛拉罗比亚的:如何开机,触摸界面的小图标,刷屏幕移动图片。如何把手伸进知识的河流,捞出自己那条该死的鱼。

"上面有一个小键盘,"她说,"你可以输入想要搜索的内容。"这个他也早就知道了。她难以想象他所在的学校竟然真有孩子拥有这些物品。除了房租,买这个的月供将是她最大的一笔支出。

"这是送给我的吗？"他问。

"我们说好了，你上学时我来保管，你回家后它就是你的了。是你自己的电脑。你可以上网，只要合理，想查找什么都可以。但它要是响了，你必须交给我，因为它还是我的新手机。"

"你的旧手机呢？"他问。不过才拿过去九十秒，他就这么吝啬了。她笑了。

"还给我，你这个臭小子，为了能让你上网，我已经存了三个月的钱了。但是我们俩得共同使用。"他笑呵呵地交出了手机，他是那种心里很明白天下没有免费午餐的孩子。

"第三个惊喜，"她说，"我需要一部新手机，因为我们要搬家了。"

"搬家！嘎，妈妈，不会吧。"

"是真的。我们要和多维阿姨在克利里合租一套公寓。我们已经去看过了，一间卧室给她住，一间给科迪和我住，还有一间是专属你的阳光房。你有一张特别的床，白天是沙发，晚上变成床。准备好迎接新生活的冲击吧。准备好了吗？"

他疑惑地点点头。

"我要去上大学。我们俩今年秋天都到克利里去上学。我们可以一起做作业。"

"上同一所学校吗?"

"不,不是一个学校。你会明白的。拜伦博士就像个超级英雄一样,干了一件非常棒的事。他和克利里社区大学的教授们谈了谈,他们就给我安排了一份工作。有一天你去上学时,我去过那里了。"

"你在那里做什么?"

"我会在实验室工作,就像现在一样,不过不是在谷仓。这是勤工俭学,他们付给你钱,让你上大学。挣得不是很多,所以我可能还会干别的工作,比如当服务员。到时再说。我告诉你,我们会吃豆子米饭。"

"就像在约瑟菲娜家一样吗?"他来了兴致。

"对。"她说,有点惊讶,不确定自己是认真的。但他显然很喜欢吃这个。如今她在阿金斯先生的生活方式承诺清单上,直接坠入"不适用"一栏最底部。如果这个清单就像他宣称的那样是未来的潮流,她的孩子们将在这场比赛中遥遥领先。节俭技能一项:打钩。

"可是你会做什么呢?"普雷斯顿问。

"你是说,比如,等我长大后?我还不知道。选择太多了。也许当个兽医。人们愿意付60美元看我从车上下来。"

普雷斯顿警觉地盯着她,舌头抵在下唇下面,担心她在哄骗他。考虑到她刚刚对他说的那些话都难以置信，这也情有可原。

"好吧，说真的？"她问道，"我想应该是个科学家吧。和你一样，普雷斯顿。我们俩可真是一模一样。"

"但你还是我妈妈吗？"

"嗯，当然，你可不能炒我的鱿鱼。"

普雷斯顿意识到什么，放低音量问："爸爸会睡在公寓的什么地方？"

"哦。不。爸爸留在这里。你和科迪会来看他的。"

普雷斯顿看着她，好像她疯了似的。

"不是来玩。我不是那个意思。你也会住在这里，部分时间这里还是你的家。比如周末，或者放学后。你还会见爷爷奶奶，还有小羊羔。随时都可以。"

"这儿也还是你的家吗？"

"不。我住在公寓。你这儿那儿来回走动，就像帝王蝶进行迁徙一样。在两处地方轮流居住会让你更坚强。等你和科迪长大了，就什么事情都不怕了。"她意识到他可能听不懂这些话。但话又说回来，他是普雷斯顿。他不高兴听到这些。现在他开始用没戴手套的那只手的拇指在棕色灯芯绒衣服纹理上划，发出很轻的拉链声。

"你为什么一定要去住公寓呢？"他说，"爸爸会杀了你的。"

"看你说什么呢，普雷斯顿，你爸爸连只苍蝇都不会伤害。这些他都知道了。他觉得这个主意不错。"

"他为什么这样想？"普雷斯顿没有看她，追问道。他一遍一遍用大拇指在灯芯绒膝盖上划来划去，发出像弹奏乐器一样的声音。她特别渴望编一个未来会更美好的故事。没人觉得孩子想知道事情的真相。永远没有结尾的故事就从那里开始吧。

"好吧，我告诉你，"她说，"我和你爸爸结婚是出于意外。"

普雷斯顿的眉头猛地一沉，焦虑中夹杂着难以置信的懊悔。那一副表情加上头发耷拉在眼镜前的样子，真是像极了他的父亲。这真让她受不了。生物学定律。她永远也逃不掉那张脸。她突然想到，选择"意外"这个词也不理想。他会联想到车祸或者一年级学生尿裤子。

"重点是这不是世界末日，宝贝。爸爸和我生了你和科迪。我们是诚心要这么做的，所以这部分非常好。"

"还有那个死了的孩子。"

"对。"她说。儿子心里已经接受了那个死去的哥哥，这令她很是惊讶。她的思绪飘到了禁区：他还有个心地善良、有影响力的伯父，以及一对可爱的双胞胎表姐。她终于揭开了一个秘密，但还有另一个。黛拉罗比亚怀疑她能否像海丝特那样长时间保守奥格尔这个秘密，但看情况再说。她的孩子有亲人，这很重要。亲属体系。

"你和爸爸为什么意外结婚了?"他问道。

"人们总是做错事,普雷斯顿。成年人。以后你会发现这点。你会很吃惊。我们的大脑中有种物质,让我们只关心眼前这一刻发生了什么,即使我们知道将来会有不一样的事发生,也该好好考虑未来。我们的大脑欺骗我们,它们说:'现在就和这件事抗争,否则就逃;明天不重要,朋友。'"

他不再用指头划膝盖,似乎陷入了沉思。

"如果我能教你一件事的话,普雷斯顿,那就是这个。想想以后会发生什么。但是你看,所有父母都会对他们的孩子这么说。我们从不听从自己的建议。"

他一动不动地坐着,眼睛盯着雪。

"你知道吗?成年人永远不会承认我刚才告诉你的话。他们就是把屎拉在自己床上,也不承认犯了错误。哪怕是那些认为自己是头号公民的好人。他们会躺在那里说:'嘿,这不是我弄的,床上的屎是别人拉的。'"

他的嘴角露出一丝微笑,就像袜子上钩破的一条线。

"我告诉你,你和科迪在长大的过程中会遇到很多烂事。你甚至没有选择的余地。你必须与众不同。"

就在此时,下面的路上出现了黄色校车的身影。它在他们家前面停下,等着普雷斯顿碰巧出现,但他和母亲卧在雪地里，既没有挥手，也没有让大家留意到他们的旷课行为，最后校车按照规定路线驶走了。尽管"世界末日"即将来临，黛拉罗比亚还是瞥见了一种奇怪的运气。太阳已经升起来了，天空晴朗，巨大的变化正在发生。路边的树上落下片片雪花，它们静静地飘下来，就像车道旁高大的槭树上落下来的碎屑一样。她听到他们身后的树林里冰针悄然落地的声音。一整个融化的世界包围着他们。她注意到普雷斯顿的目光朝他们家瞥去，她像看书一样看懂了他的心思：妈妈、爸爸和公寓等等，一切都开始陷入其中。他所知道和信任的一切，有的没了，有的将重新洗牌。他很勇敢地没有哭，虽然他的嘴角朝下撇，挤了挤眼睛。

"要是我想让一切保持原样呢？"他问道。

"哦，天哪。这真是个问题。说实话，大人也想这样。这就是为什么他们在床上拉屎，然后待在床上。我不是在开玩笑。"

他把目光从她身上移开，避开这个结论。

"再也不会回到从前了，普雷斯顿。你现在就得这么说，好吗？只要你说出来，我就把 Pod 给你。"

他看了她一眼，确定了她的意思，说了出来："再也不会回到从前了。"

"好。"她把它递了过去，"你是个男子汉。"

周五中午，她等着两个孩子回家，普雷斯顿从学校回来，科迪莉亚和爸爸从海丝特家回来，他们俩是在她为儿子的生日做准备时过去的。但不等他们回来，洪水就把她引到了屋外。蛋糕还放在烤箱里，还有许多活没干完，她在一种膨胀着的紧张状态下来到厨房门外，好像她的身体对于皮肤而言突然变得太大了一样。整个上午，各个电台都充斥着千奇百怪的报道。洪水，恶劣天气预警，灾难。日本发生了火灾和洪水，可怕得令人难以想象。

来到外面，她被水光吓了一跳。地面被融雪弄得像海绵一样松软，在她脚下奇怪地下陷。路另一边朝北的小山在自己淡蓝色的影子中仍然完全被雪覆盖着，但是被太阳照射的这一边，山上的积雪正在融化成一股洪流。漫长多雨的冬天留在山坡上的每一条沟壑现在都满得快要溢出来了。溢出的水涨成薄薄一层水流，流遍整个牧场。奥维德的车周末开走了，几乎再也不见了，羊群被山坡上的流水和陌生的咆哮声吓得退到了谷仓。外面只有她一个人。水从她的靴子顶上流下来，像还没融化时的冰一样又干净又冷，冻麻了她的脚。周围的草被冲弯了，那是被淹没的大地湿透的毛皮。高高的杂草杆弯着身子在水面上不时地浮起，接着又被甩了下来，像骨瘦如柴的手臂在挥舞。

当水到达膝盖时,她的脚陷得更深了,水流拽着她,她知道这很危险。这是她生活的地方。手机在她的运动衫口袋里,但她不知道遇到这种情况该打给谁。她瞅准地势更高处,艰难地走过去,在那里她可以站在高高牧场的一个小丘上,那儿离她救小羊羔的地方很近。那头母羊肯定对地形有敏锐的觉察。这儿是牧场顶端,就像一个小岛国,现在她爬上来了。她完全被水流包围了。她转过身来面向南方,一片明亮的田野映入眼帘,犹如一大张反光板。在她观看的工夫,一片汪洋在水下的岩石和小溪上翻滚着波浪。恍惚间她感觉来到了海上,体验那种不顾后果的快感。大半辈子都求人资助,最后负债累累、陷入绝境的哥伦布在船上时或许也是这个感觉吧。在已知世界的边缘,面对可能发生的灾难,一个人不可能以其他方式抗争。这一点她能理解。

在她身后的小山上,一只又一只乌鸦飞到光秃秃的树上,黑压压地停在树枝上,为今日凄凉的声音添上它们的警告。"完了,完了。"它们粗声粗气地叫道。这个死气沉沉的世界在学习用杂乱刺耳、令人不堪忍受的声音说话。表层土,农场微薄的利润,以及土地本身,都从她身旁被冲刷而去。当水再次溅到靴子上时,为了寻找更稳妥的位置,她慢慢退回到激流中。一股恐惧的寒意袭来，她的大脑一片空茫，只能机械地挪动着。滑上一跤可能就没命了。她心里惦记着谷仓里的羊，但把注意力集中在自己的双脚上，一点一点慢慢往山上挪动。摸到身后的铁篱笆时，她很高兴，有了冰冷的铁丝网就安全了。她转过身来，双手抓住网眼，沿着篱笆线拉动自己的身体。到了上边大门，她勾着脚趾头，爬到了更高处，又一次来到了干燥的地面上，这次到了森林脚下。她估量了一排中等大小的树木，心想，如果真到了那种地步，任何一棵树都能撑住她的重量。接着她回望山下。

她震惊地看到水已经涨到她家门廊和门框的高度了。房子的地基和水泥台阶都不见了踪影，院子也诡异地消失了。堤岸与路融为一体，她对自己家特有地理位置的所有记忆被抹除得一干二净。整个上午她听着洪水从路面下巨大的金属排水管内倾泻而出，雷鸣般的威胁声回荡在广播里传来的声音中。现在轰鸣声被吞没了，排水管也被淹没了，道路变成了一条宽阔泥泞的河流。里面有什么东西漂浮着，是从西边缓缓漂来的一堆破烂不堪的V形木材。她猜那是倒置过来的部分屋顶。重重的木头似乎屈服于迁徙的冲动，从容不迫地移动着。她留意到她的旅行车也跟随着这一召唤，在里面没有司机的情况下，缓缓向东移动。

她理解她所看到的一切,但无法从中逃离。她的两个孩子都在其他地方,一个在海丝特家,一个在学校,她知道他们不得不用别的方式面对这一切。一时间,她忘了恐惧和自身的安危,看入迷了。她突然想到,几个月前她就站在这里,脚后跟刚从土里出来,脑子像是着了火一般,而如今她竟然又回到她最初逃离的地方。她记得当时她曾仔细审视自家黑暗的屋顶和白色的角落,寻找它们会变化或被放弃的迹象,那时她看不见有什么迹象,而现在它们都显而易见了。在她的注视下,房子的一角似乎在倾斜,虽然它的结构仅仅在地基上移动了几英寸,但她能察觉出来。这一次她不得不看。过不了多久,整栋房屋会从台阶和水泥地基上漂走,像一艘远洋班轮一样慢慢离开。它不再是一个家,而是一个坚硬的长方形气球,有壁板、木瓦和装有防风条的门,在小心密封的室内空气的浮力指挥下,令人难以置信地静静漂浮着。当整栋建筑在水流中缓缓旋转时,窗户会茫然地注视着旋转的景色。

即便现在也有黑色的小鸟聚在洪水上方的几处高地上。它们在泥里戳来戳去,啄食着被淹死的蚯蚓,这样顽强的求生欲望真是令人难以置信。它们一定是椋鸟。天气晴朗,出奇地暖和。上周她看见水仙花长出了尖尖的花苞,普雷斯顿在他们家院子里发现了风信子。那个院子被洪水淹没后已经消失，现在不知在何处。她都忘了自己种过那些花。而那些翠绿的叶子，在她看来就像是从地狱里钻出来的乌龟的喙。

这些椋鸟一齐发出金属般的叫声，低飞着掠过田野。她想，人生来就会遇到麻烦，就像火花总向上飞扬，这是《约伯记》中的文字，为一个被烈火和洪水吞噬的世界而写。黑鸟中间有几处摇摆不定的火光，正是第一次见到时让她感到非常不安的那团火。现在它不可抗拒。她来这里是为了看蝴蝶。从昨天起，她就看见它们离开枯死的桃园里的集居地，向山下的雪松和路旁杂乱的灌木丛四散飞去。现在它们零星停在每一处未被淹没的泥泞高地上。无论她看向哪里，都能看到它们在越变越小的紧急停靠点上聚集：沿着树枝和篱笆最上面的铁丝排成一排，聚在浮木上，甚至远处她那闪闪发光的车顶上也有它们的点点身影。橙色的云在它们头顶上空盘旋。它们鲜活模糊的倒影在皱巴巴的水面上闪亮着，不是一只一只，而是一群群聚集在一起，颜色带着条纹，像浮油的光泽，只不过更亮，更像熔岩流。那么多。

她一直很小心，不敢把目光从脚下移开，但现在她这样做了，她径直抬起眼，看它们从头顶飞过。不只是少数几只飞走了，它们成群结队，一支空降动物部队列队飞出，仿佛将要开战。在中部和更高处，它们都朝同一个方向飞，就像往山下流动的洪水一样。飞得最高的蝴蝶看上去变成了模糊的斑点痕迹和省略号。它们的数量令她震惊，也许有一百万只。被摧毁的一代蝴蝶的翅膀像心跳一样，鲜活地停在白雪覆盖的树上，充满了反抗的力量。经过漫长难挨的一段时间后，太阳开始闪耀，大逃离的时刻现在来临了。它们会飞到别的地域，经受别的风险，可能与她经历的没什么差别。

因为天空太亮，地面又如此不稳，她不能抬头看很久。但是她的眼睛还是紧盯着那些翅膀，翅膀倒映在水面上，正如火焰与洪水交融。在世界之湖的上空，在白色群山的两侧，它们正朝一个全新的世界飞去。

作者说明

二〇一〇年二月,一场史无前例的降雨给墨西哥的山城安古埃带来了泥石流和特大洪水,这场大雨致使三十人死亡,数千人失去家园和生计。对外人来说,该镇主要作为在附近越冬的壮观的帝王蝶栖息地的游客入口而闻名。小镇正在重建,北美帝王蝶的整个迁徙种群每年秋季仍会回到墨西哥中部的山顶。这些越冬种群突然迁往阿巴拉契亚南部的情节只会在本小说中出现。

不幸的是,生物故事的其余部分,与安古埃镇的洪水一样是真实的。气候变化对生物的影响挑战了人们的描述能力,也耗尽了那些最了解气候变化的人的勇气。为了在合理的生物框架内构建一个虚构故事,我参考了许多专家的资料。我最感激的是林肯·P. 布劳尔和琳达·芬克,他们慷慨地开放了他们的家、实验室和研究记录,他们的想象力尤为令人印象深刻。他们对一个小说家的推测表现出极大的热情和慷慨，正如他们对世界和生活的科学贡献一样。布劳尔和芬克对我进行精心指导，超出此范围的内容若有任何错误，责任完全由我个人承担。

我还要感谢比尔·麦吉本和他350.org的同事们，感谢他们承担了世界上最为重要、最永无止境的工作。他的著作《变异地球》给了我重要的启发，此外还有休·哈尔彭的《四只翅膀和一个祈祷者》，以及克莱夫·汉密尔顿的《物种的挽歌》。弗雷德里克·德雷默一九五二年编辑的《动物生活图解百科全书》是我偶然的发现。感谢罗伯·金索沃和罗伯特·迈克尔·派尔早期的鼓励，以及许多其他昆虫学家的出版工作，包括索尼娅·阿尔塔泽、卡伦·奥伯豪泽、威廉·卡尔弗特和帝王蝶观察的创始人奇普·泰勒。弗兰西斯科·马林是一个勇敢的伙伴，他经历了安古埃镇令人难以启齿的洪水事件和塞罗·佩隆的超自然事件。普雷斯顿·亚当斯博士是第一个对我说我是个科学家的人。我没有忘记。

感谢特里·卡滕、萨姆·斯托洛夫、弗朗西斯·戈尔丁、史蒂文·霍普、莉莉·金索沃、安·金索沃、弗吉尼亚·金索沃、卡米尔·金索沃、吉姆·马卢萨对手稿提出创见，感谢他们宝贵的支持，尤其感谢朱迪·卡迈克尔自始至终的帮助与支持。史蒂文和莉莉更是恨不能上天入地。玛格丽塔·博伊德提供了精神上的洞见，蕾切尔·德纳姆打开了一扇扇门。沃尔特·奥维德·金索莱写了一本引人入胜的家谱，实际上本小说中出现的所有姓名都出自我自己的族谱（经历了重新混合）。感谢我的家人从剪羊毛日到出版日在每一个场合所表现出的精神。重要的是，我属于你们。

图书在版编目（CIP）数据

蝴蝶烧山 /（美）芭芭拉·金索沃著 ; 任爱红译.
海口 : 南海出版公司, 2025. 1. -- ISBN 978-7-5735
-1036-5

Ⅰ. I712.45
中国国家版本馆CIP数据核字第20248MZ272号

蝴蝶烧山

〔美〕芭芭拉·金索沃 著
任爱红 译

出　　版	南海出版公司　（0898）66568511
	海口市海秀中路51号星华大厦五楼　邮编570206
发　　行	新经典发行有限公司
	电话 (010)68423599　邮箱 editor@readinglife.com
经　　销	新华书店
责任编辑	侯明明
特邀编辑	张　典　殷秋娟子　刘丛琪
营销编辑	宋　敏　游艳青
装帧设计	韩　笑
内文制作	张　典
印　　刷	北京盛通印刷股份有限公司
开　　本	850毫米×1168毫米　1/32
印　　张	19.5
字　　数	330千
版　　次	2025年1月第1版
印　　次	2025年1月第1次印刷
书　　号	ISBN 978-7-5735-1036-5
定　　价	79.00元（全二册）

版权所有，侵权必究
如有印装质量问题，请发邮件至 zhiliang@readinglife.com

著作权合同登记号　图字：30—2024—171

FLIGHT BEHAVIOR © 2012 by Barbara Kingsolver
Simplified Chinese language edition published by agreement with Frances Goldin Literary Agency, through The Grayhawk Agency Ltd.
All rights reserved.

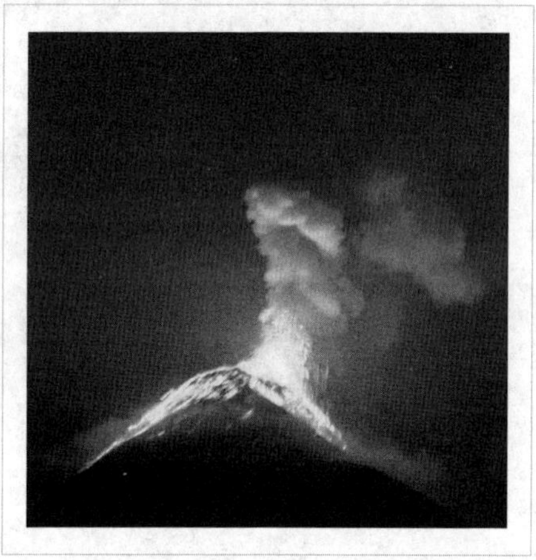

— End —